The Mystery Collection

AIR BATTLE FORCE
ロシア軍侵攻㊤

デイル・ブラウン／伏見威蕃 訳

二見文庫

二〇〇一年九月一一日のアメリカに対するテロ攻撃の犠牲者……
および彼らの死への復讐を容赦なく遂げようとする世界中の男女に
本書を捧げる。

ロシア軍侵攻——上巻

カザフスタン
ジャンブル
キルギス
シルダリヤ川
シムケント
ウズベキスタン
タシケント
サマルカンド
ブハラ
タジキスタン
チャルジョウ
ムクルイ
ドゥシャンベ
ガウルダク
アムダリヤ川
バイラムアリ
ケルキ
カラクム運河
マルイ
バーグラン
シェベルガーン
ムルガブ川
70°
アンドホイ
カブール
ヘラート
アフガニスタン
ヘルマント川

カザフスタン
アラル海
アムダリヤ川
ヌクス
カラクム砂漠
クラスノヴォーツク
40°
トルクメニスタン
ネビトダグ
キジルアルヴァト
アシハバード
カスピ海
マシュハド
イラン
テヘラン
0
250
500km
60°

主要登場人物

パトリック・マクラナハン……第一エア・バトル・フォース司令官（少将）
デイヴィッド・ルーガー……同副司令官（准将）
ハル・ブリッグズ……同地上作戦科指揮官（大佐）
レベッカ・ファーネス……第一一一攻撃航空団司令（少将）
ジョン・ロング……同運用群司令（大佐）
ダレン・メイス……同飛行隊長（大佐）
トマス・ナサニエル・ソーン……アメリカ合衆国大統領
ロバート・ゴフ……同国防長官
モーリーン・ハーシェル……同国務副長官
ケヴィン・マーティンデイル……アメリカ合衆国前大統領
ウィリアム・ヒッチコック……〈トランスカル石油〉取締役社長兼CEO
ワキル・ムハンマド・ザラズィ……タリバンのヒズボラ派地域司令官
ジェラルディン・ツラビー……ザラズィの副官
アマン・オラゾフ……トルクメニスタン軍中尉
ヴァレンチン・セニコフ……ロシア大統領
アナトリー・グルイズロフ……ロシア国防副大臣。ロシア連邦軍参謀総長

プロローグ

二〇〇三年一月
アフガニスタン北部　ファールヤーブ州　アンドホイ付近の国境地帯

ワキル・ムハンマド・ザラズィ大尉は、もっとも若く経験が浅い部下二名——つまり失っても支障のない兵士——を待ち伏せ攻撃のために道路近くに配した。生き残った場合には昇級させ、高く称揚すると約束してある。殺された場合には、むろん天国で名誉ある地位が得られる。もちろん、ふたりはどちらもちゃんと授けられると信じている。

雪と岩がこんもりと盛りあがった陰にふたりが隠れていると、先頭のロシア製ＢＭＰ（歩兵戦闘車）が悠然と通過した。ＢＭＰの車体下に、ふたりはＲＫＧ－３対戦車手榴弾を投げた。手榴弾がＢＭＰの下に転がると同時に、身を起こし、ＲＰＧ－７ロケット推進擲弾《てきだん》発射機で乗員区画を狙って、弾頭凹部に銅を内張りした成形炸薬弾を発射した。熔けた銅が厚さ一〇ミリの装甲を破り、さらに乗員区画に飛び散って、乗っていた兵士をすべて殺した。BMPはたちまち無残な姿になって動きをとめた——車内の兵士たちも同様であることをザラズィは祈った。

攻撃初動の成功で大胆になったザラズィの部下たちが、隠れ場所をつぎつぎと出て攻撃を続行し、車列の他の車輛を小火器で撃った。この国連軍の小規模な支隊を奇襲したゲリラ部隊の中隊長であるザラズィにしてみれば、にわかに計画した待ち伏せ攻撃に成功しかかっているのは予想外のことだった。ザラズィの部隊は何カ月ものあいだ、アフガニスタン北部のすさまじい悪天候をついて移動をつづけている。米軍と国連軍に絶えず追われて、凍え、疲れ、飢え、弾薬も乏しく、士気も勇気もなえていた。

飢えた人間は猛烈な戦士になるから、こんなあざやかな勝利をものにすることができたのかもしれない。

情報では、国境付近に通信中継拠点を設置するためにきのうアンドホイを出発して西進していたこの支隊は、警戒態勢が厳重だということだった。ザラズィの奇襲隊は、完全な中隊の規模をなしていないが、北部同盟と戦うゲリラ戦に使用する優秀な兵器や車輛を奪うために、急遽待ち伏せ攻撃の位置についた。支隊の規模があまり大きくなかったので、ザラズィはがっかりした——鹵獲《ろかく》する武器も捕虜ももっと多くを見込んでいたのだ。今回の車列襲撃によって得た捕虜は五〇人、食糧補給品は数週間分にすぎない。

とはいえ、無よりはましだ。

ザラズィはじつに疑り深い――二二年間タリバンの自由戦士として戦ってきたザラズィが三八歳まで生き延びられたのは、その特質のおかげだ。ザラズィはアフガニスタン北部のシェベルガーンで生まれた。ザラズィの部族は、ソ連軍とかつて戦ったムジャーヒディーン戦士に当初から属しており、ウズベク人、タジク人、パキスタン人が主流のいわゆる北部同盟にくわわることを拒否し、ソ連製の兵器や車輛を多数保有したまま、部族にとって歴史的な意味を持つアフガニスタン北部に戻った。ザラズィは、タリバン政権の急進的な原理主義派閥ヒズボラすなわち〝神の軍〟の地域司令官をつとめ、ことあるごとに北部同盟軍をおおいに悩ませてきた。

アンドホイの三〇キロメートル西をトルクメニスタン-アフガニスタン国境のベデントリクの荒野に向けて進んでいたこの国連軍支隊は、かなりの規模の重要な部隊にちがいないと思われた。そこで、北部同盟とそれを傀儡《かいらい》として操る西側諸国に大きな打撃をあたえる格好の機会と見なされたのだ。ところが重機甲部隊の護衛もヘリコプターによる支援も付近に見られないのは、なんとも不審だった。もっとも近いヘリコプター基地は、二〇分の距離にある。もっとも近い規模の大きい軍事基地からは、ヘリコプターで一時間かかる。天候が悪化している折り――砂嵐が来そうだった――援軍の到着にはさらに時間がかかるはずだった。

情報データは驚くほど詳しく、タイミングもよかった――どちらも好都合すぎるほどだ。北部同盟が米軍の支援を受けてこの地域のタリバン武装勢力を効果的に掃討しているとはいえ、国連軍が重要な支隊をあえて支援もなしに拠点から遠いこんなところへよこすのは奇妙だ、とザラズィは判断した。タリバンのゲリラ部隊はいまなおかなりの規模で、装備も充実しており、戦闘能力も高い。味方の勢力が強く地形を利用しやすいウズベキスタンやタジキスタンとの国境付近では、ことに強力だ。しかし、トルクメニスタン－アフガニスタン国境地帯は、一〇〇〇キロメートルほどにわたって砂漠がひろがっている――こんな荒地で抵抗にあうとは、国連軍も予想だにしていなかったのだろう。

不信心者の自信過剰が、凋落を招くのだ。

車列の前方で偵察を受け持っていたのはロシア製のＢＴＲ－40斥候車と、それより大型のＢＴＲ－60装甲兵員輸送車だった。どちらも装輪車で、速度が速く、小回りがきき、重武装している。ＢＭＰが爆発したとたんに、それらの車輛は向きを変えて散開した。ザラズィの部下たちが、あちこちから発煙弾を投げはじめた――強い風が向きを変えながら吹いていたので、何十発もが必要だったが、じきに視界が数メートルにまで落ちた。早くも銃眼があき、車内の兵士たちがターゲットを捜していた。

ザラズィはそれを待ち構えていた。隠れ場所から走り出したザラズィの部下たちが、煙にまぎれてＢＴＲに跳び乗り、銃眼から催涙ガス弾を突っ込んだ。兵士たちがガスで呼吸困難に陥らないように避難させるために、ほどなく運転手たちは装甲車をとめざるをえなくなった。車列の車輌すべてが、催涙ガスを吐き出しながらやがて停止した。ハッチやドアがあき、息ができなくなって恐慌をきたした国連軍兵士や作業員が、ひりひり痛む目を腫らして跳び出した。戦闘は五分とたたずに終わった。ザラズィの部隊はBMP一輛とBTR一輛を破壊し、BMP一輛とBTR斥候車四輛にくわえ、補給物資を積んだ五トン積みトラックを鹵獲した。死傷者はゼロ。申し分ない。

「われわれは大鉱脈を掘り当てたぞ、大尉」捕虜の装甲車乗員や作業員をまとめてから、ザラズィの副隊長ジャラルディン・ツラビー中尉がいった。「半恒久的な駐屯地を建設するつもりだったようだな。五〇名用の二週間分の食糧にくわえて、〝通信器材〟と書いてある箱がある。発電機、燃料タンク、寒冷地用のテントと衣類、フェンス用の資材がある。ブラック・マーケットで売れば何百万にもなるぞ！」

「よだれを垂らして見ていないで、トラックからさっさと積荷をおろせ、ジャラ」ザラズィは叱りつけた。「この支隊の支援部隊が近くにいるようだと、すぐにやってくるぞ。できるだけ早くここを離れたほうがいい」

国連軍の兵士たちは、両手を頭に載せ、雪の上に膝を突いて並ばせられていた。ザラズィ大尉は、男女兵士をひとりずつ入念に観察しながら、その前を行き来した。国籍はさまざまだったが、ニューハンプシャー出身者が多く、あとはカナダ、アイルランド、ノルウェイ、韓国などの兵士だった。ザラズィは部下たちが平和維持軍の手袋、マフラー、パーカを奪うのを許可した――トリバンド・トルケスターク山脈で風雪にさらされて多数が死んでいる。たいがいのものにとっては、食事よりも暖かい衣服のほうが重要だった。

「ワキル・ムハンマド・ザラズィ大尉、神のしもべであり、バルク武装抵抗隊隊長だ」ザラズィはパシュトゥン語でいった。一同が理解できず見つめるばかりなのに気づき、英語でいった。「通訳はいないのか?」応答はなかった。ザラズィはなおも捕虜を眺めて、水色のヘルメットはかぶっているが顎鬚を生やしているところからしてアフガニスタン人とおぼしい男を見つけた。ザラズィはその男を立たせた。「おれのいうことがわかるな?」男はうなずいた。「指揮官はどいつだ?」男は答えなかった。ザラズィはベルトから長いナイフを抜き、通訳と思われるその男の向きを変えて、喉に刃を突きつけた。

「待て」声があがった。ザラズィがそちらを見ると、通訳の近くにひざまずいていた士官のうちのひとりが、ヘルメットに両手を載せたまま立ちあがった。「アイルランド軍のダーモット・オロールク少佐だ。この支隊を指揮している。われわれは国連アフガニスタン救援復興会議の平和的任務を遂行しているところだ」

通訳がそれを訳すと、ザラズィはいった。「おまえたちは北部同盟とアメリカ合衆国の野犬どものスパイだ。ムハンマド・オマル師とその復讐の剣であるタヒル・ヨルダシエフ野戦司令官の領土を侵略している」

「われわれはスパイではない」オロールクがいった。「携帯電話と無線の中継施設を建設するために来た。それだけだ」

「おまえたちはスパイだし、イスラム法とヨルダシェフ司令官の命令に従って全員を処刑する」ザラズィはいった。「おまえたちは——」

そのとき、ザラズィの副官のツラビーが駆け寄ってきた。「ワキル、厄介な問題が起きた」ツラビーがいった。ザラズィのそばを通り過ぎて、オロールクのほうへ行き、ベレーをむしり取り、ジャケットを手荒く脱がせ、身体検査をした。ほどなく戦闘服のジャケットの背中から、コードのついた小さな黒い箱のようなものを抜き出した。

「ジャラ、それはなんだ?」ザラズィがきいた。

「通信担当が、さきほど発信を開始した短波発信機を探知した」ツラビーがいった。「無線標識《ラジオ・ビーコン》のたぐいのようだ。車列が攻撃された時点でこいつがスイッチを入れたんだろう」

「遭難信号か?」ザラズィはきいた。「付近に他の部隊はいないはずだ。それに、アンドホイやマザリシャリフから哨戒ヘリコプターが来るまで、何時間もかかる。どうせそんなものは役に……」

「航空攻撃という手がある——高速の航空機を先に配置しておき、車列を掩護《えんご》する」ツラビーがいった。「こっちの手に入れた情報は詳しく、車列の護衛が甘かったのもそれでわかる――空から掩護されているんだ。マーヴェリック・ミサイルを発射できる例のちっぽけなアメリカの無人機、プレデターとも考えられる。いまにも攻撃がはじまるかもしれない」

ザラズィは、怪訝な面持ちでツラビーの顔を見た――やがて目を丸くして、口をぽかんとあけた。「この付近から離れて物陰に隠れるよう、みんなに指示しろ」オロールクに詰め寄った。「われわれを見張っているのは何者だ？ どうなっている？」

「降伏を勧める、大尉」オロールクはいった。「武器を捨て、両手を挙げて、膝を突くんだ。降伏すれば連中は攻撃しない」

「連中とは何者だ？ 何者だときいているんだ」

「質問している場合じゃないぞ、大尉。ただちに降伏しろ」

「畜生！ 邪悪な畜生め！」ザラズィは着装武器《サイドアーム》の拳銃を抜き、オロールクの額を撃ち抜いて即死させた。

補給品を積んだトラックの荷台から木箱をおろしたり、パレットの覆いの防水布を剝がしている部下たちが何人かいた。「必死で逃げろ！ トラックから離れるんだ！ 走れ！」

五〇〇海里離れた空の上――パキスタンの海岸線の南五〇海里、高度二万八〇〇〇フィート――を、一機のEB‐1Cヴァンパイアがのんびりと旋回し、目と耳で監視をつづけていた。EB‐1Cの原型は一九八〇年代のなかごろに開発されたアメリカ空軍のB‐1Bランサー長距離爆撃機だが、メーカーですら見分けられないほどに改良と改造を重ねている。だが、EB‐1Cヴァンパイアそのものばかりではなく、それに統制されている航空機もまた驚異的だった――さらにいえば、それはパトリック・マクラナハンの思い描く航空戦の未来そのものを具現している。

「なんてこった。やつらはオロールク少佐を殺した」パトリック・マクラナハン空軍少将は、信じられないという声をあげた。目の前の大型多機能〝スーパーコクピット〟モニターの高解像度デジタルビデオ・ディスプレイをじっと見つめた。「あの野郎！　武器も持っていない降伏した人間を殺すなんて……」いま目にした画像が消え去るのを祈るかのように、一瞬目を閉じた。消え去らないとわかると、憎悪を煮えたぎらせた。

「一〇〇人ほどがトヨタのピックアップ二十数台で、道路から遠ざかっている。攻撃スタンバイ」

機長をつとめるアメリカ州兵航空隊のレベッカ・ファーネス准将が、落ち着かなげに尻をもぞもぞ動かした。「さっさとあいつらをやっつけましょう」と、吐き捨てるようにいった。

マクラナハンとレベッカが見ているのは、EB－1Cヴァンパイアの前部爆弾倉から数時間前に打ち出され、国連軍車列の周辺を赤外線センサーと高解像度デジタルカメラで監視していたステルスホークUCAV（無人戦闘航空機）が送ってくる画像だった。ステルスホークは、幅の広い大きなサーフボードのような形で、胴体そのものが揚力を生み出すように断面が三角形に近い形状になっている。ターボファン・エンジン一基を搭載し、レーダー断面積を小さくするため胴体上に空気取入口がある。翼はない――ステルスホークは〝ミッション適応揚力機体外板〟という特殊な操縦システムを備えており、コンピュータと超小型油圧アクチュエイターにより機体外板の形状を変え、必要に応じて揚力を増減する能力を持つ。EB－1Cはステルスホーク三機を搭載できる。一機は前部、二機は中央の爆弾倉に搭載される。ステルスホークの積載能力は一機あたり二二五キログラムで、それにくわえて数時間の飛行が可能な燃料を積むことができる。

マクラナハンは制御ボタンに触れて、音声コマンドを口にした。「ステルスホーク、攻撃実行」即座に戦闘が開始される。車列の一万フィート上空で旋回していた二機目のステルスホークは、EB－1Cの中央爆弾倉から打ち出された機体で、センサーではなく爆装――四五キログラム弾頭付きのAGM－211ミニ・マーヴェリック精密誘導短射程空対地ミサイル六基を搭載していた。

『ステルスホーク攻撃実行、攻撃中止指示待ち』コンピュータが応答した。マクラナハンが停止指示をあたえずにいると、コンピュータはさらにいった。『ステルスホーク交戦する』

「すばらしい」マクラナハンはいった。「ステルスホークはこれまでのところコード1を報告している」

「マスターズ博士のがらくたにしては、はじめてのことね」レベッカが冷たくいい放った。レベッカ・ファーネスはEB-1Cヴァンパイア爆撃機によって編成された世界でたったひとつの部隊、ネヴァダ州バトルマウンテン州兵航空隊基地の第一一一攻撃航空団司令をつとめていた。ヴァンパイアは朝鮮半島やロシアやリビアなど、世界各地の紛争や小規模な戦闘に参加しているが、いまだに実験機と見なされている。航空機設計技師ジョン・マスターズ博士がレベッカの部隊と緊密に協力して、改良や手直しをくわえ、初動作戦能力を持つ最新鋭兵器に仕立てあげた。

だが、一三歳で博士号を得た世界有数の航空宇宙エンジニアのジョン・マスターズは、世界有数のとんでもない男でもあった——けっしてつきあいやすい人間とはいえない。それでなくてもレベッカの仕事は困難をきわめていた——ネヴァダ中北部の僻地に新設された基地で、実験的なハイテク爆撃機の新部隊を組織しなければならない——のに、オタク的でうぬぼれの強いマスターズ博士のために毎日がめちゃめちゃになった。

マクラナハンは、ヴァンパイア爆撃機のスーパーコクピット・ディスプレイでステルスホークのセンサーのデータを受け取っていた。ステルスホークは、監視をつづけながら目標地域の車輛の大半を識別し、優先順位をつけたターゲット・リストを提示していた。「トヨタのピックアップ一台に二三ミリ高射機関砲が搭載されているのを、ステルスホークが探知した」マクラナハンはいった。「そいつが最初のターゲットだ」

ステルスホークのシステムのターゲット探知・類別能力には、レベッカも舌を巻いた。車輛の集団や地域全体に爆弾を落とすことは多いが、同種の車輛多数から一台を選んで攻撃することはめったになかったからだ。

「目標地域の車輛は一〇——いや、一二台だ。二台はもう遁走《とんそう》した」

「ステルスホークはなにをぐずぐずしているの？　さっさと攻撃させて、スクラップの山をこしらえましょう」

「もう仕事に取りかかっているよ」マクラナハンはいった。その瞬間、ステルスホークが爆弾倉からミニ・マーヴェリック・ミサイル一基を投下した。落下してステルスホークから離れたミサイルがターゲットに向けて滑空しつつ、ヴァンパイアの攻撃コンピュータからデータリンクで送られる未来修正と風によるぶれの修正情報によって針路を調整した。獲物まで約一海里に迫ると、ロケット・エンジンを点火し、その最後の攻撃航過一八〇〇メートルを二秒以下で行なった。ミニ・マーヴェリックの弾頭には、同量のTNT火薬の一〇倍の威力を持つテルミット硝酸塩強化高性能爆薬一二・七キログラムが充塡されている。ピックアップ・トラックと乗っていた六人は、土埃と煙とオレンジ色の爆発の炎に包まれて消滅した。

ステルスホークのレーザー・レーダーは、攻撃後分析のためにターゲットになおもロック・オンしていたが、派手な二次爆発とターゲットを包む煙や炎の大きさからして、ピックアップが丸焼けになったことがたちまち明らかになった。「ターゲットは破壊されたようだ」と、マクラナハンはいった。

「すごいわね」マクラナハンの多機能ディスプレイに表示されたステルスホークの爆撃効果判定の最後のほうを見ながら、レベッカが大きな息を漏らした。テルミット硝酸塩爆薬の威力は承知していたので、ミニ・マーヴェリック・ミサイルが主力戦車も破壊できると知っていた――それでちっぽけなトヨタのピックアップを攻撃するのは、過《オー》剰殺戮《ヴァーキル》という表現でも生ぬるいほどだ。「恐るべき兵器ね」

「ステルスホークが二台目のピックアップと交戦している」マクラナハンはいった。

「ミサイル2を投下……」

ステルスホークは絶対高度二万フィートで水平飛行に転じ、第二のターゲットであるゲリラ兵士を満載したトヨタのピックアップ二台からなる車列を目指した。今回は、乗っている兵士たちがグローバル・ホークを見つけた。「散開！　散開！」ザラズィが金切り声をあげた。ザラズィがAK‐74を構えて発砲を開始すると、ピックアップの荷台に乗っていた他の五人も撃ちはじめた。

まるで引き金が引かれる直前まで銃口を覗き込んでいて、撃たれる刹那に銃口がそれたような感じだった。ザラズィのピックアップが向きを変えて離れた直後に、もう一台がすさまじい爆発に包まれて見えなくなった。やがて残骸が炎と煙の雲から姿を現わしたが、巨大なショットガンで撃たれ、火をつけられて、地面に転がされたように見えた。

「アッラーよ、お慈悲を」ザラズィはそれを見てつぶやいた。「アッラーよ、われわれをここから逃がしてくだされば、あの悪魔のロボット飛行機で神の忠実なるしもべを殺した不信心者にかならずや復讐すると誓います――誓います！」

「わーお、ベイビー！」マクラナハンは大声をあげた。ミニ・マーヴェリックの赤外線センサーが二台目のピックアップを捉え、ミサイルが突っ込むあいだ恐怖にかられている兵士たちの顔をくっきりと映し出していた。ミニ・マーヴェリックとステルスホーク二番機に向けてすくなくとも六挺のアサルト・ライフルで撃っていたが、時すでに遅かった。ミニ・マーヴェリック・ミサイルが命中すると同時に、マクラナハンがステルスホーク一番機の赤外線画像カメラの映像に切り換えたので、兵士たちの映像は消えた。タイヤ、エンジン、燃料タンク、弾薬、車体が同時に炸裂し、ピックアップは火だるまになって荒地をごろごろ転がっていった。「やったぞ！」レベッカが叫んだ。「追撃されてるとわかってて、猛スピードで遠ざかっているわ」

「もう一台のピックアップが逃げようとしている！」レベッカが叫んだ。「追撃されてるとわかってて、猛スピードで遠ざかっているわ」

「心配するな。ステルスホークには弾薬も燃料もたっぷりある」マクラナハンはいった。

「三台目も丸焼けになる」三基目のミニ・マーヴェリック発射を命じた……。

だが、ミサイルが投下されてターゲットに向けて滑空するはずなのに、そうはならず、ステルスホークそのものが降下しはじめた。「高度を確認……高度二万フィート……高度を確認、高度二万フィート。くそ、ステルスホークとコンタクトできない」

「とにかく墜落の現場を目撃する人間はいるわけね」レベッカがいった。だが、ステルスホークは地面に激突しなかった――地上のタリバン戦士からよく見えるはずの絶対高度二〇〇フィートで水平飛行に転じ、西へと飛んでいった。「マクラナハン少将、こいつはいったいどこへ行くのよ？」レベッカがきいた。

「知るわけがないだろう」マクラナハンは答えた。「でも、四〇分で燃料が切れる」

「また一機ぶっ壊れるわけね」

「そうとはかぎらない。砂漠に軟着陸するかもしれない」マクラナハンは心配そうにいった。「その場合……」

「タリバンの悪党どもかだれかが手に入れて、アメリカの無人機の最新技術を盗むことになるかもしれない。四〇分あればペルシャ湾まで行ってしまう。自爆するようにできないの？」

「まったく制御がきかないんだ」マクラナハンは一瞬考えた。「追跡しよう」

「なんですって？」

「接近すれば、直接のデータリンク信号に反応するだろう」マクラナハンがコンピュータに音声コマンドを告げると、レベッカの多機能ディスプレイのヘディング・バグ（機首方位を指示する計器内のポインター）が西を示した。「それが針路だ。機首をそっちに向けてくれ」

「冗談じゃないわ、少将」レベッカはいった。「そっちへ行ったら……少将、イラン領空にはいってしまうじゃないの」

「ずっと山地を通る――低空で地形回避飛行を行なう」マクラナハンはいった。「ステルスホークを完全に見失う前にどうにかしないといけない」

「パキスタン領空を飛行する許可を得ていないし、ましてイラン領空にはいるなんて滅相もない」レベッカはなおも反対した。〝テロとの戦い〟遂行のためにアメリカが同盟国パキスタンの国境を侵してタリバンやアルカイダの残党を追撃したため、両国のあいだに亀裂が生じている。パキスタンはいまではあらゆる軍用機の領空内飛行を禁じ、アフガニスタンを飛ぶ作戦機をすべて敵性と見なしている。

アメリカ合衆国のトマス・ソーン大統領は、この飛行禁止も顧みず、哨戒空域に到達するにはパキスタン領空を通らざるをえないのを承知で、ステルスホークを発進してアフガニスタンで哨戒飛行を行なわせるようマクラナハンに命じた。無人機が一機か二機、パキスタンの辺縁部を飛行しても、脅威と見なされる気づかいはない——ステルス性能を備えたステルスホークは発見されないだろうという前提で、アメリカ政府はそう勝手に解釈したのだ。

しかし、ハイテク兵器であるEB-1C爆撃機が領空を通過するとなると、話はちがってくる。

「少将、長いこと見つからずにいるのは無理ですよ」レベッカが反論した。「山地を飛ぶのは短いあいだで、じきに砂漠の上に出ます。そうしたら隠れるところはない……」

「レベッカ、いまやらないと間に合わなくなる」マクラナハンはいい張った。「過疎地帯は超音速で飛び、人口密集地の近くでは減速して、二〇分ほどでステルスホークに追いつく。いまなら、帰投最低燃料《ビンゴ》になって給油しなければならなくなる前にステルスホークを転進させるのに、どうにか間に合う」

「その前に国防総省《ペンタゴン》の許可をとらないと」

「そんな時間はない。バグに合わせて針路変更し、マッハ〇・九まで加速、COLA(コンピュータ計算最低高度)に降下、海岸線を越える。衛星から新しい航法情報を得て、最善の針路をとる」

「まったく、いつものやつがはじまった」レベッカはぶつぶつ文句をいって、爆撃機に加速とCOLAへの降下を命じた。飛行制御コンピュータが機首を二〇度下げ、最高速度が出せるように、可変後退翼を最大限までうしろにたたんで、胴体の曲線を変化させた。

EB-1Cが北に転じたとたんに、脅威警告受信機からコンピュータ合成の声が轟いた。『警告、SA-10捜索モード、一〇時の方角、一二〇海里、探知閾値未満』

「チャーバハルにあるイラン軍沿岸警備施設だ」マクラナハンはいった。「危険要素じゃない」

「危険要素じゃないですって?」レベッカはいい返した。「梢すれすれを飛ぶ爆撃機みたいなでかい目標すら撃ち落とせないってこと?」

「この爆撃機を撃ち落とすのは無理だ」EB-1Cヴァンパイアは、パキスタンのグワーダルとカッパーのあいだの海岸線を目指していた。東のイラン国境までは、わずか八〇キロメートル――高性能のSA-10地対空ミサイルの射程内だが、捜索レーダーの信号の強弱を測定した脅威警告コンピュータは、ステルス能力を持つEB-1Cがまだ明確には捕捉されていないと判断した。「このまま進め」マクラナハンはマイク・スイッチを押し、衛星秘話コマンド・チャンネルで呼びかけた。「統制《コントロール》、こちら人形づかい《パペッティア》」

「こちらも捉えている」マクラナハンの友人で副官でもあるデイヴィッド・ルーガー准

将が応答した。若手としてともにB－52爆撃機に搭乗していたころからの同僚で、航法士であり航空宇宙技師でもあるルーガーは、基地のコンピュータの画面にEB－1Cヴァンパイアの飛行情報をすべて表示する〝仮想《バーチャル》コクピット〟システムで任務の推移を見守っている。基地の技術下士官やオペレーターが、EB－1Cの動きを注視し、場合によっては制御も行なってじっさいの飛行任務の一部を肩代わりする。「監視ステルスホークに帰投指示を出した――アラビア海に着水させ、海軍に回収してもらう。攻撃ステルスホークとはいまもコンタクトできない――正常に飛行し、ターゲットを捜しているようだが、衛星通信による操縦コマンドに反応しない。

国務省に連絡を入れてある」ルーガーはなおもつづけた。「許可を得る前にパキスタン国境を越えるのには、強く反対する。ロシアでの任務のことを思い出せと、どうしてもいわせたいのか？」

「いわれるまでもない」マクラナハンはいった。しばらく前にEB－52メガフォートレス爆撃機に乗ってロシア西南部を飛んだとき、困難に陥っている特殊作戦任務部隊を助けるために、命令に反する決定を下した――そのために、マクラナハンはあやうく命を落としかけた。「ハルとクリスにも連絡してくれ」

「ふたりは一部始終を見守っているし、侵入任務のブリーフィングは終えている」と、ルーガーがいった。オマーン湾を航行している民間の大型貨物船に、マクラナハンを支援する救難チームが配置されている。ハル・ブリッグズ、クリス・ウォール、練度の高いコマンドウ一〇名が、ティン・マン電子戦闘装甲を身につけて待機している。貨物船の船艙にはMV‐22オスプレイ・ティルトローター機を改良し、ジェット・エンジンに換装して、航続距離と速度と積載能力を向上させたMV‐32ペイヴ・ダッシャー一機が隠されている。航続距離が二〇〇〇海里以上で、空中給油を受けられ、レーダーで探知できない超低空を飛行できるペイヴ・ダッシャーは、侵入救出任務や敵地の奥で地上部隊を攻撃するのにうってつけの道具だった。「いくつか問題点があって、それに取り組んでいるところだ。ペイヴ・ダッシャーの航続距離ぎりぎりの範囲になる――ステルスホークがトルクメニスタンまで飛んでいったら、状況はもっと厄介になる。それに、かなりの悪天候になる見通しだ」

「連中の意見を伝えてくれ」マクラナハンはいった。「なんとかやれるようなら、やってもらいたい」

「スタンバイ」ルーガーが答えた。

レベッカ・ファーネスが、目を剝いて怒った。「スタンバイなんかしていられないのよ。陸地到達《フィート・ドライ》まで――」航法ディスプレイを見てつぶやいた。「――いま到達した。国際法にいくつ違反したことになるのかしらね」

「SA‐10はとぎれた」マクラナハンは報告した。「おれたちを見失ったようだ。他に脅威は見られない。捜索レーダーがいくつかあるが、探知レベルに達していない」

「悪い知らせだ、マック」数分後に、ルーガーが伝えた。「トルクメニスタン東部の天候が悪化している。そっちに任せるしかないとハルがいってる」

「あんたはどう思う、テキサス（マクラナハンはテキサス人のルーガーをこう呼ぶ）」

「部下を救出するっていうんなら、迷いはしない」ルーガーは答えた。「でも、パキスタンとイランにくわえてロシアも目を光らせているトルクメニスタンの危険な国境地帯から一トン近い重量の無人戦闘航空機を回収するってのはどうかな。マック、悪いけど、無用の危険を冒すことになると思う」

「少将」レベッカもいった。「無理です。アラビア海に戻って、給油し、帰投しましょう」

「このまま進め」マクラナハンは命じた。「パキスタンの沿岸防衛網はくぐり抜けた――マッハ一・一に加速、絶対高度五〇〇〇フィートを維持」

「まずいと思いますよ」レベッカはいさめた――そういいながらも、スロットル・レバーを押し込んだ。

「そっちの航続距離を見ている」ヴァンパイアから衛星中継で送られてくる燃料流量データを注視しながら、ルーガーが伝えた。「現在の燃料消費率からして、ステルスホークの回収に余分な時間がかからず、防空網を避けるためのジグザグ飛行も行なわないとしても、予定の給油統制点で残量がほとんど非常事態になる。給油できなかったら、ディエゴ・ガルシアまで行く燃料もないだろう」

「了解した」と、マクラナハンは答えた。

イラン－パキスタン国境をかすめるように飛ぶEB－1Cは、地形追随モードで絶対高度三〇〇フィートまで降下し、イランの国境の町ザーヘダーンを大きく迂回した。中央アジア最大の戦闘要撃航空団がそこに置かれている。国境沿いに配置されたSA－10地対空ミサイル・ユニットと射程の短いレーダー誘導高射砲ユニットを何度か探知した——すべて捜索レーダーを最大出力で作動している。ほどなくイラン軍戦闘機も探知した——フランス、ロシア、アメリカ製のジェット戦闘機までいて、十数機を数えた。

「くそ、イラン空軍が全力でわたしたちを探しているわ」レベッカはいった。

「いちばん近いやつは四〇海里離れている」マクラナハンはいった。「それに発見されていない。だいいちイラン軍戦闘機は領空侵犯しないだろう」

そのとき、イラン軍のMiG－29が意表を衝く行動に出た——不意にEB－1Cの方角に機首を向けて、レーダーで照射したと思うと、ぐんぐん東へと進んで、パキスタンのサインダクという町の近くで国境を越えた。『警告、MiG－29捜索モード、九時の方角、三三海里、上空、探知閾値未満』と、脅威警告コンピュータが報告した。

「少将……」だが、ヴァンパイアはすでに反応していた——レーダー追尾回避装置《トラックブレーカー》を作動させるとともに、ＡＬＥ‐55光ファイバー曳航囮《デコイ》を尾部ファリングからくり出した。ＡＬＥ‐55は弾丸形の小さな装置で、ヴァンパイアの位置を隠すために妨害電波や欺瞞《ぎまん》電波を発信して、脅威を遠ざける。じつに効果的な装置ではあるが、直接の攻撃にさらされたときに脱出するのを補助する最後の手段だった。レベッカは語を継いだ。「防御兵器を搭載しないで任務に出撃するようなことは、もう二度とやりませんよ」ヴァンパイアは、短射程のスティンガーからきわめて長射程のアナコンダに至るまで、ありとあらゆる防御用空対空ミサイルを搭載できる――だが、今回はそもそも反撃が必要になるような任務ではなかった。

「パキスタン軍捜索レーダー、三時、四〇海里」マクラナハンが報告した。「探知閾値よりだいぶ下だ」

『警告、ＭｉＧ‐29追尾モード、九時、二五海里』

「トラックブレーカー作動」悪態をときどきまじえながら、マクラナハンが報告した。トラックブレーカーは敵戦闘機の追尾レーダーに干渉して妨害するが、軍用機が付近にいることを知らせてしまう――また、敵戦闘機が、妨害電波をたどって発信源に向けてミサイルを発射する能力を備えている可能性もある。

「パペッティア、こちらコントロール」ルーガーが無線で連絡した。「ＣＯＬＡに切り換え、北東を目指せ。まだ確実にロック・オンされてはいない」

マクラナハンは、前部計器盤の大型のスーパーコクピット・ディスプレイをじっと見た。北東のパキスタン－アフガニスタン国境付近の地形は完全に平坦で、ずっと北のほうに干上がった湖がいくつかあった。いくらステルス性能を誇るとはいえEB－1Cは大型爆撃機だから、砂漠上空を飛んでいたら、高空から追撃するMiG－29に容易に追尾されてしまう。それに、MiG－29はエンジンの熱を二〇海里離れていても探知できる新型の赤外線センサーを備えている。攻撃にはレーダーを必要としないだろう。

「九〇度左へ急旋回」マクラナハンは命じた。

「えっ？　イランに向かうの？」

「見晴らしのきく場所で捕まったら、格好の的になる」マクラナハンはいった。「西の山地から離れないほうがいい」レベッカはもう反論せず、左急旋回を行なった。その戦術が功を奏した。MiG－29の針路から九〇度それるように飛ぶと、MiGのパルス・ドップラー・レーダーは相対速度が捉えられなくなって、レーダーの反射信号《リターン》を雑音として無視する。「MiGのロック・オンがとぎれた」マクラナハンは報告した。「七時、二五海里に移動しつつある。レーダー・コーン（漏斗状にひろがる探知範囲）を脱した」

まだ危地を脱してはいなかったが、ザーヘダーンを発進した戦闘機集団は、ほどなくふり切った。短射程・長射程の地対空ミサイル陣地が国境沿いになおも数カ所あったが、ミグハンド高地を北に飛ぶと、その裏側を通過する格好になった。干上がった湖の多い地域を過ぎると即座に、EB-1Cは国境を越えてアフガニスタンに戻った。肉眼による発見や自走高射砲のたぐいとの予期せぬ遭遇を避けるために、高度一万五〇〇〇フィートに上昇することができた。

「パペッティア、こちらコントロール」デイヴィッド・ルーガーが呼びかけた。「いまちょうどトルクメニスタンの国境を越えているぞ。トルクメニスタン陸軍には、ロシア製の防空システムがしこたまある。あんたらの真正面にそういう代物がいっぱいならんでる」

「ステルスホークと一度だけリンクを試みて、すぐに脱出する」と、マクラナハンは答えた。

数分後、マクラナハンはステルスホークの暗号化された無線標識電波をレーザー・レーダーで捉え、すでに国境を越えてトルクメニスタンに侵入しているステルスホークをまうしろから追尾した。レベッカはEB-1Cを北東に向け、ミリタリー・パワー（アフターバーナーを使わない範囲での最大推力）全開で距離をぐんぐん縮めていった。「めちゃめちゃ燃料を食ってるわよ」考え込むようにいった。「じかにデータリンクできる距離に近づくまで、どのぐらいかかるの？」

「約五分」マクラナハンはいった。「おれたちの距離計算が正しければ……」一〇海里以内に接近したところで、ステルスホークとのデータリンクをふたたび確立することができた。「捕まえた！」うれしそうにマクラナハンが声をあげた。「反応している！」

その瞬間、脅威警告受信機が息を吹き返した。『警告、SA-4監視レーダー、一二時、三八海里、探知閾値未満』脅威警告コンピュータが告げた。SA-4は高性能の自走式地対空ミサイルで、それだけの距離から発射されても、二分以内にEB-1Cに到達するはずだった。

「やめてよ、少将。わたしたち、SA-4めがけて飛んでる……！」

「このまま進むんだ、レベッカ。もうちょっとで完全に捕まえられる」

『警告、SA-4目標捕捉モード、一二時、二〇海里』曳航デコイも含めた電子対策システムが作動し——EB-1Cはふたたび敵の関心の的となった。だが、ステルスホークを一八〇度方向転換させるまでは、手の打ちようがない。

「くそ……トルクメニスタン軍はおれたちのデータリンク信号を探知したにちがいない」マクラナハンはいった。EB-1Cとステルスホークのあいだの信号は暗号化されているが、送信そのものは探知できる。いくらステルス性が高くても、じきにトルクメニスタン軍に位置標定されるのは確実だった。

「早く逃げましょう、マクラナハン！」

「もうちょっと……」マクラナハンが一八〇度方向転換を命じると、ステルスホークが反応した。「ステルスホークが反応している！」レベッカが即座に左急旋回を開始した。

「左右水平だ、機長……」マクラナハンは命じた。

「だめよ――SA‐4に顔をぶち抜かれるわ！」

「もっと接近しろ、レベッカ」マクラナハンは指図した。「ステルスホークはSA‐4から遠ざかりつつある。心配ない。針路を戻して、もとどおりやっこさんの背中を押しつづけるんだ」

「冗談じゃないわ」

「それじゃ降下しろ」マクラナハンはいった。「そうすればSA‐4には捕まらない。二〇〇〇フィート以下で飛べば、SA‐4はこっちを見失うはずだ」

「二〇〇〇フィート！　二〇〇〇フィート以下に降下しろっていうの？」

「ステルスホークを失ったら、軍事・外交両面で十年来の厄介な事態になる。あと何分かあればいいんだ、レベッカ」

レベッカは、恐怖と怒りの混じった表情をマクラナハンに向けた。だが、もとの針路に向けて旋回し、操縦桿を押した。「まったく、少将、ちゃんとやってよ――急いで！」

ちゃんとやれた。一〇海里以内の距離を維持できるようになると、たちまちステルスホークが一八〇度方向転換して、EB‐1Cに接近してきた。トルクメニスタン国境から一五海里来ていたが、射程の長いSA‐4の陣地からは遠ざかることができるようになった。SA‐4の〝ロング・トラック〟監視レーダーが発信されていることを告げる警告音が、ふたりの耳に依然として鳴り響いていた——おそらくいまも探知されているだろうし、追尾されている可能性もあった。マクラナハンがステルスホーク管制コンピュータにコマンドを打ち込むと、ステルスホークはEB‐1Cと集合する機動を開始した。

そのとき突然、甲高く間隔の短いビーッ、ビーッ、ビーッ！という警告音につづき、コンピュータ合成の女性の声が落ち着き払って告げた。『警告、SA‐4ミサイル発射、四時、二八海里。着弾は五〇秒後……警告、二基目のSA‐4ミサイル発射、四時、二八海里、着弾は五八秒後』最後に『では、ごきげんよろしゅう』とつけくわえるのではないかと思えるほど、明るく落ち着いた声でいい放った。

「どうするのよ、少将……！」

「時間はある」マクラナハンはいった。「ステルスホークの向きを変えさせることができれば、あとはだいじょうぶだ」

「パペッティア、どうなってるんだよ？」ルーガーが呼びかけた。「あんたらめがけてSA‐4が発射されたぞ！」

「三〇秒後には離脱している」

「三〇秒なんてないぞ！」

「ステルスホークは捕まえた、デイヴ。二五秒で片がつく」

「頭がどうかしたんじゃないか」ルーガーは本気でそういった。「加速して逃げようとしても、時間がないっていってるんだよ」

「電子対策準備……トラックブレーカー作動……曳航デコイ展開」マクラナハンはつぶやいた。

『着弾まで四〇秒』

「早く逃げないとやられちゃう、少将！」

「逃げ切れる。あと一五秒あればいい」

『着弾まで三〇秒』

マクラナハンが不意にコンピュータに音声コマンドを告げた。「逃げるぞ、レベッカ！　COLAを設定した。ゾーン5にぶち込め。早く！」

「少将……？」

「SA－4が加速している――こっちへ急降下してくる」マクラナハンはいった。「時間がない。ゾーン5アフターバーナーだ。急げ！　飛行系統は地形追随、地表との距離はCOLA、九〇度左に旋回！」レベッカが即座に反応した――スロットル・レバーをめいっぱい押し込むと、EB－1Cが機首を下げ、月の表面を思わせる眼下の砂漠に向けて降下角二〇度の降下を開始した。マクラナハンがCOLAに設定してあったので、突起部がきわめてすくない地形を超低空飛行した。地表からの距離はEB－1Cの全幅

——約四〇メートル——を下まわっていた。マクラナハンはステルスホークにレーダー類をすべて作動させ、爆弾倉扉もすべてひらかせた——レーダー断面積を増大させ、二機を追尾しているSA‐4が、ステルスホークのほうがEB‐1Cよりも大きいと錯覚するように、あらゆる手を使った……。

数十秒後、マクラナハンは報告した。「ステルスホークのコンタクトを失った！　SA‐4が命中した。もう一度九〇度左へ旋回、上下回避機動！　早く！」レベッカがEB‐1Cの機体を大きく傾けて旋回し、レーダー断面積ができるだけ小さくなるように、機首をSA‐4のレーダーと正対させ、必死で操縦桿をすばやく前後に動かした。小刻みな高度の変化に追随しようとしてSA‐4が向きを変えた拍子になめらかな要撃針路からはずれるのを狙った回避機動だった。「トラックブレーカー、オン……チャフ……チャフ……くそ、つかまれ！」

SA‐4ミサイルはそれた——だが、EB‐1Cヴァンパイア爆撃機の機首の数百メートル左で、一三五キロ弾頭が爆発した。火球の発するまばゆいオレンジ色の閃光が、コクピットを明々と照らした。マクラナハンは目をつぶるのが間に合ったが、レベッカは弾頭が炸裂したときにまともに見てしまった。レベッカが悲鳴をあげた瞬間、見えない巨大な拳が機首に叩きつけられた。裏返しになって制御を失うかと思われた……。が、マクラナハンがふたたびあたりのようすを見られるようになると、意外にも機体はひっくりかえっていなかった。機長側の多機能ディスプレイが一台消え、左翼側のジェネレータ二台が機能しなくなっていたが、あとはどこも支障がないようだった。

レベッカはそうはいかなかった。「くそ！」金切り声をあげた。「目が見えない！　操縦を代わって、任務指揮官《MC》！」

「操縦を代わる」マクラナハンは答えた。オートパイロットに音声コマンドで命じて、絶対高度五〇〇フィートで水平飛行させ、ＳＡ－４自走高射砲陣地から遠ざかって、アフガニスタンとの国境を目指し——三分後には国境を越えていた。トルクメニスタンの国境とアンドホイの中間あたりで上昇を開始し、一〇分後には安全な巡航高度に達して、アフガニスタンを南に縦断し、危険なパキスタン国境地帯に向けて飛んでいた。

「パトリック、ジェネレータを修復した」傷ついたヴァンパイアからデータリンクで伝えられるリアルタイム報告を数人の技術下士官とともに調べていたルーガーが、無線で報告した。「エンジン、作動油圧、空気圧、電気すべて異状なし。われわれは機を制御している。レベッカのぐあいは？」

「だいじょうぶ」レベッカが小声でいった。マクラナハンが目を入念に調べたが、目立った損傷はないようだった。「目がくらんだだけ。すぐに治るわ。救急箱からアスピリンを二錠出してくれる。それと、目薬か膏薬でもあれば」風防に目を凝らした。「ちょっと、変じゃない。外が見えない。それとも、わたしの目がおかしいの？」

マクラナハンも風防を覗いた。「真っ黒に煤けてるし、ひびがはいってる——SA-4の爆発で合わせガラスが剝離したんだな」懐中電灯で機首のほうを照らした。「機首も厄介なことになっているようだ。デイヴ、空中給油システムを点検してくれ」

「スタンバイ」数秒しかかからなかった。「ああ、こいつは厄介だぞ——空中給油システムの自己診断機能が働かない。スリップウェイ・ドアが損壊してるみたいだ」

マクラナハンは強力なスポットライトを出して調べた。「金属板があちこち剝がれている。スリップウェイ・ドアが吹っ飛ばされてはずれかけ、スリップウェイのなかにひっかかっているらしい」

「給油できないとやばいことになるわよ」レベッカがいった。

バトルマウンテンの技術下士官たちに手伝ってもらいながら、マクラナハンは飛行マニュアルの空中給油システム・チェックリストを読みあげていった。やがて、スリップウェイ・ドアを作動する回路のブレーカーを動かす手順に達した。「これが最後だ——手動ドア閉鎖レバーを引く」マクラナハンは読みあげた。

「やってみろ、マック」ルーガーがいった。「それしか手はないんだ」

計器盤の上のほうの小さなT字形レバーを、マクラナハンはしっかりと強く引いてから、スポットライトで機外をもう一度照らした。「どうなの？」レベッカがきいた。

「変わらないみたいだ。スリップウェイ・ドアが支えからもげて、奥にひっかかっている。デイヴ……」

「最善の距離をいま計算している」ルーガーが応答した。

マクラナハンは、レベッカと席を換わり——レベッカはまだ目がよく見えないので、機長席に座っていないほうがいい——ただちに操縦系統を航続距離が最大になるように設定した。EB-1Cヴァンパイアは任務適応テクノロジーを採用しており、胴体内の小型アクチュエイターによって胴体と機体の表面そのものを微妙に変化させ、空力特性を最適化することができる。気速（対気速度）を増加させ、低速飛行性能を向上させ、横風を受けながらの着陸を楽にし、乱気流の影響を減じるなど、さまざまな設定が可能だ。

マクラナハンは操縦系統に、できるだけ燃料を節約するようにと命じた。音声コマンドでそう告げたとたんに、気速が感じられるくらい落ちて、かなりゆっくりした上昇がはじまった。任務適応テクノロジーにより、抗力を減じるために、操縦翼面をできるだけ平らにしているのだ。運動性能は相当落ちるが、燃料はかなり節約できる。上昇するにつれて空気が薄くなるので、気速が増し、おなじ量の燃料でより遠くへ飛べるようになる。とはいえ、帰投にかかる本来の予定飛行時間は、四時間だったのが五時間になり、それがじきに五時間半の耐久航行に定まった。

しかも、全面的な警戒態勢をとっているパキスタン軍防空網を、これから潜り抜けなければならない。

「精いっぱいの数字を割り出した、マック」デイヴィッド・ルーガーが報告した。「それから、こっちの精いっぱいの推測でも、ぎりぎりに近いぞ。風も味方してくれない――二〇分、燃料が足りない。でも、三万九〇〇〇フィート以上に上昇できて、最小推《アイドル・》力《パワー》でごく浅い降下をすれば、不足分は補えると思う。スリップウェイ・ドアはどうだ？まだはずれないか？」

「あいかわらずだれかが屑鉄を突っ込んだみたいになっている。左のレーダー覆いも一部なくなっているみたいだ」

「了解。スリップウェイ・ドアが詰まっているようなら、給油機は帰投させるしかない。待っているだけの燃料もないんだ」

「帰投させてくれ」マクラナハンはいった。「基地で給油して、もう一度こっちを追わせてくれ。降下中に接近して、ブーム操作員にこっちのようすをよく見てもらうという手もある」

イラン－アフガニスタン－パキスタンの国境が入り組んでいる地域では、捜索レーダーの電波や逆上したような無線交信がさかんに交錯していた。「どうやらツキに恵まれたみたいだ」マクラナハンはいった。「どこの航空機も燃料が乏しくなって帰投しはじめた。イランのSA－10はまだがんばっているが、発信がとぎれとぎれになった。友軍機を撃墜したり、国境を越えてパキスタン軍機を攻撃したりする懸念があるからだろう」

「ああよかった」レベッカが、ひりひりする目に目薬を注しながら、皮肉をいった。

「十字砲火に捕まらないでインド洋に落っこちるまで飛べるみたいね」

「待て。帰投しようとしているんじゃない——べつのターゲットを追っているんだ！」

データリンク集成戦術ディスプレイをしげしげと見て、マクラナハンが大声でいった。自分のレーザー・レーダー・ディスプレイに切り換え、二秒の照射で画像を速写した。

「一時の方角の低空、距離三八海里にでかい物標《ターゲット》がある。かなりでかい——ボーイング747ぐらいある。VHFやUHFや航法捜索周波数で発信を行なっている」無線の周波数をあちこちに切り換えた。「ティン・マン、こちらパペッティア」

「やあ、ボス」ハル・ブリッグズが応答した。ハル・ブリッグズ空軍大佐は、陸軍と空軍の両方で訓練を受けたコマンドウで、保安・警備を専門としている。マクラナハンとは永年の相棒で、友人でもある。いまはバトルマウンテン空軍予備役基地のバトル・フォースと呼ばれる秘密部隊の司令をつとめている。バトル・フォースは練度の高い重武装のコマンドウによって編成され、世界各地の特殊作戦を支援している。

「いったいなんのつもりだ？」マクラナハンはきいた。

「そちらの通り道をこしらえてるんですよ」ブリッグズが答えた。不具合を起こしたステルスホークを追ってマクラナハンたちが内陸部に機首を向けるとすぐに、ブリッグズはMV－32ペイヴ・ダッシャー・ティルトジェット機を秘密作戦用貨物船の甲板から発進させた。予備の燃料と電子戦機器を搭載して陸地へ急行し、パキスタン－イラン国境地帯に旋回地点を確保すると、妨害発信機《ジャマー》や欺瞞発信機《デコイ・トランスミッター》を作動した。デコイ・トランスミッターによって、MV－32はイラン軍とパキスタン軍のレーダー画面に実物の一〇〇倍の大きさで映った——とうてい無視できないようなターゲットだ。

「ありがたや、ティン・マン」マクラナハンはいった。「しかし、イランとパキスタンの戦闘機五、六機がそっちの三〇海里以内にいるぞ。一機は二〇海里以内で、そっちを探知しているかもしれない。できるだけ低空におりて、南東に逃げろ」

「逃げ出しはするが、パペッティア、南東へは行かない」ブリッグズが応答した。「そちらが南東へ行ってください。安全な距離に離れるまで、われわれが悪党どもを引きつけておきます。燃料を節約しないと」

「兵装は積んでいるのか？」

「いいえ」ブリッグズは答えた。通常、MV－32はレーザー誘導のヘルファイア・ミサイル、TV誘導のマーヴェリック空対地ミサイル、赤外線追尾方式のスティンガー空対空ミサイル、二〇ミリ機関砲のいずれかを収納可能な兵装ポッドを搭載する——しかし、今回は任務の必要性に応じて、三〇〇ガロン分の予備燃料タンクを積んでいる。機首に二〇ミリ・ガットリング機関砲一門を搭載してはいるが、高速の戦闘機に対しては有効な武器ではない。「悪党どもの位置を教えてくれると助かります、パペッティア――それと、三次元映像も」

「了解した、ティン・マン」マクラナハンは答えた。地形が強調される表示にディスプレイを切り換えた――レーザー・レーダーの捉えている映像は、昼間に撮った写真みたいに細かい部分までくっきりしていた。「南に向かい、できるだけ低く飛べ。いちばん近い敵機《バンディット》はそちらの四時、上方、距離一五海里に近づいている。レーダーでそっちを照射している。ジャマーは作動しているか?」

「了解」

「そちらの一時、八海里に、かなり深いクレバスがある。見えるか?」

「見えません」

「敵機は妨害対応装置《カウンタージャマー》を使っている――そっちを確実にロック・オンしたようだ」マクラナハンは報告した。「二〇度右に旋回。急旋回しろ」MV‐32のファンジェット・エンジン排気口には放熱を減らす装置が備わっているが、それでも夜空ではきわめて目立つ高温の点となるから、赤外線追尾方式のミサイルにとってはいい的だ。まずはその熱い排気口がイラン軍戦闘機の赤外線センサーに見えにくいようにする必要がある。「敵機は降下し、減速している。狙い撃つつもりだ」

「やれやれ」

「まだ遠いから届かないはずだ、ティン・マン」マクラナハンはいった。「さらに一〇度右へ旋回しろ。敵はまもなく赤外線ミサイルの最大射程に達する。準備し——」

「敵が撃ちやがった！」ブリッグズが叫んだ。「もう一基発射した！　ミサイルが二基飛んでくる！」ＭＶ‐32は、後方の敵機の熱を追尾する脅威受信機を尾部に搭載している——その敵機が閃光もしくは高熱を発したときは、ミサイルを発射したと判断し、ミサイル発射警報を発する。「回避機動中……フレアー射出」ブリッグズの声には緊張が感じられ、ＭＶ‐32の機長がミサイルの方角に急な機動を行なったときにうめくのが、マクラナハンの耳に届いた。ＭＶ‐32ペイヴ・ダッシャーの機首がミサイルの方角を向くと、囮のフレアーが空中のもっとも熱い点に見え、ミサイルはそちらを追うはずだ——そうマクラナハンは祈った。

「Ｚ軸プラス転移！」マクラナハンは叫んだ。「いまだ！」

ペイヴ・ダッシャーには、イラン軍戦闘機には備わっていない特徴がひとつある——垂直に飛行できる能力だ。マクラナハンが多機能ディスプレイで追撃の推移を見守っていると、ＭＶ‐32が不意に宙で停止し、飛来するミサイルの方角に機首を向けたままで、分速五〇〇フィートという速さで真上に上昇した。それで空にはフレアーよりもなお明るい物体がふたつ生じた——目には見えない灼熱の太いジェット排気が二本。見逃すことのできないターゲットだ。ミサイルは二基ともその熱い空気の筒を目指し、MV‐32の一〇〇フィート下で爆発して、なんの損害もあたえられなかった。

マクラナハンは、それを見ていなかった。イラン軍戦闘機がなおもMV‐32めがけて突き進むのを見ていた。イラン軍のパイロットは〝ターゲット固着〟を起こし、獲物が死ぬのを見届けたいあまり、操縦といういちばん重要な仕事をおろそかにしているのか、あるいはミサイルか機関砲でさらに攻撃して仕留めようとしているのか、どちらかにちがいない。「バンディットがそっちの一二時、五海里、やや上方、急激に接近している!」マクラナハンは無線で伝えた。「ロック・オンしてやっつけろ!」

MV‐32の機長はただちに赤外線照準センサーを作動し、マクラナハンの教えた方角に向けた。わずか五海里の距離の敵戦闘機は、機長の照準スコープに大きなグリーンの丸となって映った。機長は敵戦闘機にただちにロック・オンし、火器管制コンピュータに二〇ミリ・ガットリング機関砲でターゲットを狙うよう指示して、距離三海里で発砲した。

イラン軍パイロットのほうは、三〇ミリ機関砲での攻撃を距離二海里で開始するという判断を下していた――それが命取りになった。パイロットが射撃を開始するほんの一秒前に、MV‐32の機関砲弾が戦闘機のキャノピイとエンジンを切り裂いた。イラン軍戦闘機は火の玉となって夜空に炎の条《すじ》を描き、MV‐32ペイヴ・ダッシャーのほんの一海里前方の山に墜落した。

「みごとな射撃だ、諸君」戦術ディスプレイから戦闘機が消滅すると、マクラナハンはいった。「よし、南東に向かえ。そちらの後方に危険はない。いちばん近い敵機《バンディット》はそちらの五時、三七海里、ロック・オンしていない」

「手伝ってくれてありがとう、ボス」ブリッグズが告げた。「ホーム・プレートで会いましょう」

「朝食を食べないで待っていることはないぞ。まだしばらくかかるからな」マクラナハンはいった。ンはいった。レベッカがうめいたが、なにもいわなかった。

五時間後、まだ基地までは三〇〇海里もあったが、スカイ・マスターズ社の支援機——DC‐10旅客機をステルスホークの設計者でもあるジョン・マスターズが母機・支援機に改造した社用機が、EB‐1Cヴァンパイアよりやや高度が上の前方の位置につけた。DC‐10の機長、航空機関士、ブーム操作員の三人が、尾部のブーム操作ポッドにはいって、ブームの下の大きなピクチャー・ウィンドウから観察した結果、おなじひとつの結論に達した。「気の毒ですが、パペッティア」ブーム操作員が報告した。「スリップウェイの左側全体がへこんでいて、スリップウェイ・ドアがそこに挟まっています」

「ブームでこじってドアをどけられないか?」マクラナハンはきいた。

「やってみてもいいですね」ブーム操作員はいった。ゆっくりと慎重に給油ブームを爪楊枝のように操り、金属片を押したり引いたりして、スリップウェイの奥の受油口《レセプタクル》（棒状の給油用ブームの先端のノズルを差し込むソケット）からどけようとした。二〇分後、大きな金属片が風防に当たった――ありがたいことに風防は割れなかった。「やってみてください、パペッティア」

　マクラナハンは、操縦で手いっぱいだった。レベッカはまだ目がよく見えないので、微妙な作業はできない。マクラナハンは操縦系統コンピュータを空中給油モードに切り換え、ヴァンパイアを連結位置へと上昇させた。ブーム操作員がブームの先端のノズルを出した。損壊しているスリップウェイでノズルが弾むのがみえたが、ようやくレセプタクルに収まった。「連結確認ランプがつきません」ブーム操作員がいった。「トグルがちゃんとはまっていない。でも、差し込みましたよ」

「給油をはじめてくれ」マクラナハンはいった。

　ブーム操作員が給油ポンプを作動した――レセプタクルから噴き出す何百ガロンものジェット燃料がガラスの表面を流れて凍り、たちまち風防が氷に覆われた。「連結がはずれた」除氷装置を作動して、マクラナハンはいった。「それでも、いくらかは給油できたようだ。できるだけ機体を安定させるから、何度も注入してくれ」

　こんな異様ではらはらする乱暴な給油は、マクラナハンにもはじめての経験だった。ノズルが何度も損壊したスリップウェイ・ドアにぶつかる。レセプタクルにノズルを突っ込むと、ブーム操作員は無理やり押し付けたまま、ポンプの出力を下げて給油する。

また燃料が条を描いて流れる——それでも、少量がヴァンパイアのタンクに流れ込んでいた。

アメリカ海軍がイギリスから租借しているインド洋の小島ディエゴ・ガルシアまで一〇〇海里の地点で、DC-10はついに給油を終えた。「二〇トン弱、給油しましたよ——そっちのタンクにどれだけはいったのかは、見当もつきませんが」

「とにかく、燃料系の針がぐんぐんEに近づくのだけはとめてくれたよ」マクラナハンは、暗い声でいった。「ありがとう。地上で会おう」

「幸運を祈ります、パペッティア」

航続距離を最大にするモードに操縦系統を戻してから、マクラナハンとレベッカは進入と着陸の手順を検討した。といっても、選択肢はひとつしかない。追い風の滑走路に直線進入するしかない。ディエゴ・ガルシア付近の風によって内陸部に向けて押し流されることになるが、向かい風を受けて着陸できるだけの燃料がヴァンパイアには残っていない。操縦はマクラナハンがやるしかない——しかも、一度で着陸を成功させなければならない。

マクラナハンは第一無線機を海軍進入管制の周波数に合わせた。「レインボー、こちらパペッティア」

「パペッティア、こちらチャーリー」ディエゴ・ガルシア海軍航空基地の航空作戦部長の海軍大佐が応答した。「そちらの飛行状況をずっと観察している。そちらの意図をいってくれ」

「滑走路一四に直線進入、完全停止着陸を行なう」

「完全に制御できる着陸なのか？」

「定かでない、チャーリー」

「スタンバイ」長くは待たされなかった。「要求を却下する、パペッティア」大佐がいった。「すまないが、パペッティア、不時着によって飛行場が閉鎖される危険を冒すわけにはいかない――たった一本の乾いた滑走路を当てにしている他の航空機が多数ある。着水もしくは射出地域に誘導し、救難回収チームを待機させる。そちらの意図を通知してくれ」

「チャーリー、われわれは着陸できる」マクラナハンは応答した。「われわれが制御を失って接近しているように見えたなら、島から遠ざかる。だが、着陸できると思う。着陸許可を要求する」

「要求は却下する、パペッティア」大佐が答えた。「気の毒だとは思うが、ヘミングウェイからの指示だ」〝ヘミングウェイ〟とは、今回の任務に全面的な作戦上の権限を有する四つ星の将軍(大将のこと)――アメリカ中央軍司令官のことだ。

「大佐、パペッティアは緊急事態を宣言する」マクラナハンは告げた。「燃料は一五分飛べるだけで、二名が搭乗している。追い風の滑走路での完全停止着陸を希望する。人員と装備を待機させてくれ」

マクラナハンが送信ボタンを放したときには、作戦部長《チャーリー》はすでに返事をしていた——いや、どなっていた。「……くりかえす。ディエゴ・ガルシアに着陸を敢行してはならない、パペッティア。わかったか。そちらの航空機は、われわれの基地にとってとてつもなく危険だ。着水地域への誘導に従うように。受領通知しろ！」

「了解、レインボー」マクラナハンは答えた。ディエゴ・ガルシアの作戦部長は、マクラナハンが直接交渉するつもりだというのを見抜いているにちがいない。そんなことはどうでもいい。ヴァンパイアは厄介な状況にあり、ディエゴ・ガルシアに着陸できなかったら生き延びられない。

だが、数分後にマクラナハンが国防長官から得た返事も、ディエゴ・ガルシアへの着陸は許可しないというものだった。インド洋のきわめて重要な滑走路が閉鎖されればたいへんな事態になるからだ。

「どうするの、少将？」レベッカがいった。十数分後に愛機を失うはずの機長にしては、いやに冷静だ。「任務前にこういう緊急事態のことは何日もかけて検討したのに。ほんとうにやらなければならなくなるなんて、信じられない」

アメリカ海軍のF／A-18ホーネット戦闘爆撃機二機が合流し、ヴァンパイアの機体の状況を調べて写真を撮影した。戦闘機二機で挟み込み、最終進入路から排除しようとするつもりだろうとマクラナハンは思ったが、そういう強引な手は使われなかった。「パペッティア、やめておけ」片方の戦闘機のパイロットがいった。「あんたのせいで滑走路が閉鎖されたら、おれは射出しなければならなくなるんだ。あんたを恨むぞ――おれの女房や子供も恨むだろうよ」マクラナハンは答えなかった。

「少将、家族のことを考えろ」べつのだれかがいった。「こんなことに命を懸けることはない。たかが機械じゃないか。そんな値打ちはない」

それでもマクラナハンは答えなかった。いわれるまでもなかった。中央アジアを飛んだ五時間あまり、考えていたのは家族――ネヴァダで帰りを待っているひとり息子のブラッドレーのことばかりだった。ブラッドレーの母親ウェンディは、リビアにおける任務の際にマクラナハンの弟ポールとともにむごたらしく殺された。マクラナハンは息子に会い、弟を埋葬するためにいったん帰国し、ウェンディを救出しようとした。ウェンディが囚われていることを、亡命中のリビア王が突き止めてくれたのだ。

救出任務は失敗に終わった。ウェンディは死に、マクラナハンはかろうじて脱出した。リビア王が立憲君主国を設立し、ウェンディの遺体をアメリカに運ぶことができた。無残な遺体を火葬し、灰を太平洋に撒《ま》いた。それ以来、マクラナハンはけっしてブラッドレーのそばを離れないと誓ったのだが……。

しかし、トマス・ソーン大統領に空軍少将の星をあたえられ、バトルマウンテンの航空戦闘軍《エア・バトル・フォース》の指揮官に命じられると、その誓いはあえなく破られた。最初はトウノパ試験場、ドリームランド、ワシントンDCなどへの短い出張で家を離れる程度だった。ブラッドレーは、マクラナハンの妹にバトルマウンテンの自宅で世話をしてもらうか、あるいはサクラメントの妹宅に行った。マクラナハンが出張に連れていくことも多かった。ブラッドレーは友だちをこしらえ、Tボールで遊び、父親が帰ってくればうれしそうな顔をして、心の傷を負っているようすもなく、まとわりつきもしなかった。ブラッドレーはたくましいのだ、とマクラナハンは思った。まだ幼いのに、いろいろな目にあっている。

だが、今回はインド洋のディエゴ・ガルシアを基地とする一週間におよぶ任務に従事した。無人機の管制・監視任務だと自分にいい聞かせて正当化した――敵地上空を飛ぶ予定はまったくなく、最大離陸重量二一六トンの爆撃機に乗っていて、まったく危険はない、と。そんな浅はかないいわけすら、こうして吹っ飛んでしまった。悪くすると息子を孤児にしてしまう危険はきわめて大きい――よくても司令官職を解かれるだろう。またしても。

ホーネット二機が、空中衝突のおそれがなくなるのにほっとしながら、ようやく遠ざかり、ヴァンパイアはひとりきりになった。

ディエゴ・ガルシアの数海里北で、燃料が尽きた片方のエンジン一基が燃焼停止した。

「片側が二基とも停止する前に、反対側のエンジン一基を停止して」レベッカが指示したが、マクラナハンはすでにコンピュータがそれを行なうように設定していた。レベッカは自分の側の風防に目を凝らしたが、ぼんやりとしか見えなかった。「だいじょうぶ？」返事はなかった。「パトリック、どうしたの？」

「その……息子のことを考えていた」マクラナハンはいった。「リビアではウェンディが死に、やっとの思いで生還したというのに、またブラッドレーをみなしごにしてしまいかねないことをやっている」

「まだ射出できるわよ。いつでもどうぞ。そう指示してくれればいいのよ」

マクラナハンはためらった――だが、それはほんの一瞬だった。「いや。おりられる」

「パペッティア、高度が低すぎる」ディエゴ・ガルシアの管制官が呼びかけた。「ゆるやかな旋回をはじめて、最終進入路を離れないと、着水地域に到達できないぞ」

「いまやらないとだめよ、パトリック」レベッカが、落ち着いた声できっぱりといった。

「ぐずぐずしていて、あとで急な旋回をしたら、失速して墜落する。エンジンがもう一基とまったら、着水地域に行けない。旋回中にエンジン一基がとまったら、早いきりもみを起こして、海底から浚渫《しゅんせつ》機で掘り起こしてもらわないといけなくなる。いま旋回して」

「いや。おりられる」

「少将、馬鹿なことはやめて――」

「レベッカ、着水したら三億ドルの飛行機がまるまる失われる」マクラナハンはいった。「着陸して滑走路におろすことができれば、たとえ飛行場が使えなくなっても、それだけの損害が生じることはないはずだ」

「頭がいかれてるわ」レベッカはいった。「あなたはただ上のいうことに従わないだけじゃない――異常な自殺願望があるのよ。この前、国家指揮最高部の直接命令に従わなかったときにどんな目にあったか、忘れたっていうの?」

「四八時間以内に空軍を退役させられた」

「そのとおりよ」レベッカはいった。「わたしまで道連れにしそうになって」

「おりられる」マクラナハンはいい張り、マイク・スイッチを押した。「ディエゴ管制塔、こちらヴァンパイア31、滑走路一四に完全停止着陸の最終進入中」秘話でない周波数なので、機密に属さないコールサインを使った。

「ヴァンパイア31、こちらディエゴ管制塔」イギリス人管制官が応答した。「着陸の正式な承認を得ていないが」

「ディエゴ管制塔、ヴァンパイア31は操縦系統が故障し、五分飛ぶだけの燃料しかない緊急事態に陥っている。消火装備の準備を要求する」

「ヴァンパイア31、そちらは着陸の承認を得ていない!」管制官がどなった。怒りがつのるにつれて、ますますイギリス人らしいしゃべりかたになっていった。「進入を中止し、東に向きを変え、この空域を出るように」

「パペッティア、こちらレインボー」秘話チャンネルにアメリカ海軍の作戦部長が割り込んだ。「進入を中止し、空域を出るよう命じる。さもないと少将の階級を剝奪してやる。国に帰ったら部隊を指揮するどころか、モータープールでタイヤの交換をするようなはめになるぞ」

マクラナハンはそれを黙殺した。たしかに、軍歴は危ういだろう――いまこの瞬間に終わったも同然だ――それだけではなく、地上の人間にも危険がおよぶはずだ。たかが飛行機だ。どうしてそこまでやる。なぜだ?

「パペッティア、進入を中止するよう命じる。早く!」

その瞬間、コンピュータが報告した。『飛行形態警告』

「無視しろ」マクラナハンは命じた。「降着装置は出さない」

「少将……?」

「覚悟はできている」マクラナハンは、レベッカが口にしなかった質問に答えた。まともにはおりられない。高度が落ちていて、前方の滑走路はもう見えなかった。

水面にぶつかる直前に、マクラナハンはスロットル・レバーをすべて〈最低推力《アイドル》〉に戻し、持ちあげてから〈停止〉に入れた。そして、スイッチをすべて切った――イグニッション、主電源、バッテリー電源。いまやふたりは、機体の動きに身を任せる乗客となった。

大きな爆撃機はみるみる落下していった。滑走路の進入側まで八〇〇メートルもないところで激しく着水した。水面を跳ね飛びながら突進し、左に横転しかかった――だが、そこでビーチに乗りあげ、滑走路の端の照明を壊し、フェンスを突き破り、右に機体を傾けて、滑走路の北の広い駐機場にのぼった。腹をこすって滑り、駐機している軍用機数機まで数十メートルというところで停止した。

たちまち消防車が近づいてきて、消火剤や水をかけたが、どのみち燃料が一滴も残っていなかった。バラバラに分解することもなかったし、エンジンは不時着のだいぶ前に停止していた。ハンターに撃ち落とされた傷ついた鴨のような姿だったが、機体はさして損傷していなかった。

「すごい――おりられた!」レベッカが息を切らしていった。「信じられない」

「おりられたな」マクラナハンも息を切らしていた。「やれやれ……」スイッチ類がすべて切ってあるのをたしかめると、レベッカの射出座席の安全装置をかけ、上の脱出ハッチをあけて、機体の上に出た。救護隊員に助けおろされ、基地の病院に運ばれた。ちっぽけな島に胴体着陸した爆撃機を見物しようと、海軍や空軍の兵士たちがおおぜい集まっていた。

ストレッチャーで病院に運ばれるあいだに、大股で近づいてくる海軍士官数人にマクラナハンは目を留めた。全員が見たこともないくらい怒り狂い、とって食ってやるという表情を浮かべていた。放射能から逃れでもするように、野次馬があわてて道をあけた。マクラナハンは士官たちを完全に無視した。そして、視線をあげていった。「マクラナハンからルーガーへ」

「どうぞ、マック」ルーガーは答えた。皮下に仕込まれた超小型無線機によって、地球のどこにいても交信できる。インド洋の小島でもだいじょうぶだ。「無事におりられてよかった。レベッカは元気か？」

「ああ、元気だ」

「よかった。そこの基地司令が話があるそうだ。中央軍司令官と国防長官もすぐに連絡してくるだろうな」

「了解」マクラナハンはいった。「その前にうちに連絡したいんだが」

「うち？　パトリック、そこの司令の提督が——」

「デイヴ、息子と話をさせてくれ。これは命令だ」マクラナハンはいった。「ブラッドレーに挨拶しないといけない」

その夜
トルクメニスタン－アフガニスタン国境地帯
アンドホイの西二〇キロメートルのタバドカン村

アフガニスタンに新政府が樹立されたとはいえ、アフガニスタン側の国境検問所はたいがい警備が手薄だった。広い幹線道路であっても、小規模な入出国審査と税関の建物があって、国境であることを示す錘付きの金属の遮断機があるだけだった。ひそかに越境するものは、どのみち検問所は通らない。アフガニスタンに来たい人間などいない。それに、アフガニスタン政府には国民が国を出るのをさまたげるつもりはなかった。だから、国境検問所に武装兵士を配してもしかたがない。

しかし、国境の反対側では、事情がまったくちがっていた。アフガニスタンの隣国はいずれも、難民やテロリストと目されている人物が国境を勝手に越えるのを阻止する構えをとっていたので、国境検問所は人員を配置されて厳重な警備態勢を敷いていた。トルクメニスタンでもそういう状況だった。

タバドカンは、トルクメニスタンの国境検問所全般の典型で、支援設備の建物がいくつかある高度に要塞化された国境警備駐屯地だった。下士官と兵は大型テントの兵舎を使い、士官はトレイラー・ハウスに起居する。燃料と飲料水の大型容器が補給所にならんでいる。そして、収容施設がある。トルクメニスタンは、原則としてだれであろうと入国させない——ビザか紹介状かトルクメニスタン旅行局の発行した旅程表がなければ、難民であろうと富裕層であろうと国境から追い返す。ただし、身許を証明する正式書類かパスポートを持たない人間だけは、身許が確認されるまで収容所に留め置かれる。たいがいの場合、アフガニスタン政府が一週間に一度の割合で検問所に係員を派遣して自国民の身許確認を手伝い、収容されていた人間が解放されるようにする。しかし、なにぶん遠陬《えんすう》の基地なので、悪天候やもろもろの事情によって、係員が来るまでひと月かかることもある。

そんなわけで、現在この収容所には、定員をわずかに超える一〇〇人近い収容者がいる。一〇歳未満の子供と女性は、雨風をしのげる施設に入れられ、だいたいにおいてましな扱いを受けていた。一〇歳以上の男の子と男性は、べつの区域の戸外に収容されていた。ひとりに厚手の敷物二枚と金属のカップ一個が渡される。六〇人分の一日の食糧は、緑豆と米の粥《かゆ》がバケツに四杯、水がバケツに四杯だった。獣の皮でこしらえた差し掛け小屋に置いた火鉢で泥炭を燃やし、順番に暖をとった。運のいいときには、いろいろな齧歯《げっし》類や蛇やトカゲを捕らえて焼き、間食にすることもあった。

ザラズィは、国境検問所の一キロメートル東の比較的安全な位置にある砂山から、双眼鏡でこうしたことをすべて観察していた。風速一〇メートル以上の強風がうなりをあげ、砂を捲きあげて、剝き出した頰や額を紙やすりのようにこすった。「くそったれどもが」ザラズィは吐き捨てるようにいった。「やつらはわれわれの国民を一〇〇人も家畜みたいに檻に閉じ込めている」副隊長のジャラルディン・ツラビー中尉に双眼鏡を渡し、確認させた。収容者たちはタリバン戦士のようにも見えるが、距離が遠いうえに風が強いので、たしかなことはわからなかった。

「今夜は巡察《パトロール》も出ていない」ザラズィはなおもいった。ならんで伏せているツラビーは、マフラー二枚で顔を覆い、細い隙間から目だけが覗いている。「実行可能かもしれないぞ、ジャラ」

「あの哨所は簡単に迂回できる、ワキル」ツラビーが不安そうにいった。「二、三日分の補給品があるから、ユサフ・ミルザイまで行くか、その手前のアンドホイまで戻ってもいい。武器弾薬をじゅうぶん用意してから、もう一度捕虜を奪回しにきたらどうだろう」

「しかし、町にひきかえすルートでは、やつらが待ち伏せているはずだ」ザラズィはいった。「まさか国境を越えてトルクメニスタンにはいるとは思うまい」

「それはそうだ――一〇〇キロぐらい無人の油田とサソリと砂嵐しかないんだから」ツラビーは反論した。「カラクム運河まで行けたら死なずにすむかもしれないが、ハラチまでずっとトルクメニスタン国境警備隊しかいない。どういう計画にする、ワキル？」

「われわれを故郷から追い出した国連軍《ブルー・ヘルメット》とアメリカ人に反撃するまで生きつづける。それが計画だ」ザラズィが、棘々《とげとげ》しくいった。「復讐のためにわれわれは生き延びなければならない」

「カラクム砂漠にわれわれが復讐するような相手がいるとは思えない」ツラビーがいった。「とにかくアメリカ人はいない。超音速ステルス爆撃機にぬくぬくと収まっているか、基地にいてロボット攻撃機を衛星で操っているだろう」

「アメリカ人はみんな卑怯者だ。卑怯者らしく死んでもらわねばならない。攻撃されたとき、おれはアッラーに祈り、全能の神と約束をした——生かしてくれれば、神の復讐の剣になる、と。アッラーは祈りに応えてくださったんだよ、ジャラ。方角を示してくださった。方角とはあの砂漠だ——ここをよけて通るのではなく、突破してそこへ行くのだ」友人であり自由戦士の同志であるツラビーのほうを向いた。「鹵獲した車輛に国連の旗を立て、ライトをつけて走る。礼儀正しく、愛想よくふるまわなければならない。そして、アッラーが今夜われわれにどのようなものを用意してくださったか、見届けようじゃないか」ザラズィは、ツラビーの肩を叩いた。「顎鬚をそり落とす時間だ、友よ」

「軍用車輛が接近しています！」歩哨が叫んだ。「何者かがやってきます！」

駐屯地の指揮官が仮眠をはじめたところへ、その報せが伝えられた。指揮官は悪態をついて起きあがり、検問所に面した監視窓に立っている先任軍曹のところへ行った。軍曹は双眼鏡で観察していた。「どうだ、軍曹？」

「砂嵐がひどくて、はっきりとはわかりません」軍曹がいった。「BTRがピックアップを牽引しているようです——ちょっと待ってください。旗が見えます。国連のパトロールです。鹵獲したタリバンの車を牽引しているようです」

「どうして事前の連絡がなかったのだろう」指揮官は疑問を口にした。「どうも怪しい。そんな車をどうしてここへ牽引してくるんだ？」

「砲塔から顔を出している指揮官が見えます。ブルーのヘルメットをかぶっています」軍曹が報告した。検問所に沿って設置されたスポットライトの光にBTRが近づくと、もっと細かい部分まで見えるようになった。「銃撃戦に巻き込まれたようですね。無線アンテナが損傷しているのが見えます。だから事前の連絡がなかったんでしょう。ピックアップに負傷者を乗せているのかもしれません。砂嵐で道に迷ったんですかね」

「能なしの間抜けどもが！ ブルー・ヘルメットのやつら、大切にしているちっぽけなGPSさえ持っていればだいじょうぶだと思っている。そんなものに頼りすぎるから、それが故障したときにどうにもならなくなるんだ」

「ライトはぜんぶ点いています。ひそかに近づいてくる感じではありません」その直後に、軍曹はつけくわえた。「指揮官ともうひとりがおりはじめました。たしかに国連軍兵士のようです。国籍まではわかりませんが」

「T-72戦車を出せ。やつらに主砲の狙いをつけておくんだ」指揮官は命じた。「国連軍のやつらをとっちめてやる。武装車輛でなんの前触れもなく国境検問所に乗り付けるなど許されない。テロリストと見なして吹っ飛ばされても文句はいえないはずだ」

「でも……」

「わかっている。砲弾がない」指揮官はいった。「やつらにはわからん」北部同盟軍がアフガニスタンを支配しているいま、こんな辺境で戦車同士の戦闘が行なわれるとは総司令部も思っていないので、主力戦車の砲弾のような貴重な補給品は、都市部やカスピ海沿岸に配置されている部隊のみに支給されている。国境の一駐屯地などにはまわされない。そもそも弾薬を支給されることすらめったにないのだ。「かかれ、軍曹。あの支隊の指揮官とただちに会う。ひとしきり叱責するから、そのあいだに宿舎と食事を用意してやれ」夜半に起こされて指揮官は立腹していたが、砂漠を旅する人間をトルクメン人が粗略に扱えるはずがない。たとえ二一世紀のトルクメニスタン陸軍の職業軍人といえども、数代前は遊牧民族なのだ。トルクメンの伝統を受け継ぐ人間であれば、砂漠での生存のしきたりと礼儀をわきまえている。武装していない人間がオアシスにやってきた場合は、そのオアシスがこうした国境駐屯地のような人工的な施設であっても、歓迎するというのが最大の鉄則だった。

「ワキル、やつらが戦車をゲートに出してきた！」ツラビーが無線で連絡した。「ばれたんだ！」

「うろたえるな、ジャラ」ザラズィはいった。「戦車など心配するにはおよばない。心配なのは兵舎のほうだ。テントから兵隊が駆け出してくるようなら、戦闘になる可能性がある」

テントから兵隊がすぐに出てきたが、せいぜい五、六人だった。ザラズィが見ていると、兵隊たちは補給品の倉庫に走っていって、厚手の敷物を抱えて出てきた。新来の客の寝泊りを準備しているのだとわかり、ザラズィは驚くとともに可笑しくなった。「落ち着け。やつらはわれわれを歓待するつもりらしい」

ほどなくゲートがあき、将校がひとり出てきて、ザラズィを出迎えた。最初はザラズィにもわかるトルクメン語で話しかけたが、ザラズィは通じていないふりをした。右手を挙げて、「ごきげんよう《ズドゥラストヴィ》」とロシア語で挨拶をした。将校がにっこり笑い、軽く頭を下げた——トルクメニスタンは旧ソ連時代にかなりロシア化されており、トルクメン語が公用語になったのはごく最近のことだ。ザラズィはすばやく将校の階級をたしかめ、国境警備隊少佐にすぎないと知ると、語を継いだ。「難民救済国連高等弁務団に所属するウクライナ共和国軍のペトロヴィッチ大佐だ。われわれの車列はアンドホイを出たところで匪賊《ひぞく》の待ち伏せ攻撃を受け、数名の負傷者が出た。協力してもらえるか？」

「はい《ダー》、了解しました《ヤー・パニマーユー》」少佐が答え、手袋を脱いで手を差し出した。

ザラズィはその手を握り、ぞんざいに抱擁して、背中を叩いた。

「東のほうで小競り合いがあったらしく、交信を傍受しましたが、なにがあったのかはわかりませんでした」少佐はトヨタのピックアップのほうを手で示した。「あの連中はタリバンですか？」

「卑怯者どもが《ブズドゥニ》！」ザラズィは横を向き、地面に唾を吐いた。「やつらがいるのにこっちが気づく前に襲ってきた。さいわいわれわれは念を入れて武器を用意し、パトロールを行なっていた。卑怯者どもが逃げる前に、何人か負傷者が出た」ザラズィは、収容所のほうを指差した。おおぜいの男たちが起きてきて、フェンスに取り付き、ようすをうかがっている。「この数時間に捕らえたものは？」

「けさからはひとりも」少佐が答えた。「でも、なんなら調べにいって訊問してもかまいませんよ。パシュトゥン語はわかりますか？」

「いや《ニェット》」ザラズィは嘘をついた。「だが、わかる部下がいる」

「駐屯地司令がお目にかかりたいと申しております。歓迎いたします。火器係に点検させるまで、車輛は敷地外にとめておいていただきたいのですが、死傷者についてはただちに協力します。こちらへどうぞ」

「どうもありがとう《スパシーバ・ボリショイェ》。感謝する」ザラズィはいった。BTRに近づき、トルクメニスタン軍少佐に声が届かないところまで行くと——風が強いので、さほど遠くへ行く必要はなかった——無線機を使い、パシュトゥン語で指示した。「計画どおりはいってこい。戦車は破壊するな。収容所周辺の警衛を始末して、われわれの部族のものが収容されていないかどうか調べるんだ。いたら出発の準備をさせろ」

ほどなくザラズィは駐屯地司令のもとに連れていかれた。年配の将校で、目をあけているのがつらそうに見える。ロシア語はくだんの少佐より上手だった。挨拶は短く緊張が漂っていた。やがて将校はこういった。「運がよかったですね。トルクメン人のならわしや良心は、旅人を砂漠に追い返すのをよしとしません。国境検問所に軍用車輌で接近してはいけないというのを、国連軍は聞いていないのですか？ あやうく攻撃して殲《せん》滅《めつ》するところだったんですよ」

「申しわけありません《イズヴィニーチェ》」ザラズィはあやまった。ヘルメットも砂塵よけのゴーグルも取らなかった。将校はそれに腹を立てているようだった。「長い一日でした。二度とこのようなことは起こらないようにします」

ザラズィがさらに話をするうちに、駐屯地司令の目つきが鋭くなった。いつまでもごまかしきれないと、ザラズィは思った。ウクライナ人だといったのがまちがいだった。このトルクメニスタン軍将校は、ウクライナ人を相手にしたことがあり、なまりもよく知っているにちがいない。将校は顔に浮かぶ疑念を必死で消そうとして、薄笑いを浮かべたりうなずいたりした。「ああ、この天気だし、不意討ちを食らったこともあるから、単純なあやまちだったんだろう。歓迎しますよ」受話器を取ろうとした。「居心地のいい宿舎を用意――」

ザラズィは拳銃を抜いた。「その居心地のいい宿舎とやらは、おれにはもったいないぐらいだろうよ。受話器から手を放して、うしろを向き、壁に両手を突け――早くしろ！」

将校は驚いたようすもなく受話器から手を放し、いわれたとおりにした。

「間抜けめ。砂漠のしきたりがあろうがなかろうが、身許のわからない軍隊が来たら断じてゲートをあけてはいけない。ロシア人はなにも教えてくれなかったのか？」

「ロシア人はムジャーヒディーンを憎むようにと教えた。これまでは憎む理由もなかったが、いまからはちがう」将校が棘々しく応じた。

その言葉を強調するかのように、表から銃声が聞こえた。テロリストを捕らえるかあるいは処刑したという報告がはいるのを期待するように、将校はデスクの電話機に目を向けた。だが、銃声がやみ、電話は鳴らなかったので、肩を落とし、失望を目に浮かべた。

「なにがほしい？　武器か？　燃料か？　食糧か？　どれもここでは不足している」

「そういうことなら、この基地は人数を減らしたほうがいいな」ザラズィは落ち着いていい放ち——将校の額に一発撃ち込んだ。そして、トルクメン語のわかる部下を司令室に入れて電話番をさせ、ツラビーの仕事ぶりを見に表へ出ていった。

「予想以上にすんなりいった」ツラビーが報告した。「ここの国境警備隊員は全員が徴集兵で、二五歳以上のものはいない。職業軍人は、将校と下士官一名がいたので、射殺した。徴集兵はわれわれのブーツをなめんばかりだ。厄介はかけないだろう。いまわれわれの車輛に給油を行なっている」

「たいへん結構」ザラズィは収容所のほうを手で示した。「あっちの状況は？」

「むこうのほうに女子供がいて、こちら側に男がいる。牛とたいして変わらない扱いを受けていた」ツラビーが嫌悪もあらわにいった。「トルクメン人のやつら——自分たちの国が格別だと思っていやがる。収容者をどうする？」

「女子供は、二日分の食糧をあたえて解放しろ。それまでに救援部隊に発見されるか、アンドホイまで歩いていくだろう」ツラビーがうなずくのを見て、ザラズィはつづけた。「男は——ついていきたいものがあれば、隊にくわえよう」

「全員が入隊を希望するだろう。そうでないと餓死するしかないんだ」

「では、敵対する部族の者、外国人、不信心者を選り出せ。いっしょに来たくないやつがいたら処刑しろ」ザラズィはいった。「年配の男はひとりかふたり残して、女子供が救助されるまで見届けるように命じろ。ここで起きたことについてだれかにしゃべったら、われわれが戻ってきて家族もろとも殺すと念を押しておけ。他のものには、死体を埋め、武器、弾薬、食糧、飲料水を集めるよう命じろ。できるだけ早くここを離れたい」

「どこへ行く――」ツラビーはそこで言葉を切り、笑みを浮かべてつけくわえた。「――のですか、大佐?」

「これからは大佐でいいだろう――少佐」ザラズィも笑みで応じた。「北のケルキを目指す」

「トルクメニスタン領内にとどまるのか? 東のアフガニスタン領内に戻らない理由は?」

「そっちへ行けば、北部同盟と国連軍とアメリカ軍が、われわれを壊滅させようとどこまでも追撃するはずだ。ケルキの駐屯地には武器弾薬その他の補給品が豊富にあるし、追っ手に攻撃される気づかいもない」

「トルクメニスタン陸軍はどうする? アメリカ軍よりもさらに執拗に追撃してくるんじゃないか」

「この国境警備隊分遣隊の状態が、トルクメニスタン陸軍全体の状態を表わしているとすると、心配にはおよばない。トルクメニスタン政府は弱体で腐敗している。目的を達成するのは、そうむずかしくはないだろう。たとえそこの駐屯地を急襲しなければならないとしても、楽勝のはずだ」

　ザラズィは、北方の闇に視線を据え、かなり長いあいだ沈黙していた。トランス状態に陥っているのだろうかと、ツラビーは思った。どうかしたのかとたずねようかと思ったとき、ザラズィが語を継いだ。「それに、おれは神によって、不信心者に対する復讐の道具として選ばれた。アメリカのロボット飛行機から、神はおれを護ってくださった。神はおれに期待しているんだ、ジャラ。おれにはそれがわかる。どでかいこと、重要なことをやれと期待している。それを成し遂げるまで、おれは戦うのをやめない」

1

翌朝
アーリントン国立墓地

「このような天候のもと、雨風をしのぐもののないところで記者会見を行なうことについて陳謝いたします」ケヴィン・マーティンデイル前大統領は切り出した。話しているあいだにも、早朝の土砂降りの雨は一段と強まったように思えた。「人がおおぜい集まって、それでなくても喧騒をもたらしておりますから、この墓地に敬意を表するためにも、テントその他の雨風をしのぐ施設を設けてサーカスじみたようすになるのを避けたしだいです。墓地内を避けて駐車場にお集まりいただき、カメラを墓地に向けないようにお願いしたのも、そのためです。それはともかく、アーリントンを訪れたのには、ひとつの理由があります」

悪天候にもかかわらず、まるでテレビ局のスタジオにいるような品のいいきちんとした身なりで、マーティンデイルは装甲をほどこした自分のサバーバンのステップに立っていた。五〇歳をいくつかまわったばかりのマーティンデイルは、長身の美男子で、副大統領を二期つとめ、そのあと大統領を一期つとめている。いまなお、どこをとってもアメリカの最高司令官たる大統領らしさと、洗練された政治家のおもむきを漂わせている。雨のなかでも、有名な〝カメラマンの夢〟――マーティンデイルの機嫌を即座に示す銀髪ふた房がちゃんとあった。いまのように怒りを燃やしているときには、その房は威嚇するように額にかかっている。満足しているときにはうしろになびき、白髪と黒髪が交じり合う長い髪に溶け込んでいる。

「本日ここにお集まりいただいたのは、意見と声明を発表するためです」と、マーティンデイルはいった。「たまたまこの天気はわたしの気持ちとみごとに一致しております。

本日は砂漠の嵐作戦終了後、最後の戦死者となったひとびとを弔う厳粛なる一二周年記念日にあたります。イラク軍が壊滅し、終戦が宣言された二週間後、アメリカ陸軍のブラックホーク・ヘリコプターが悪天候のためにクウェートで墜落し、六人の勇敢な兵士の命が失われました。それらの英雄のうち数人が、アーリントン国立墓地H区画に葬られております。六人が死亡したこと自体が悲劇でありますが、イラク軍に対して大勝利を収めた直後にそのような損耗が生じたことはさらに重大であります。

とはいえ、自由にとってはたいへん大きな勝利でした。サダム・フセインの毒牙からクウェートを解放する任務にかかった日にちは、わずか六週間でした。四〇日間の連続空爆に叩きのめされて屈服したイラク軍は、地上戦開始からなんと一〇〇時間後に降伏したのです。連合軍の死者はわずか五〇〇名でした。これに対し、イラク側の死傷者は一〇万人になんなんとします。史上まれに見る一方的勝利といえるでしょう。戦死者が出たのはまことに悲しいことですが、アメリカはこの任務を達成しなければならなかったと思います。兵士たちの死は、けっして無駄ではありません。

本日、ひとつの懸念される事実を指摘して、みなさんの注意を喚起したいと思います。それは、対イラク戦で示したような戦闘能力がいまのアメリカにはないということです。当時アメリカは、対イラク戦を行なうために、陸海空軍と海兵隊を合わせて二五万人を動員しました。今日では、それだけの兵員を集めて地球の反対側に派遣しようとすれば、何年もかかるでしょう。現在、海外に駐留する地上軍は、まったくありません――ゼロです。世界各地に配置された空母戦闘群に海兵隊一万五〇〇〇名が配置されています。緊急事態に対応できる地上兵力は、それですべてです。また、現役の空母戦闘群そのものが二個減っておりますから、往時とくらべると地球全体を哨戒する兵力が五分の一減少したことになります。

さらにいうなら、第四一代大統領は、サダム・フセインに対する戦いに、五七カ国からの二五万人を投入、編成、動員、配置するということも行ないました。しかも、アラビア語を公用語とする国が六カ国、イスラム国が一七カ国、そこに含まれていました。それに対して現政権は、数十の国際条約を黙殺し、解消し、犯し、廃棄して、同盟国多数との関係を悪化させ、非同盟諸国のあいだに不信を生じさせ、敵国の憎悪を煽っています。

トマス・ソーン大統領は、アメリカ軍、とくに陸軍の規模をとんでもない勢いで縮小しています」いっそう怒りをこめた声で、マーティンデイルはいった。「陸軍はわずか二年前の半分の規模になり、なおも縮小をつづけています。予備役と州兵は増大したものの、全体として三分の一の縮小です。アメリカは十数カ国との相互防衛条約や協力条約多数を廃棄しました。NATOとの条約は五〇年にわたり世界全体の安定と安全保障に役立ってきたと考えますが、それも廃棄の憂き目を見ている。トマス・ソーン大統領の近視眼的な政策のために、アメリカは世界的な地政の大海原で、友もおらず未来もない孤島として打ち捨てられようとしているのです。われわれは漂流しているわけではありません――故意に、悪意によって操られているのです。孤立主義なる美名のもとに、あらゆる悲劇、責任、危機に遭遇するような舵取りがなされているのです。そのような政策はやめる潮時です。

ここからがわたしの声明です。本日、わたしは共和党大統領候補を目指し調査委員会を発足させることを宣言いたします」

こういう宣言がなされるのではないかという噂を何週間も前から聞いていた首都のレポーターたちのあいだからも、驚きのどよめきがあがった。補佐官がマーティンデイルに近寄り、いくつかの局が記者会見を生中継に切り換えたいと申し出たことを耳打ちした。演壇代わりのステップに立っていたマーティンデイルが、トレンチコートを直すようなそぶりをして、つかのま脇のほうを向いた。だが、そんな身づくろいをする必要などないのは、聴衆も知っていた。一〇秒とたたないうちに、生中継を申し出た局のスタッフが、用意ができたという合図をした。

「現職の大統領が再選されず、その後選ばれて二期目をつとめた例が、一八八〇年代のグローヴァー・クリーヴランド大統領以来絶えていることは、承知しています」出馬宣言をくりかえしたあとで、マーティンデイルはそういった。「第二次世界大戦後の傾向として、大統領の職を退いたのちは積極的な政治活動を避けて品よく引退し、一回で一〇〇万ドルという報酬で講演をしたり、記念図書館を建てたり、回顧録を書いたりしながら、死ぬまで賞賛や批判を黙って聞いているというのが、ごくふつうの流れでした。

まあ、それはわたしの流儀ではありません。ホワイトハウスを離れて以来、わたしは国内の共和党のフォーラムや海外の政治会議で公に意見を述べ、トマス・ソーン大統領の正統的でなく、率直にいえば異様ともいえる政策に激しく反対してきました。しかし、現大統領に選挙で負けた前大統領が、現職の大統領を批判するのは、よくて負け犬の遠吠えととられかねないことに気づきはじめたのです。大衆は礼儀正しく話を聞いてくれますが、けっして意見に耳をかすことはないのです。意見を聞き入れてもらうには、引退した政治家ではなく試合に参加しなければならないと考えたしだいです。

わたしの資格やこれまでの経歴が、雄弁に語ってくれるものと思います。州司法長官と偉大なるテキサス州選出の上院議員をつとめ、アメリカの政治と生活のすべての局面において誓約を守り公に対話するという方針をとってきました。国防長官としては、強力な国防を維持し、敵国や潜在的な敵すべてと戦うことを唱導しました。たとえ敵が超大国でも数十人のテロリストでも、おなじことです。副大統領としては、アメリカの軍事的手段の行使が、国境警備、麻薬撲滅、核不拡散、テロ対策といった国内外の政策を支援するはずであると唱えました。大統領としては、国防予算の削減にもかかわらず、可能なかぎりのハイテク最新鋭部隊の設立に尽力してきました。

アメリカ軍を平時としては世界最大の軍隊へと再構築することを、わたしはここに誓います。わたしの指揮するアメリカは義務から逃げません。戦いから離脱しません。わが国の科学技術の優位、多様性、価値観、精神をもってして、世界の指導者であり護り手であるというしかるべき地位を取り戻しましょう。わたしが当選した暁《あかつき》には、神の恵みと国民のみなさんの支援を得て、アメリカにもとの偉大な姿を取り戻させると約束します」

マーティンデイルは、前方の墓地のほうを手で示した。雨はしばらく前にやんでおり、演説の結びにさしかかるにつれて、雲間から太陽が覗いていた。広報担当責任者としては、これ以上望めないような舞台効果だった。「アーリントンに眠る英霊が最高司令官たるアメリカ大統領に望むのは、力強さと指導力と勇気と名誉以外の何物でもありません。わたしが選挙運動を展開し、指導力と名誉をホワイトハウスに回復させるのに力を貸していただきたいと思います。ありがとう。アメリカに神の恵みのあらんことを」
指図されたわけでもないし、ふだんけっしてやらないことだが、レポーターたちが拍手喝采した。マーティンデイルの銀髪の房がうしろに戻っていた――前大統領はふたたび戦いに挑もうとしていた。

同刻
ヴァージニア州　国防総省

「まじめな話、頭のなかを調べてもらったほうがいい、将軍」ロバート・ゴフ国防長官がいった。殴りつけるようないらだたしげな仕種《しぐさ》で、ブリーフケースに書類をさかんに突っ込んでいた。白髪頭のゴフは、悪さをする妖精を思わせる小男だが、アメリカきっての軍事・国際問題の権威だった。ソーン大統領の親友で選挙参謀で顧問という地位にいなくても、ソーンを含めたあらゆる大統領の国防長官候補リストの上位に名を挙げられたはずだ。「就任してから何カ月もたっていないというのに、トルクメニスタン領空できみらが仕出かしたことや、着水しろと命じられたのにB-1爆撃機をディエゴ・ガルシアに不時着させなければならなかった理由を、わたしはホワイトハウスに行って弁解しなければならないんだ」

パトリック・マクラナハン少将とレベッカ・ファーネス准将は、国防長官室のまんなかに気をつけの姿勢で立っていた。どちらも汗のしみができている飛行服を着たままだ。清潔な軍服に着替えるひまはなかった。ディエゴ・ガルシアで地上におりてから三〇分とたたないうちに、軍のジェット輸送機に乗せられ、一八時間後にはもうワシントンDCに戻っていた。ゴフの右手に、統合参謀本部議長リチャード・ヴェンティ空軍大将が整列休めの姿勢で立っている。戦闘機乗りだったヴェンティの若々しい顔は無表情で、なにを考えているのかまったく読めない。

「今回の件では、わたしはきみを弁護したんだ、パトリック」ゴフはうんざりした顔でつづけた。「きみはリビアで核戦争を起こしかけたが、その数週間後に大統領は新設の戦闘航空団をきみに任せた……」北アフリカにおけるその戦闘でマクラナハンは弟と妻を亡くしているので、ゴフは当時の出来事を執拗に追及することはしなかった。「中央アジアには前方基地がないから、きみを信頼して、騒擾《そうじょう》を起こしているタリバン奇襲隊を捜索して殲滅《せんめつ》するために、無人機をアフガニスタンに派遣した——人口稠密《ちゅうみつ》地は避け、注意を惹《ひ》くようなことをしないものと判断したのだ。有人機はけっして主権国の領空を侵犯しないと、きみは約束したではないか。

ところが、パキスタンの領空を侵犯したばかりか、イラン、アフガニスタン、トルクメニスタンまで巻き込んでくれた！　さらに、上官にくわえわたしの直接命令まで黙殺して、ＥＢ－１Ｃを着水させず、頻繁に使用されている重要な滑走路に不時着させた。よし、マクラナハン、ひとつ教えてくれ――わたしは大統領になんと釈明すればよいのだ」

「長官、こう説明してください。われわれの任務は達成され、航空機はすべて帰投したか、もしくは出所をたどられるおそれがないように破壊された。搭乗員は戻り、損害も負傷も軽微であった」そうマクラナハンは答えた。

「冗談のつもりか」ゴフがやり返した。「わたしを間抜けに見せたいのか？　国家安全保障会議でアメリカ合衆国大統領にそんなことをいえというのか？　ＣＩＡ長官はまちがいなく一部始終の報告書を提出しているはずだ。大統領はそれを読んで現実に起きたことをすべて掌握しているだろう。わたしのそんな釈明をおもしろがってくれると思うか？」ゴフはマクラナハンを睨みつけたが、マクラナハンはまっすぐ前方に視線を据えていた。「どうだ？　出かけるまであと二分ある。さっさと泥を吐いたほうが身のためだ」

「長官、任務はたしかに成功だったのです」マクラナハンはいった。「われわれの任務は、国連の復興支援要員やアフガニスタン政府治安部隊の人間の殺戮《さつりく》をつづけていたタリバン奇襲隊の位置を突き止め、識別し、追跡して、必要とあれば阻止することでした。それに成功しましたし、われわれが展開した無人機システムは申し分なく機能していましたが、地上からの攻撃により制御を失い、無傷のままトルクメニスタンに落ちる危険性が生じました。無人機を回収するには、通視線内に接近して制御するしか方法がありませんでした」それ以上の説明は必要なかった——ロバート・ゴフはエンジニアとしてメーカーに勤務した経験があり、航空宇宙科学者の知識を有している。

「問題が起きたときには自動的に戻ることになっていたはずだ」ゴフはいった。「損傷するかそちらとのコンタクトを失ったら、無人機は戻ってくるはずではなかったのか」

「その点に関しては、弁解のしようもありません——無人機操縦系統コンピュータから回収したデータを分析する時間がありませんでした」マクラナハンは答えた。「とにかく、呼び戻すことができず、自爆させることもできませんでした。そのままトルクメニスタンに墜落させるわけにはいかない——アメリカの最新鋭無人戦闘航空機が、ロシア人の手に渡るか、ブラック・マーケットで売られるおそれがありました。回収を行なえる特殊部隊も手近にいなかった。パキスタンとアフガニスタンを一気に飛び越え、衛星通信のコマンドには応じなくても通視線内なら制御できることに願いを託すしかなかったのです。イラン領空の通過も、避けられないことでした。無人機に追いつき、向きを変えさせることはできましたが、そのときトルクメニスタン防空網の攻撃を受けました。無人機は撃ち落とされ、われわれは空中給油システムに損害をこうむりました。滑走路に到達するだけの燃料はあると判断しました」ひと呼吸置いて、つけくわえた。「その判断は正しかった」

「生意気なことをいうな」ゴフはきめつけた。「着水しろとわたしは命令した。どうして命令を黙殺した？」

「長官、あの状況で射出して機を着水させるのは、搭乗員にとって危険であり、付近の船舶や航空機にも危険をおよぼしかねないし、アメリカの安全保障や評判にとってもマイナスであり、貴重な軍の資産を損失することにもなると判断したのです」マクラナハンは反論した。「搭乗する先任士官として、着陸を試みるよう決断しました。制御を失った機を着水させるのとくらべれば、ずっと危険が小さいと思いました」

「きみがどう思おうが、どんな決断を下そうが、知ったことではない――きみは何人もの上官の直接命令に違反した。ディエゴ・ガルシアの飛行場や駐機する航空機に、口にするのもはばかられるような損害をあたえていたかもしれないのだ。ふたりとも死んでいたかもしれない」ゴフは、このやりとりのあいだ終始沈黙していたヴェンティのほうをちらりと見た。「それで、ヴェンティ大将、このふたりをどうすればいいと思う？」

「大きな危険も顧みず命を賭して敵性空域で危険な任務を達成し、傷ついた機を基地まで飛ばし、任務の機密を維持・保護したマクラナハン少将とファーネス准将に、航空勲章を授与すべきであると進言いたします」そう答えるとともに、ヴェンティの顔いっぱいに笑みがひろがっていった。

「航空将兵勲章にしよう。それなら平時でも授与できるはずだな？」

「おっしゃるとおりです」ヴェンティがうれしそうに答えた。

「よろしい」ゴフはいった。「空軍殊勲十字章にしたいところだが、平時には授与できないからな」マクラナハンとレベッカの手を、強く握り締めた。「休め。ふたりともほんとうによくやった。無人機かEB－1Cが中央アジアで墜落するようなことがあれば、たとえアフガニスタン領内に落ちたのであっても、大統領は政治的に追いつめられて辞任を考慮するはめになっていたかもしれない。むろん辞任するはずはないが、国の利益を考えて悩むことはまちがいない。そうなると、このわたしが辞任させられるだろう。いまの政権はじつにややこしい状況で、なにがどうなるか、だれにも予測がつかない。お手柄だった」

「ありがとうございます」

「ヴェンティ大将の話では、無人機の残骸を調べるチームを派遣し、重要な部品を回収し、その他はすべて破壊したほうがいいという意見だとか」

「そのとおりです。チームはすでにアラビア海の救難船《サルヴェージ》に乗って――」

「パキスタンに侵入し、きみらが逃げられるように注意をそらした連中だな？」

「はい。残骸の位置は衛星によってかなり精確に把握しています――ケルキの約九〇キロメートル南西、カラクム運河の三〇キロメートル南です。人は住んでいませんが、そう遠隔地でもないので、パトロールが残骸を調べにいくおそれがあります。その前に行かないといけません」

「チームを最速でいつ投入できる？」

「回収チームはもう待機しています。墜落現場近くの動きを衛星が探知したら、ただちに出動できます」マクラナハンは答えた。「残りのチームは二四時間以内に配置できます」

「二四時間後にもう一度行くつもりか？　それは無理だ。ＣＩＡの情報によれば、イランとパキスタンはいまなお最大限の防空警戒態勢をとっている――ＣＮＮまでレポーターを送り込んでいる。いま回収作業をやるのは危ない。ほとぼりが冷めるまで待ったほうがいい」

「われわれの計画は、それも計算に入れています」マクラナハンは説明した。「航空機三機にくわえ、空軍の空中給油機一機を支援として使用する計画です。二機はＣＶ－32ペイヴ・ダッシャー・ティルトジェット機で、アラビア海の救難船に搭載されています。

そのうち一機を空中給油機に使います――一番機とともに陸地上空を三〇〇海里飛び、給油して、船に戻ります。一番機に回収チームが乗ります――クリス・ウォール曹長とコマンドウ三名です」

「コマンドウ四名？　それだけか？」

「ティン・マンが四名ですよ」ヴェンティがいい添えた。

ゴフはうなずいた――ティン・マン一名の戦闘力がいかほどのものかは、ゴフも知っている。「過剰殺戮に近い兵力だな」と皮肉った。「きくのが怖いが……三機目は？」

「EB‐1Cヴァンパイア・ミサイル攻撃機です」マクラナハンが答えた。

「ヴァンパイア？　トルクメニスタンで撃墜されそうになったやつとおなじか？」ゴフが、信じられないという口調でいった。

「ヴァンパイアは、適切な組み合わせの爆装を搭載すれば、空中と地上だけではなく、水上のターゲットでも攻撃することができます。高高度を維持し、回収チームを発進から着陸まで見守ります。ステルス性能が高いので、捜索レーダーの網にはひっかかりませんし、戦闘機が発見して接近してきても自衛できます」

「なんとまあ……」ゴフは唖然としてつぶやき、マクラナハンの顔を見つめて語を継いだ。「そのヴァンパイアもすでに戦域に配置しているというんじゃないだろうな」

「まだです」マクラナハンはいった。「EB‐52メガフォートレス攻撃機一機を発進させました。一二時間後にはディエゴ・ガルシアで警急待機態勢をとり、救難船に危険が迫った場合にはただちに対応できます。EB‐1Cヴァンパイア攻撃機のほうは、四八時間以内に発進させ、何者かが残骸を調べにきた場合に備え、回収地域に送り込むつもりです」

ゴフはヴェンティ将軍のほうを見た。「問題の地域で使用できる資産（諜報員など）はほかにあるか？」

「第二六海兵遠征隊を、四八時間以内に作戦範囲内に配置できます」ヴェンティが答えた。「しかし、敵性空域九〇〇海里を飛行するというのは、同部隊にとってあまりにも長い航程ですし、支援機はすべてステルス性能を持たない固定翼機です。四八時間以内に作戦を実行することはできても、マクラナハン少将の部隊とはちがって成功の見込みは低いでしょう」

ゴフは首をふったが、すぐに折れた。「いいだろう。任務を承認する。しかし、一点の曇りもなくはっきりさせておきたい、マクラナハン少将。その無人機は、ひとりの人間の小指ほどの値打ちもない。危ないようだったら部隊を引き揚げろ。機を撃墜されたり、兵が捕虜になったり、大統領が夜のニュースで認めなければならないようなへまをやったりするな。百点満点の仕事ができないようならやるな。わかったか？」

「わかりました」

「検討してほしいプロジェクトがあるという話も、ヴェンティ大将から聞いている――バトルマウンテンにこれまでにない概念の部隊を発足させたいとか。まあ、物事は順番にひとつひとつ片付けよう。この一件をうまくやってのけたら、わたしもホワイトハウスも話を聞くというものだ。たしかにいまは厳しい予算削減が行なわれているが、大統領もわたしも、最新鋭、革新的といった物事を好む。限界に挑戦しろ。万一の場合の代替機能を増やし、信頼性を高め、強化し、戦力が明確に倍増するようにする――なによりも重要なのは、われわれをあっといわせることだ。それができれば、望みはなくもない」

「ありがとうございます」

ゴフは時計を見た。「せいぜいがんばってくれ、少将。傷ついた機で帰投できてよかったな」ドアに向かいかけたところで足をとめた。「いうまでもないだろうが、きみらは現政権と議会におおぜい敵ができたぞ。あいにくきみらのディエゴ・ガルシア不時着は成功ではなく大失態と見られている。回収任務に失敗すれば、今後きみらが目指していることはもとより、せっかくの評判もだいなしになるだろう。ちゃんとやれるな、パトリック？」

「だいじょうぶです」マクラナハンは笑顔できっぱりといった。

ゴフのほうは笑みのかけらもなかった。「ぜったいにしくじらないように、とことん努力するんだぞ、少将」真剣にいい放つと、急ぎ足で出ていった。

「エア・バトル・フォースの提案は受け取った」腕に抱えたフォルダーを軽く叩いて、リチャード・ヴェンティ大将がいった。「まず幕僚に検討させる――何日かかるだろう。戻ってきたら、テレビ会議で相談しよう」

「われわれがこれまでにやったことを見ていただきたいですね」マクラナハンはいった。「テレビ会議ではなく、バトルマウンテンにおいでいただいて、じっさいに見てもらえませんか?」

「期間はどれぐらい必要だ?」

「ひと月です」

ヴァンティは、マクラナハンの作成した書類のフォルダーを差しあげた。「ひと月? たったひと月でこれだけやるというのか?」

「わたしは着地の時点から走り出しているんですよ」マクラナハンはいった。「とても信じられないようなショーをお目にかけます。人手さえ少々あれば、みなさんをあっといわせることができます」

「予算はどこから出ているんだ?」

「大半はHAWCからです」HAWC(ハイ・テクノロジー航空宇宙兵器センター)は、ネヴァダ州エリオット空軍基地に置かれ、部隊で運用される前のハイテク兵器をテストしている。「航空機も兵器も、いまだにほとんどＨＡＷＣのものです。こちらに予算がつけば、自分の部隊の資金源に使いたいですが」

「あとはどこから出ている？」

「第一一一攻撃航空団でしょうね」マクラナハンは、レベッカのほうを向いてつけくわえた。「ＥＢ－１Ｃヴァンパイアはレベッカの部隊の機体ですし、バトルマウンテンの第一一一がわれわれにスペースを提供してくれています」

「ファーネス准将が？　きみまで計画にくわわっているのか？」

　レベッカがマクラナハンの顔を眺め、ためらいを精いっぱい押し隠して返事をした。

「そのとおりです。どのようなことでもお手伝いするつもりです」

「いいだろう。きみたちがそこまでいうのなら」ヴェンティは首をふりふりいった。

「国防長官には今週中にご説明する――国家安全保障会議がわれわれの頭の皮を剝ごうと鬨《とき》の声をあげなければの話だがね。副大統領が数週間のあいだに西海岸への大がかりな遊説を予定している。旅程計画にきみらの供覧《デモ》を組み込みたいご意向があるかどうか、たしかめてみよう。国防長官はまちがいなく来てくださるだろう。副大統領が納得してくだされば、もうこっちのものだ」ヴェンティがブリーフケースを持ち、ゴフのあとを追って出てゆくとき、マクラナハンとレベッカはさっと気をつけの姿勢をした。レベッカはだいぶぐったりしたようすだった。「まったく、てっきり首をちょん切られるのかと思ったわよ――またしても」息を継いだ。「マクラナハン、だいたいあなたどうしてこういうくそ嵐にわたしを巻き込むわけ？　それに、新しい戦闘航空群ってなによ？　航空団司令はわたしなのよ。計画も部隊も予算もわたしのものだし、首を懸けてるのもわたしなのに、どうして知らされていないのよ！」

「べつのくそ嵐には巻き込まれたくないだろう、レベッカ」マクラナハンは応じた。

「ちがうか？」

「撃ち合いがはじまる前か、せめてお偉方に呼びつけられて叱られる前に教えてくれれば、物事が真っ暗なでかいくそ嵐に悪化するのを未然に防げるかもしれないじゃないの」

「レベッカ、じつのところ、いまの状況を真っ暗なでかいくそ嵐に改善することこそ、おれの目標なんだ。とにかく悪いやつらにとっては」

「そういういいかたをされたら」レベッカが、信じられないという顔で――それに、いくぶん不安げに――目を剝いた。「反論できなくなるじゃないの」

その直後
ワシントンＤＣ　ホワイトハウス

一九四七年の発足以来、歴代大統領は国家安全保障会議をさまざまに利用してきた。

ケネディやジョンソンなど、もっとも重大な緊急事態をのぞけばほとんど無視した大統領もいた。アイゼンハワーなどは、軍部の延長と見なした。全軍の各兵科のデータの集配センターとして利用した大統領もいる。各軍の参謀部を制御する引き綱の役割に使った大統領もいる。外交問題でも国家安全保障会議が采配をふるうことはすくなくない。そうでないときは、政府という機械の動きをさまたげる官僚機構のへどろの塊と見なされている。

一九六一年、ケネディ大統領は初代国家安全保障問題担当大統領補佐官にマクジョージ・バンディを指名し、ホワイトハウス地階の緊急指令室に配して、失敗に終わったピッグズ湾侵攻の推移を見守るよう命じた。ケネディ政権時代、国家安全保障会議が開催されたのは四九回にすぎず、やがてはケネディの〝若手幹部団〟やジョンソンの〝私設顧問団〟によって影の薄い存在になったが、国家安全保障問題担当大統領補佐官の地位はその時点で固定して、そのまま今日までつづいていた……。

しかしながら、二一世紀が訪れ、トマス・ナサニエル・ソーン大統領の代に至ると、それが一変する。ソーン大統領は、国家安全保障問題担当大統領補佐官を指名しなかった。二〇〇人以上だった国家安全保障会議のスタッフは、わずか四八人に減った。法により定められた国家安全保障会議のメンバー——大統領、副大統領、国務長官、財務長官、国防長官、統合参謀本部議長、中央情報長官（CIA長官が兼務）——が、それぞれのスタッフを使って、毎時ホワイトハウスに流れ込む大量の情報の収集と精選と分析を行なっている。

ソーン大統領が人を配していない閣僚クラスのポストは、国家安全保障問題担当大統領補佐官ばかりではない。レスター・ビューシク副大統領は、首席補佐官と広報官を兼ねている。国土安全保障局長官を兼務しているロバート・ゴフ国防長官は、実質的な国家安全保障問題担当大統領補佐官で、大統領にもっとも近しい顧問でもある。合併された省庁もある。保健福祉省には教育省、退役軍人管理局、労働省、薬物統制計画局が併合された。財務省には商務省、行政管理予算局、通商代表部が併合された。内務省には、農務省、エネルギー省、運輸省、住宅・都市開発省、環境保護局が併合された。この組織改変と、政府の日常的な業務に閣僚クラスまでが関与しなければならないという極端な仕組みのために、大統領は毎日、省庁の幹部と緊密な連絡をとっている。

四〇代後半という若さのトマス・ソーン大統領は、物静かで控え目だった。結婚していて、子供が五人いる。元ヴァーモント州知事で、それ以前にはアメリカ陸軍特殊部隊《グリーンベレー》員として砂漠の嵐作戦に参加、部下を率いてイラクに縦深侵入し、バグダッドに第一次空爆を行なうF－117ステルス爆撃機のためにレーザー誘導標識を設置した。ジェファソン党の設立者で党首でもあるソーンは、エイブラハム・リンカーン以来の第三党の大統領候補として当選を果たすという特異な例となったのを皮切りに、その後も類を見ない特異な政権運営をつづけている。

ソーンは、情報の収集と分析と流布にコンピュータや電子メールや通信機器を使いこなす、ほんものの〝テクノロジー愛好家〟だった。閣僚や軍からの毎日の情報報告を秘話電子メールで毎日受け取り、すかさず質問を放って、追加情報を得る、というのがいつものやりかただ。政府高官はいつでも大統領に連絡をとれるわけだが、機能はかなり分散された——大統領は根幹となるおおまかな指針をあたえるだけで、各省庁の責任者はみずから事態に対処して決定を下さなければならない。首席補佐官は従来ほど大きな権限を持たなくなり、多忙な大統領の予定を管理し、飽くことのない情報収集欲を満たす、ただの補佐官と化している。

ソーン大統領は、アメリカ合衆国大統領府を神聖な合同運営機関と見なし、大統領の責務を家族への献身よりわずかに下に置いている。休暇はとらず、スポーツはやらず、趣味はなく、キャンプ・デイヴィッドの別荘を使うこともめったにない。ジェファソン党は思考の道すじを示す形而上的存在であり、ソーンただひとりが創設と運営と実践に携わっている。すなわちソーンを後押しする政治組織は実質的にないに等しい。だから、ソーンは選挙運動のための演説も資金調達のための遊説もやらない。

国家安全保障会議は毎木曜日午前七時にひらかれ、通常の問題なら大統領執務室《オーヴァル・オフィス》が、大規模な説明会《ブリーフィング》の場合には閣議の間が、危機管理会議の際には緊急指令室が使われる。

きょうの会議はオーヴァル・オフィスだった。次の間の秘書が閣僚をいちどきに通すと、PDA（個人用携帯情報端末）にメモを書き終えたゾーンが笑みを浮かべて出迎えた。

「みんな着席してくれ。よく来てくれた」大統領のデスクの前の所定の場所――ソファや椅子に一同が腰かけ、執事がそれぞれの好みの飲み物を運んできた。会議中にゾーンは歩きまわることが多い――PDAに人生全般を記憶させているようなものなのに、会議中に見ることはめったにない。

「マーティンデイルのけさの記者会見を見ましたか？」エドワード・カーチェヴァル国務長官が、だれにいうともなくつぶやいた。「〝特大ニュース〟の扱いですよ――アメリカが中国を核攻撃したのかと思うほどだ」

「あいた口がふさがらないというやつだ」レスター・ビューシク副大統領がいった。「あの男は頭がどうかしている。たちまちワシントンじゅうの笑いものになるだろう」

「政治的行事にアーリントン国立墓地を使うことが許されるとは思いませんね」ダロー・ホートン司法長官がいった。「調べてみましょう」

大統領の実質的な首席政治顧問であるゴフ国防長官がうなずいた。「それがいいでしょう。しかし、マーティンデイルのことはそう心配しなくてもいいでしょう。この数年のあいだになにをやっていたかが漏れはじめたら、出馬を取り消すしかなくなるはずです。大統領の職権で傭兵をひそかに雇って軍事作戦を行なっていた前大統領を、国民が支持するはずがありません」

「会議をはじめよう」ＰＤＡをしまうと、ソーンは切り出した。「チェチェンでの戦闘に関するけさのニュースを見た。最新情報は？」

「チェチェンにおける過激派の活動が拡大していると見て、ロシアがいままで以上に激しい対応策をとっています」ダグラス・モーガンＣＩＡ長官がいった。最初に報告を求められるとわかっているので、モーガンは砂糖を三つ入れたコーヒーを受け取って座り、そつなく準備していた。「セニコフ大統領とロシア・マフィアのつながりに疑いが持たれ、ロシア軍参謀総長ジュルベンコ将軍が逮捕されて、ロシア政府の大幅な内閣改造が行なわれて以来、われわれはずっと監視を強めておりました。煎じ詰めるとこういうことです。セニコフはロシア連邦内の反対派を押しつぶし、いまよりもなお高圧的な戦術で、できるだけロシアが優位に立つようにはかるでしょう」

「セニコフは二〇〇五年に選挙を控えている――早くも選挙運動をはじめているようですな」カーチェヴァルが皮肉をいった。

「それにしても、もうすこし流血を避けてもらいたいものだ」ビューシク副大統領がいった。「報道によると二七人が殺されたと……」

「その数字は増えると思います――だいいち、それはこの一週間だけの死者ですよ」モーガンがいった。「死者の累計は五〇人にのぼるでしょうね。チェチェン人が殺しているのも似たような数字です——襲撃によりロシア兵四〇人が死亡、負傷者は約一〇〇人。ロシア軍の締め付けは厳しくなるいっぽうでしょう」

「問題は、どこを締め付けるかだ」ビュージクがいった。

「いつどこでも締め付けられる場所ならかまわないという考えかたですよ」モーガンがまとめをいった。「ロシア人は、ひび割れだらけの広大な帝国をなんとかしてもとどおりにしたくてたまらないんです」

「わたしも同意見だ」ソーン大統領がいった。国務長官がそっと溜息をついて、指先を見つめているのに目を留めた。「なにか意見は、エドワード？」

「問題点はおわかりでしょう、大統領。仮にロシアがどういう手を打つかがわかっていても、われわれになにができるのか、それが問題なのです」エドワード・カーチェヴァル国務長官が大統領とその政策を熱烈に支持しているわけではないということは、秘密でもなければ、意外でもなんでもなかった。意外なのは、ソーンがそういうカーチェヴァルを除こうとしないことだった。いや、カーチェヴァルがそれに忍従しているのも意外だった。気骨があり、自説をまげず、この五〇年間でもっとも事情に通じている国務長官と見なされているカーチェヴァルは、自分の本領を知っている。ソーンがカーチェヴァルを閣僚にしておくのは、大統領選挙がはじまったときに敵対的な運動をやるひまがないようにするためだと憶測しているものも多い。「リビア-エジプト紛争の際にも、大統領は介入なさらなかったし、ロシア－バルカン紛争での役割はまったく目立たないものでした。チェチェンは大統領の注目なさる範囲から大きくはずれているように思われます」

「そのとおりだ――チェチェンには介入しない」ソーン大統領はいった。「ロシアが連邦内で暴動や革命を煽っているような紛争は、どのようなものであれ介入しない」

「それはたしかに大統領の大権に属します」大統領がそういうだろうと思っていたが、そういう姿勢は承服できないと考えていることが、カーチェヴァルの口調からありありとわかった。「しかし、大統領、旧ソ連の少数民族国家に対するロシアの侵略行為が他の国に波及すると懸念なさっているのでしたら、なんらかの行動を起こしたほうがよいと考えます」

「世界情勢でわたしがあまりリーダーシップを発揮していないと思っているのはわかっている、エドワード」ソーンはいった。「しかし、中央アジアで国連平和維持軍の車列を反政府勢力が攻撃したことが明るみに出たようなときに、チェチェンの反政府勢力を支援しようとするのは、道理に合わないと思う。それこそ、わたしがどうにかして避けたいと思っている無駄な尽力だ。結果はプラスマイナスゼロで帳消しになってしまう」ソーンはモーガンのほうを向いてたずねた。「中央アジアといえば、現在の状況はどうだ？　監視・対テロ作戦をいまも継続しているんじゃないのか？」

「中央アジアではいまのところ軍事作戦も諜報活動も行なっていません」モーガンCIA長官が答えた。「最後にやったのは山頂《ヒルトップ》作戦です。アフガニスタン北部で活動するタリバン奇襲隊を無人機で偵察し、阻止するというものでした」

「ネヴァダ州バトルマウンテンの新部隊のレベッカ・ファーネス准将とマクラナハン空軍少将が指揮した作戦です」統合参謀本部議長リチャード・ヴェンティ空軍大将が口を挟んだ。「マクラナハン少将の部隊は、車列を襲撃したタリバン兵約二〇〇人を発見し、攻撃して勝利を収めました。完全な航空作戦で、一個の部隊の運用する資産のみを用いました」

「では、マクラナハンはようやく正義の側に与《くみ》する気になったんだな?」ビューシクが念を押した。ソーンのほうをちらりと見たが、反応は得られなかった。民間組織が資金を出して行なった一連の軍事作戦にくわわったマクラナハンやその部下たちが、ソーン大統領のはからいで軍人としての地位と権限を回復したことを、ビューシクは知っていた。大統領はマクラナハンを指導者と見なしている――しかしビューシクは、なにを仕出かすかわからない危険人物と見ていた。

「マクラナハン少将は、長距離航空機と兵装を搭載した無人機を主体とした部隊を設立しました」ヴェンティがなおもいった。「革新的な装備です」

「しかし、とつづくようだな、ヴェンティ将軍」ビューシクが水を向けた。

「マクラナハンの任務は成功しましたが、タリバン奇襲隊は完全に戦闘能力を失ったわけではありません」モーガン長官がいった。「攻撃を生き延びたものがいたようで、トルクメニスタンの国境検問所の駐屯地を急襲し、司令とトルクメニスタン軍兵士多数を殺し、武器と車輛を鹵獲しました。

タリバン奇襲隊は北進し、トルクメニスタン陸軍のパトロールを殲滅したあと、ケルキ付近のヘリコプター空中機動部隊駐屯地をめざしています。トルクメニスタン兵士二〇〇〇人が持ち場を捨てて、タリバン部隊にくわわっている模様です。東のガウルダクにあるべつの駐屯地を陥れ、重装甲戦闘車輛、装甲兵員輸送車、重火器、小火器を大量に鹵獲すると、脱走兵と新兵を合わせて三〇〇〇ないし五〇〇〇人補強できる計算になります。給油所、発電所、給水施設も数カ所占領するおそれがあります。いずれも地域にとってなくてはならない施設です。その後運河沿いに西へと進み、戦利物資と占領地を確保し、きわめて有効な補給線を築くものと思われます。もっぱら運河沿いの〈トランスカル〉の石油・天然ガス・パイプラインをたどるという行軍ルートです」

「抜け目がないな。川を使って補給できるうえに、攻撃から身を護りやすい」ヴェンティ将軍が口を挟んだ。「攻撃すればパイプラインが破壊されるおそれがある」

「トルクメニスタン軍を支援して、このタリバン軍を掃滅する時機ではありませんか」ビューシク副大統領が提案した。「この部隊の行為は、われわれにも責任の一端があるわけですし」

「トルクメニスタンから協力が得られるとは思えない」カーチェヴァル国務長官がいった。「数カ国から苦情が届いている——パキスタン、イラン、トルクメニスタン。アフガニスタンまで文句をいってきた——アメリカの軍用機が不法に領空を通過したというのです。四カ国とも釈明を要求しています」

ビュージクが、ゴフ国防長官のほうを向いた。「今回の任務は完全に隠密で、ぜったいにまちがいはないと、確約したのではなかったか。いったいどういうことだ？」

ゴフが切り出した。「マクラナハンの報告によれば、無人戦闘航空機一機が原因は不明だが制御できなくなったそうです。制御するには、無人機に接近するほかはない——あいにく不具合が起きたのはトルクメニスタン領空内でした。マクラナハンはトルクメニスタン防空網の攻撃を受けて、機に軽微な損害をこうむりましたが、ディエゴ・ガルシアにどうにか着陸しました。負傷も損害もごく軽いものでした」

「それで、イランがぎゃあぎゃあ騒いでいる理由は？」

「無人機に追いつくために、イラン東部を通過しなければならなかったのです」ゴフは答えた。「イランとパキスタンの防空レーダーに一瞬捉えられたが、発見されてはいないし、攻撃も受けていません」

「なんたることだ」ビュージクはうめいた。「無人機一機のために」

「その無人機は数百万ドルの無人攻撃機で、最新鋭のセンサー、秘話衛星通信システム、兵装を搭載していました」ヴェンティが説明した。「燃料がつきて無傷のまま不時着するおそれがあると見て、マクラナハン少将は回収をはかったのです」

「はかった、とは？」

「無人機はトルクメニスタン軍防空部隊によって撃墜されました」ヴェンティはいった。「完全に破壊されたものと思われます」

「マクラナハンは、重要部品が残っていれば回収し、残骸を破壊するために、特殊作戦チームを潜入させたいといっています」ゴフがいい添えた。「任務を承認しました。数日後には開始します」

「ひきつづき報告してくれ、ロバート」ソーン大統領がいった。

「正気の沙汰じゃない」カーチェヴァル国務長官が、腹立たしげにいった。「どれもこれもわれわれの承認はまったく得ていない。マクラナハンのやつは、なんとかしないといけない。やつをどう処置するつもりだ、ロバート？」

「叙勲するつもりだよ、エドワード」ゴフはいった。カーチェヴァルが信じられないという顔で目を丸くしたので、ゴフは急いでつけくわえた。「搭乗員二名は、貴重な軍の装備が悪いやつらの手に落ちないように命懸けで回収しようとしたんだ。戦闘で損害を受けつつ、傷ついた機を基地まで飛ばし、死傷者も出なかった。叙勲の条件となる勇敢な行為そのものじゃないか」

「いかれた野郎の国際法違反を叙勲するなどもってのほかだ！」カーチェヴァルが反論した。

ソーンが両手を差しあげた。「いいかげんにしろ。叙勲の決断は後日にまわす。承認を得ずに数カ国の領空を侵犯したことに関しては――すべてを認めるつもりだ」

「そんな、大統領」カーチェヴァルがいった。「だめです……そんなことはできません！」

「できるし、そうするつもりだ」ソーンはいった。「アフガニスタン北部でタリバン奇襲隊が国連平和維持軍を攻撃するのを阻止する作戦の一環として、無人空中偵察攻撃機をアラビア海から発進させたと説明する。無人機一機が損害をこうむったので、地上の無辜《むこ》の民の生命に危険がおよばないように、また、貴重な軍の装備を失うことがないように、現場指揮官が他国の領空を侵犯して無人機の回収をはかるという決断を下した。回収作戦のために、非武装の管制機でパキスタン、イラン、アフガニスタン、トルクメニスタンの領空を通過した」ゴフのほうを向いた。「管制機は非武装だったのだろう、ロバート？」

「はい。防御用の電子機器のみを搭載していました」

「レーザー、原子爆弾、プラズマ爆弾その他、マクラナハンがいつもいじくっているとてつもない兵器は載せていなかったのだな？」

「飛来する対空ミサイルの目をくらますのにレーザーは使ったでしょうが、攻撃兵器はなにひとつありませんでした」

「機種はなんだ？」カーチェヴァルがきいた。

「改造したB－1ランサー爆撃機で、ヴァンパイアと呼ばれている」

「やれやれ」カーチェヴァルがつぶやいた。「前にロシアで墜落したやつとおなじか」ゴフがうなずくと、ぞっとしたように目をつぶり、ソーンのほうを向いていった。「そんなことをまさかお認めに――」

「認めるとも」ソーンは落ち着いていい放った。「説明を求めている四カ国の大使と外相向けの声明を用意する。マスコミが事件について質問しはじめるだろうから、スタッフ向けのまとめも用意しよう――ただし、マクラナハンの回収任務が終了してからだ」カーチェヴァルはわけがわからず首をしきりとふったが、なにをいっても大統領を翻意させることはできないと判断した。「つぎに進もう」ソーンは、モーガンCIA長官のほうを向いた。「ダグラス、中央アジア、ことにトルクメニスタンへの関与が増大するような要素があると、今週のメールに書いていたな。あらましを説明してくれ」

「かしこまりました」モーガンが、アタッシェケースから薄いブリーフィング用ファイルを出しながら答えた。「トルクメニスタンは、大きな火薬樽になる可能性を秘めています。油田が発見された直後のサウジアラビア、クウェート、イラク、リビアと、よく似ています――トルクメニスタンの資源と戦略面での真の重要性は、いまやっと認識されつつあるところで、宗教・政治・民族が異なる勢力の交差する場所にあることから、戦場になるおそれがあります。トルクメニスタンの天然資源は、ペルシャ湾岸諸国に匹敵する埋蔵量と思われ、数年後には世界でも有数の産油国になるかもしれません」

「もう一度いってくれ、ダグラス」ビューシク副大統領が横からいった。「サウジアラビアよりも石油埋蔵量が多いというのか？　そんなことは考えられないが」

「われわれの分析では、一致してそういう結論が出ています」モーガンがきっぱりといった。「トルクメニスタンの石油・天然ガス資源は、サウジアラビアに匹敵します。しかし、サウジアラビアのほうは、一〇年とたたないうちに生産が減少するでしょう――トルクメニスタンはまだ開発すらはじめておりません。サウジアラビアの石油が枯渇したあとも、五〇年以上、石油を生産しつづけるはずです。埋蔵されている石油と天然ガスの五分の四が、採掘はおろか探査もされていないのです」

「ソ連が崩壊し、トルクメニスタンが独立したとき、ロシアは失ったものの大きさに気づいたにちがいない」

「おっしゃるとおりです」モーガンは語を継いだ。「ロシア軍はいまもトルクメニスタンに戦闘機基地数カ所を保有しており、トルクメニスタン軍もロシア軍将校を雇っています。しかし、ロシア人にとって、トルクメニスタンで暮らして仕事をするのはつらい出征みたいなもので——人口の一〇パーセントに満たない数しかおりません。また、トルクメニスタンは自然環境が厳しく、シベリアのような恐ろしい土地で油田を開発したロシア人といえども、石油や天然ガスを採掘するのに苦労している模様です」

「しかし、妙なことに、石油はともすれば国に最悪の事態をもたらす場合がある」ソーンは考え込むようにつぶやいた。「つづけてくれ、ダグラス」

「トルクメニスタンは、サパルムラド・ニヤゾフが、最初は旧ソ連の最高会議議長として、さらに一九九〇年に終身大統領に就任して、一九八五年から二〇〇二年までずっと支配体制を固めていました。ニヤゾフは徹底した日和見主義者で、竜巻に吹かれた風見鶏よりも風向きに敏感です。ソ連時代にはゆるぎないロシア支持者で、ソ連が崩壊して民族主義勢力が強くなると民族主義者に変わった——ロシア語に替えてトルクメン語を公用語とし、イスラムの宗教学校を設立するなどした。タリバンがアフガニスタンを支配し、トルクメニスタン東部の原理主義者の多い地域を奪う構えをとると、タリバンのシンパの宗教指導者たちを政府に引き入れた。統治は強圧的です。トルクメニスタン議会の議員は、すべてニヤゾフの承認を得たものでなければならない。国じゅうの報道機関にみずから指名した検閲官と編集人を配置している——その手の事柄は、枚挙にいとまがありません。〈トランスカル〉との大取引に署名したのはニヤゾフです。トルクメニスタン初の大規模な石油開発事業で、市場もっとも実入りの大きい石油取引になる可能性を秘めています。

ニヤゾフは二〇〇二年にようやく引退して、選挙を行ないましたが、大統領候補はトルクメニスタン民主党副総裁クルバン・グリゼフただひとりでした。民主党というのは、旧共産党が党名を変えただけの代物です。グリゼフはニヤゾフとおなじように、絶対的な権限で国を支配しています。野党を法で禁じ、公職の任命権をすべて握り、文字どおりの警察国家を創りあげました。グリゼフは徹底した外国人嫌い、反イスラム、忠実な親ロシア派です」

「軍はグリゼフを憎んでいるだろうな」ゴフが意見を述べた。

「トルクメニスタンは、軍隊など存在しないも同然です」モーガンはいった。「準軍隊と予備役を含めて、兵力は四万人というところでしょう。五分の四は徴集兵で、状態の悪い旧ソ連製の兵器がかなり残っています。将校団はロシア人が大勢を占めています――トルクメニスタン政府に給料を払ってもらおうという魂胆で、ポストにしがみついている連中ですよ。当然ながら、その連中がいちばんいい装備を抑えています」

「いざ戦いとなったら、そいつらはだれの命令を受けることになるんだろう?」ビューシクが疑問を投げた。

「おそらくロシアの命令に従うでしょうね」モーガンはいった。「クルバン・グリゼフはトルクメニスタンではなくロシアで生まれ、教育を受けています——クルバンというのも本名ではなく、ニヤゾフの民族主義運動になびいてトルクメニスタンふうに改名したのだと思われます。グリゼフはトルクメン語もできません。石油・天然ガス開発の取引に関して、ニヤゾフとときおり衝突したことが知られています。グリゼフは、ロシアの石油インフラとトルクメニスタンとの深いつながりを維持するのが得策と考えました。ところがニヤゾフは、開発業者数社と同時に協定を結んだ。アフガニスタンとパキスタンを経由する石油・天然ガス輸送には、西側企業数社と契約し、黒海への石油輸送についてはアゼルバイジャンと取引をした。ロシア国内への石油輸送についてはロシアと取引し、アラビア海への石油輸送では、イランとまで取引をした。うわべだけ見れば賢いやりかたのようです。資金の調達先が増えるし、地政学的な懸念なしに世界各地の市場に石油を供給することができる。トルクメニスタンでは数カ所で開発が進んでいて、進《しん》捗《ちょく》の段階はさまざまですが、輸出している相手はロシアだけで、価格もかなり低い」

「トルクメニスタンの状況に目を光らせていたほうが賢明だと思う——現地に情報資産を送り込んだほうがよいのではないか」と、カーチェヴァルがいった。「アメリカ企業を中心とする西側企業が現在進めている石油開発計画《プロジェクト》が気がかりだ——ロシア人が戻ってきたり、悪くするとバルカン半島でやったように突然踏み込んできたりした場合、そうした企業が矢面に立つことになる」ソーン政権の商務長官と通商代表部代表を兼ねるフランクリン・セラーズ財務長官のほうを向いた。「承認済みの中央アジアにおけるプロジェクトについて、説明してもらえるかな」

「いいですよ」元ナスダック副会長のセラーズは、歴代財務長官のなかでも最年少の部類にはいる。また、ゴフ国防長官とともに、ソーン政権ではきわめて少数派のジェファソン党員でもあった。「すぐに思いつくのは、いちばんよく知られている〈トランスカル石油〉の提案している三〇億ドルのプロジェクトです。パイプラインを使って、トルクメニスタンの石油と天然ガスをアフガニスタン経由でパキスタンの港まで輸送するという計画で、アフガニスタンのタリバン政権が崩壊したことにより、息を吹き返しました。トルクメニスタンの天然ガスをウズベキスタンに輸送し、中央アジア諸国とインドに売るという一〇億ドルのプロジェクトもあります——これは、パキスタンを金持ちにする計画にアメリカが関与することに腹を立てているインドをなだめるためのものです」間を置いてつけくわえた。「政治的見地からすると、〈トランスカル〉のプロジェクトを後押ししても害はないでしょう。再選の選挙運動の際には、きわめて貴重な資金援助母体になってくれるものと思います」

「再選の選挙運動のことなど、考えてもいない、フランクリン」ソーンは厳しい口調でいった。「わたしの仕事は、国のために最善を尽くすことだ。〈トランスカル〉のためではなく」

セラーズがうなずき、口をつぐんで、ロバート・ゴフに視線を向け、無言で質問を投げた。ゴフがうなずき、セラーズの意図はわかったがしばし待てと目顔で伝えてから、口を切った。「しかしながら、外国政府が契約の履行を怠ったり干渉したりした場合、関与するのがアメリカ政府の責務だと思います。当事国がアメリカ企業を外部の干渉から護れず、海外で働くアメリカ国民を危険から護れないような場合もしかりです。国務長官とCIA長官がいっておられるのは、そのような事実だと思います――タリバンの戦闘行為とロシアの予想される対応は、トルクメニスタンのアメリカ国民と権益を脅かすおそれがあります」

「わたしの判断では、それは政府の権限の大幅な濫用だ」ソーンはいった。「〈トランスカル〉は危険を承知で、トルクメニスタンのような国で投資を行なうたぐいの企業だ。トルクメニスタンでアメリカ企業が危険性の高い投資を行なったからといって、それを護るためになにも考えず武力を投入するつもりはない。グリゼフが契約を破棄したり、ロシア軍がグリゼフの了承を得てトルクメニスタンに進軍し、〈トランスカル〉のパイプラインを閉鎖したとしても、奪回のために海兵隊を派遣するようなことはしない。つぎの問題に移る。わたしが聞きたいのは――」

「失礼ですが、大統領。それは大統領の今後の公式なご意見になるのでしょうか――トルクメニスタンであろうとどこであろうと、アメリカ政府はアメリカ人の権益を護ることはしないというのが？」カーチェヴァル国務長官が、信じられないという口調でたずねた。「言葉を返すようですが——いったいどういう政策なのですか？」

「現実的政策だ」ソーンは答えた。「責任ある政策だ。どこの国に対しても、石油をアメリカに売れと無理強いすることはしないし、一企業が海外で金を稼ぐ権利を護るためにアメリカの男女戦闘員を派遣するつもりはない。そもそもトルクメニスタンで石油を採掘して輸送すること自体が非常に危険なのだから、避けるべきかもしれない」

「大統領、危険なのはテロリストや独裁政権が介入するからです」カーチェヴァルはなおも弁じた。「アメリカの企業は、トルクメニスタンのような国にビジネスの機会をひろめるために、何十億ドルも費やしています——投資に見合うリターンを期待していますし、またリターンを得る資格があります。アメリカ政府の保護を期待していますし、保護を受ける資格があります。大統領がよく引用なさる憲法にもありますよ。〝なんぴともその生命、自由、幸福の追求を……〟」

「それは憲法ではなく独立宣言だ、カーチェヴァル長官」ソーンが正した。

「なんでもいいですが」カーチェヴァルはいった。国務長官の口から〝なんでもいいですが〟という言葉を軽々しく投げつけられたソーンが、びっくりして目をぱちくりさせた。ソーンにしてみれば、独立宣言と憲法を混同するのは、とんでもないことだった。

——だが、口は挟まなかった。アメリカの歴史に関わる文書のことでソーンと議論をしても勝ち目はないというのを、カーチェヴァルは心得ていた。「要するに、アメリカ政府には国民を護り、安定と自由貿易を確保する義務があるといいたいのです」

「この議論は、これまでに何度となくやったな、エドワード」かすかないらだちを示して、ソーンがいった。ソーンをもっともよく知っているゴフは驚いた。いつものソーンは、ほかに類を見ないくらい辛抱強い。昼夜を問わず、どういう立脚点でどういう問題を論じても、ほとんどの論点で勝利を収めると確信している。ところが、論議と総意の醸成がもっとも重要なこの会議で、いらだち、言葉を省略しているふしがある。「最高司令官としていうが、国家指導者や政府がアメリカと商売をするよう強要する目的で海外に派兵する意志はない。トルクメニスタンが最終的に約定を果たさない場合、〈トランスカル〉は撤退――」

「撤退ですか？　大統領、〈トランスカル〉はトルクメニスタンに石油と天然ガスのパイプラインを敷くために、何十億も投資しているんですよ」カーチェヴァルが反論した。「トルクメニスタン政府が突然契約を破棄したら、それがすべて水の泡に――」

「エドワード、この議論はしばらく棚上げにしようじゃないか」ソーンがいった。「わたしはいまの時点ではトルクメニスタンでの軍事行動は命じない。アメリカ企業がトルクメニスタンと結んでいる契約に違反があった場合には、司法長官に早急に訴訟手続きを行なわせ、経済制裁を課すようにする。そうでないかぎり、なにもしない。この問題に関する政策声明書をできるだけ早く副大統領に提出してくれ。議論は以上だ」

「わたしの反対意見は記録に残していただけますね？」カーチェヴァルが念を押した。

「ああ。つぎの問題。南シナ海における中国の意図。これに関する情報は？」

会議はそれから一時間つづき、似たような手順がくりかえされた。最新情報につづいて、活気のある議論や激した議論が行なわれ、大統領が一般的な政策方針を告げる。会議が進むにつれて、カーチェヴァルはどんどん口数がすくなくなった。

他の出席者が出ていくと、大統領、副大統領、国防長官は、カーチェヴァルの沈黙の理由を知らされた。

「大統領、遺憾ながら、わたしはこのうえ現政権とその政策を支えることができなくなりました。ただちに辞任したいと存じます」カーチェヴァルが、大統領のデスクの前に直立不動で立ち、堅苦しい口調でいった。

ビューシクとゴフは、度肝を抜かれた表情だった。ようやくビューシクが一気にいった。「なんだって、エドワード、いったいどうして辞任したいなどというんだ？」

「エドワード、辞任する必要はない」片手をあげてビューシクを黙らせ、ソーンがいった。「中央アジアのアメリカの権益を護るために、ちゃんと手を打つつもりでいる――われわれの権益がいずこに属するか、しっかりと総意がまとまった時点で。現時点ではなにもしないというのが、わたしの決断だ。議論には全員がくわわってほしい。レスターがそれをまとめ、わたしが決断を下す。しかし、慎重に考えることもせずに行動を起こすつもりはない」

「大統領、わたしはなにも軽率な行動を望んでいるのではありません」カーチェヴァルがいった。「しかし、トルクメニスタンにおけるアメリカの権益を支援するという声明のようなものを出していただきたい」

「大統領はトルクメニスタンのアメリカの権益を護るとおっしゃっている。世界のどこであろうとおなじだ」ロバート・ゴフが口を挟んだ。「どうしてトルクメニスタンだけ特別に声明を出さなければならないんだ」

「そのとおりだよ、エド。まだトルクメニスタンでは何事も起きていない」ビューシク副大統領が力説した。「モーガンの話を聞いただろう――タリバン奇襲隊が駆けまわっているからといって、〈トランスカル〉の投資が煙になって消えるわけではない。そう心配するな。いまからおたおたすることはないんだ」

カーチェヴァルは、ふたりのいうことにまったく耳を貸さなかった。「大統領、とにかく大統領の外交政策の決断そのものを支持できないのです。トルクメニスタンだけの問題ではありません。同盟国との関係、条約への取り組み、アメリカ軍、世界平和を護るというアメリカ全体の意気込みといった問題でも同様です。自分の意見を押し殺して大統領の意見を伝えることに、最初の数年はやぶさかでありませんでした。もうそのようなことはできない心境です」

トマス・ソーン大統領は、長いあいだカーチェヴァルの顔を見つめていたが、やがてうなずいた。「了解した、エドワード」

「どのように辞任すればよろしいですか？」

「後任候補を挙げてくれ。その人物と話をして、適任かどうか見定め、議会の連中と顔合わせをする時間をくれ」と、ソーンはいった。「新国務長官を温かく受け入れてくれるたしかな集団が議員のあいだにできあがった時点で職を離れればいい」

「それに、マスコミには原因不明の脳の病気だとでもいうんだな」ビューシクがつぶやいた。

「ビューシク君――」

「いいんです、大統領。自業自得ですから」カーチェヴァルはいった。ビューシクを睨みつけて、語を継いだ。「そうくると思った」ビューシクが怖い顔をしたが、なにもいわなかった。「大統領のお言葉はありがたくちょうだいします。意見が対立しても、大統領は紳士でおられる。後任の候補にはモーリーン・ハーシェル国務副長官を挙げます。わたしの辞任については、説得力のある穏当な理由を用意します」ソーンと握手を交わし、ゴフとビューシクに会釈して出ていった。

「陰険な野郎だ」ビューシクが声を殺していった。

「レスター、ハーシェル副長官をただちに呼んでくれ」ソーンの言葉に、ビューシクがうなずいた。モーリーン・ハーシェルのことはよく知っていた。キャリアの国務官僚で、管理業務から現場業務に至るまで、省運営のさまざまな局面に通暁している。

「鼻持ちならないやつだ」受話器を取りあげるときに、ビューシクが大声で毒づいた。

「そういう言葉はただちに取り消せ」ソーンが命じた。「心のなかだけでいえ。エドワード・カーチェヴァルは、この政権にとって信頼できる貴重な人材だったし、いまでもよき友であり、すばらしいアメリカ人だ。われわれとおなじように、自分の心と善悪の判断に従ったまでだ。だからといって彼のこの国に対する忠誠や、この政権への献身や努力が損なわれるわけではない」

「大統領、宣誓して閣僚に就任したものが辞めるのは、極度の一身上の危機に見舞われた場合だけです」国務副長官室に電話が通じるのを待つあいだに、ビューシクがいった。「いい換えるなら、病気で死を待つ身か、斧で人を殺して有罪判決にでもならないかぎり、カーチェヴァルはチームを抜けられないということです。辞任するのは、閣僚を追い出したり処刑したりして政府が政治的に追い込まれるのを防ぐような場合だけです。カーチェヴァルはなにしろ老練な政治家ですからね――そのへんのところはじゅうぶんに承知していますよ。たしかに本人には痛手ですが、こっちのこうむる被害のほうがずっと大きい」

「ハーシェルを選んだのは適切ですね」ゴフがいった。「もとFBI特別捜査官で、経歴も立派です。出自もいい。海外での経験も豊富だ」

「美人だっていうのは知っていますけどね」ビューシクが口を滑らせた。ロッカールームで男子学生が口にするようなやりとりを大統領が嫌うのはわかっていたが、ゴフはうなずいた。「とにかく、カーチェヴァルの選択は正しかったわけだ。それにしても、再選の一年前に国務長官が辞任するとは。カーチェヴァルが脳腫瘍か直腸ガンにでもかかってくれないと、われわれは政治的に苦しい立場に置かれるだろうよ」

「レスター、先のことに目を向けろ」ソーンがたしなめた。「エドワードはもう辞任したんだ。優秀で経験も豊富な後任の国務長官がちゃんと見つかった。政治的影響など心配するにはおよばない。政治などというのは、今夜、書類仕事を片付け、電話が鳴らなくなったら、そこではじめて心配すればいいことだ」

ビューシクが出ていったあとも、ゴフは残り、大統領といっしょにオーヴァル・オフィスのとなりの書斎へ行った。「大統領、カーチェヴァルと膝詰めで話をしたほうがいいと思います」ゴフがいった。「居室での夕食に招待しましょう。よく気持ちを聞いて、なにが望みなのかたしかめるんです」

「カーチェヴァルの望みはわかっているつもりだ、ロバート」ソーンがいった。「わたしに昔ながらの大統領らしくふるまってほしいんだよ。消極的にならず、世界情勢にもっとのめり込んでほしいんだ。そういう意見には敬意を表する。しかし、わたしは彼の流儀ではできない。辞める権利はじゅうぶんにある」

「いいえ、辞める権利はありません」ゴフはいい張った。「副大統領がいいました。閣僚に就任するのは、大統領だけではなく政府に対する信頼と責任を負う立場につくことを意味する、と。辞任には時機とやりかたというものがあります——病気の場合はべつとして、任期の切れ目などを選ぶべきでしょう。特定の政策について意見が一致しないという理由で辞めるのは、まちがっています」

「辞めたのは残念だし、厳しい事態になるのはわかっている。ことに選挙が近いからな」ソーンはいった。「しかし、やむをえない。後任ができるだけ早く長官の仕事をこなせるようにすればいい。それから、上院の就任承認会議で潤滑に認められるように、議会の重鎮と話がしたい」

「連中はてぐすね引いて待っていることでしょう」ゴフがいった。「大統領、ひとつ提案が——」

「わかった、ロバート。エドワードに連絡して、会って話をする気があるかどうかきこう」ソーンはあきらめの態でいった。「なんの益もないと思うが」

「提案というのはべつのことです」ゴフがいった。「モーガンは、中央アジアでまちがいなく異常事態が起きていると確信しているようです。トルクメニスタンの事件は部隊を派遣するほどではないとおっしゃったのはわかっていますが……」

「たしかにそういった。派遣しない」ソーンはゴフの顔を見た。「部隊の話ではないようだ――べつのものだな。ロボット飛行機か？」

ソーンの知力は恐ろしいまでにすぐれている、とゴフは思った。これほど切れ味のいい頭脳と肉体を持った人間は、油断のならない敵になるにちがいない。「ついでながら、来週には西海岸に遊説旅行の予定があります――タホ湖の環境フォーラムでの演説につづいて、リーノ、サンフランシスコ、モンタレー、サンタバーバラ、ラスヴェガス、そしてロサンジェルス。リーノに行く前に寄ってはどうでしょう」

「バトルマウンテンか？」

ゴフはうなずいた。「マクラナハン少将は、バトルマウンテンの部隊を迅速に編成するという大仕事をやってのけました。モーガンはああいいましたが、アフガニスタン上空での最初の任務は成功でした。撃墜された無人機の回収任務をわたしは許可しましたが、それも成功するものと思っています」

「同感だ。それに、マクラナハンのことはわたしも高く買っている。つい先ごろ近親者をふたりも失い、突然シングル・ファザーになったというのに、仕事熱心で、業績もあげている」と、ソーンはいった。

「旅程がすでに決まっているのは知っています」ゴフはいった。「しかし、われわれが中央アジアで作戦を行なう必要が生じた場合のための選択肢を、マクラナハンが提示してくれるかもしれません」

「語尾に〝スタン〟のつく国のいずれかで軍事作戦を行なうような見通しはない、ロバート。しかし……たしかきみは、マクラナハンの施設を国家指揮最高部の代替指揮所と見なしているんだったな？　バトルマウンテンは地下航空基地だろう？」

「おっしゃるとおりです」ゴフが笑みを浮かべて答えた。「それに、最新鋭の通信システムが備わっています――大規模な衛星通信地上局、マイクロ波、極長波――ロボット飛行機との通信に用いるものです。また、敵の攻撃目標となる他の大規模施設や人口稠密地からも離れていますし、全長三六〇〇メートルの滑走路が一本あります――大統領《エアフォー》専用機《ス・ワン》はもとより空中国家指揮最高部にも対応できる設備です。代替指揮所としてうってつけです」

「それでは、レスターと相談して、旅程に組み込んでくれ」ソーンはいった。「アフガニスタンでの作戦について事前にマクラナハンから説明を受け、中央アジアの情勢に関する見解も聞く予定なんだろう。わたしがマクラナハンの報告を聞く必要があるようなら、それも予定に入れるように」

「かしこまりました」ゴフは答えた。間を置いて、友人の顔を注意深く見つめた。「大統領が軍人と話をするのに、口実は必要ありませんよ」

「わかっている」

「エドワード・カーチェヴァルに気をつかっていると見られないように、軍事基地を訪問する口実を用意する必要もありません」

「そういうふうに見えるか？」

「カーチェヴァルの辞任を、傍目《はため》で見るよりもずっと残念に思っているのではありませんか」ゴフは意見をいった。「閣僚に大きな責任を負わせるのも大切ですが、大統領が指揮をとっていることを示すのも、おなじくらい大切です」

「カーチェヴァルの手綱を締めすぎたといいたいのか？」

「カーチェヴァルはA型人間——つまり行動を規範とする男です」ゴフは答えた。「それに、自分が指揮をとることに慣れている。近年の国務長官は、きわめて強力な人物が多かった。カーチェヴァルは、マドレーン・オルブライトやジェイムズ・ベイカーのように大きな影響力を持つ力強い国務長官になりたかったのでは——」

「あるいはロバート・ゴフのような」

「あるいはロバート・ゴフのような」ゴフが鸚鵡返《おうむがえ》しにいった。「ぜひカーチェヴァルと話をしてください。こういっても大統領はおそらく話をしないでしょうね。カーチェヴァル程度の人物はいくらでもいます。ただ、これから予想される集中攻撃を受けるのだけは避けられたらと思うんですよ」

同刻
ロシア連邦　イングーシ共和国　ヴェデノ上空

ああ、生きているというのはすばらしい。アナトリー・グルイズロフの心に喜悦がこみあげた。副操縦士の背中を叩き、ふたたび作業に追われるようになる前にのびをして煙草を吸うために、後部へ行った。

アナトリー・グルイズロフ空軍大将は、すくなくともひと月に一度は執務室を出て航空機に搭乗するようにしていた。訓練時間が減らされているので、たとえ将官といえども許されない贅沢だった。しかし、グルイズロフの場合は事情がちがう。ロシア共和国政府の国防副大臣であり、ロシア連邦軍参謀総長でもあるから、なんであろうと望みをかなえることができる。この元爆撃機機長、テスト・パイロット、宇宙飛行士を自分たちの基地に迎えるのを将兵は楽しみにしていて、大喜びで五九歳の参謀総長に任務の指揮を任せた。

グルイズロフはロシア軍人としてはめずらしく小柄なほっそりした体つきで、動きも敏捷だった。薄茶色の髪は短く刈っている——冬用の厚手のかさばる飛行服も、じつによく似合っていた。大好きな飛行機——NATOのコード名を〝ブラックジャック〟という名高いツポレフTu‐160長距離爆撃機——の機内で身軽に動きまわることができた。もともとアメリカ合衆国本土を核攻撃するために設計されたTu‐160は、現在でもまちがいなく世界最大の攻撃機だ。中高度で時速二〇〇〇キロメートルという超音速の最大速度を発揮し、地形追随高度でも亜音速で飛ぶことができる。巡航ミサイル一二基もしくは合計四トンの爆装を投射でき、空中給油なしでの航続距離は一万四〇〇〇キロメートルに達する。製造されたのはわずか四〇機だが、モスクワの六〇〇メートル南にあたるサラトフ近くのエンゲルス航空基地の小規模な航空団は、ロシア空軍にとって自慢の部隊だった。

グルイズロフは操縦席からうしろに進み、機長席《パイロット》・副操縦士席《コパイロット》とおなじように横並びの射出座席がある航法士兼爆撃手席・防御システム士官席の手前の教官席に座った。Tu‐160は飛ばすのがじつに楽しい飛行機で、操縦席が特等席であることはまちがいない――ただし着陸時だけは、長い機首と進入・着陸速度がきわめて高いために非常に危険で、とてもそうは思えない。しかし、戦闘の重要な部分は、すべてここで行なわれる。操縦席とシステム士官区画のあいだの休憩所に〝肥溜め〟と呼ばれる便所がある。そこで小便をしながら、便器の脇にある太い針金を通したトイレット・ペーパー・ホルダーをちらりと見て、顔をゆがめた。ロシアの攻撃機に搭載されて空にあがる木製品はそれだけだといわれている。

システム士官区画は薄暗いが、かなり広い――長いフライトの場合はビーチチェアとアイスボックスを置けるだけのスペースがある。もっとも、今回はそういったものは必要ではない。「どんなあんばいだ、少佐?」グルイズロフは声をかけた。

「たいへん順調です」航法士兼爆撃手ボリス・ボルケイム少佐が答えた。ボルケイムに肩を軽く叩かれた防御システム士官が、あわてて射出座席の安全装置をかけ、ストラップをはずして、グルイズロフに席をあけようとした。だが、グルイズロフは手をふって、座ったままでいいと合図し、折り畳み座席に座った。「進入点まで二〇分。システムは良好です」

「警報は発令されているか、大尉?」

「いいえ」防御システム士官ミハイル・オシポフ大尉が答えた。「判明している周波数はすべて沈黙しています。ちょっと意外です」

「みんなが仕事をちゃんとやっている証拠だと思いたい」グルイズロフはいった。ボルケイムはロシア煙草を勧めたが、グルイズロフが〈マルボロ〉を出したので、オシポフともども大喜びで一本ずつもらった。煙草をふかしながら、任務のこと、軍のこと、家族のことを話した。まるで昔に戻ったようだ、とグルイズロフは思った——戦闘前に休憩して、あれやこれやとりとめのない話をする。軍務のこういうところがほんとうに楽しい。兵隊たちと戦場に向かい、ささやかな楽しみを味わい、それと同時に真剣勝負に専念する。たしかにこうして将軍の星を身につけてはいるが、それが欲しくていままでやってきたのではない。

参謀総長の任をになうのには、けっしていい時機とはいえない。しかも、失脚して投獄されたヴァレリー・ジュルベンコの後釜というのも、かんばしくない流れだ。ジュルベンコはロシア・マフィアのパーヴェル・カザコフと手を組み、バルカン諸国を脅してパイプライン敷設に協力するよう強要した。グルイズロフは、政治的に都合のいい存在――誉れ高い叙勲を何度も受けているが、政治色がきわめて薄い空軍将校だった――なので、たまたま参謀総長に抜擢された。ロシア議会がそういう人物を望んだのだ。

あいにく、政治色が薄いということは、ロシア政府上層部に友人がまったくいないことを意味する。セニコフ大統領ともほとんど縁がない。いまのところは、それでもさしたる影響はないように思われる。セニコフは熱心な――あるいは嫉妬心の強い――政治家に嚙み付かれるのを怖れて、目立たないようにふるまい、クレムリンからほとんど出ようとしない。近ごろのモスクワの動きは、じつに緩慢になっている。なにをやるにも金がない――どのみちやる気のある人間はほとんどいないので、それでもいっこうに構わないとみんなが思っている。

しかし、グルイズロフはそれでは飽き足りなかった。ロシア空軍の爆撃機機長、テスト・パイロット、宇宙飛行士という経歴を持つグルイズロフは、体操選手のような体型で、エネルギーをみなぎらせていた――将官から下っ端の事務職やコックに至る全将兵の目には、そのエネルギーが無駄に費やされていると映っている。それをグルイズロフは知っていた。

ロシアの優柔不断の好例がチェチェンだ。黒海とカスピ海に挟まれたロシア南部のちっぽけな少数民族居住地は、ロシア政府から限定的な自治権を得たにもかかわらず、イスラム分離主義者がいまだにかなりの勢力を張り、ロシア各地でテロ行為をくりひろげている。ことに隣国ダゲスタン共和国での被害がはなはだしい。分離主義者は、アゼルバイジャン共和国の親イスラム政権から公然の支援を受けている。アゼルバイジャンのほうは、イランとトルコの資金援助を受けている。

そもそもチェチェンは、いまなおロシア連邦の領土なのだ。人口はわずか数十万人で、大半はグロズヌイとグデルメスの二都市に集中している。東部が肥沃な農地だが、天然資源はほとんどない。いくら外国の支援を受けているにせよ、反政府軍を叩き潰すのはしごく簡単なはずだと、グルイズロフは思った。だが、南部は地形が険しく、反政府ゲリラやテロリストがひそかにダゲスタンや旧ソ連の共和国だったグルジアへ逃れるのは容易だった。

だからこそ、反政府軍の動きに関して信頼できる情報が届いたとき、迅速に対応するのが重要なのだ。地上部隊を派遣しても、九割かたは徒労だ——反政府軍はロシア軍とはちがって山地を知り尽くしている。攻撃ヘリコプターを使うのは有効だろうが、反政府軍は五〇〇キロメートル以内のヘリコプター基地は、全面的に使用されている基地であろうと、一時的に使用される基地であろうと、すべて監視している。ヘリコプターが一機でも飛び立てば、反政府軍は即刻感知する。

問題の地域とじゅうぶんに距離を置くのが、反政府軍に空から対応する最善の方法だ。アナトリー・グルイズロフは、長距離爆撃機を好む。爆撃機の機長をつとめた経験があるからではない。それを使用する政治的意志がある場合には、そのたぐいの仕事にもっとも有効な兵器システムだからだ。グルイズロフは、その政治的意志に火をつけようと決意していた。中央アジアとヨーロッパをすべてロシア軍が支配する時代の到来を待ち望んでいた——まずはチェチェンがその突破口になる。

「進入点まで一〇分」爆撃手が告げた。

「将軍」機長がインターコムで呼んだ。

「こっちにずっといる」グルイズロフは答えた。予備のパイロットが副操縦士席に座り、グルイズロフは折り畳み座席のショルダー・ストラップを強く締めて、戦闘開始に備えた。

グルジアを発し、ダゲスタンとチェチェンの国境付近のカフカス山脈を北上している反政府軍の大規模な部隊が、発見されていた。安全な山中を出ることを余儀なくされないかぎり、追跡はほとんど不可能で、対処のしようがなかったのだが、おそらく気温の急激な低下と絶えがたい山中での生活環境にくじけて下山したのだろう。その部隊は、国境のわずか一六キロメートル北のヴェデノという小さな炭鉱町に移動した。兵員は二〇〇〇ないし三〇〇〇人と見られている——ひとつにまとまって移動する部隊の規模としては格別大きい。戦闘員はそのうち四、五〇〇人程度で、あとは家族や支援要員と考えられる。

「進入点まで一分」航法士兼爆撃手が告げた。慣性航法装置の偏差を確認した——一時間に二海里以下——このシステムにしてはかなり精確なほうだ。レーダーで最新データを確認して、航法システムの速度誤差を訂正し、最新の整合性補正、機首方位、位置、速度情報を、大きな爆弾倉二カ所に搭載するKh-15短射程空対地ミサイルに転送した。

計画は単純だった。まず退路を断つ。それから殲滅する。

進入点に達すると、爆撃手はミサイルを投下しはじめた。一基が一・二トンのミサイルがつぎつぎと回転式発射架《ロータリー・ランチャー》から落ちてゆき、固定燃料ロケットを点火して、すさまじい勢いで飛翔した。最大高度一万五〇〇〇メートルに上昇し、音速の二倍に達するミサイルの筐体《きょうたい》を保護するために、コーティングがほどこされている。ミサイルはやがてターゲットに向けて最終降下を開始した。

一五〇キログラム高性能爆薬弾頭を搭載した最初の一二基は、反政府軍が避難所にしているヴェデノに通じるすべての橋や道路に命中した。ミサイルの射程は九〇キロメートルなので、地上では空爆を未然に知るすべがない。Ｔｕ－１６０の僚機五機も、長距離からヴェデノの周囲に向けてミサイルを発射し、これまでにわかっている町外の車輌出撃準備区域、補給品保管施設、潜伏所、宿営地を破壊した。

空爆の第二段階を行なうまで、一〇分の間を置いた。理由はしごく単純だ。攻撃を受けた場合、反政府軍は家族を町に残し、自分たちだけが山地に逃れるというのが、いつもの手順だった。反政府軍は一〇分後には脱出ルートが断たれていることを知り——身をさらけ出すはずだ。そこでＴｕ－１６０の編隊は後部爆弾倉をひらく。

そして、ほんとうの皆殺しがはじまる。

後部爆弾倉の回転式発射架《ロータリー・ランチャー》にもＫｈ－15ミサイル一二基が搭載されている。ただしこちらの弾頭は燃料気化爆弾だ。爆発力の大きい燃料を地表から二〇〇メートルの高さで霧状に散布して着火させ、直径三〇〇メートルの巨大な火の玉を発生させる。それに触れたものはたちまち燃えて灰になる。しかも、それらのミサイルはヴェデノの周辺ではなく町そのものに狙いをつけていた。

ヴェデノの町は瞬時にして炎に呑み込まれた。四平方キロメートル以上があっという間に燃えていっさいが消滅し、燃料と空気が混合して何度も起きた超過気圧によって七平方キロメートル以内の物体がすべて破壊された。残った高い地物はカフカス山脈だけで、草木は一本残っておらず、雪もきれいさっぱり消滅して、夜空に煙と蒸気の大きな分厚い幕が立ち昇っていた。

「みんな、よくやった」グルイズロフはいった。システム士官ふたりと握手を交わし、副操縦士席に戻った。機長は編隊僚機の点呼を行なっていた――全機異状なし。実弾はすべて投射した。これから帰投する。「じつにすばらしい働きだった」編隊僚機に向けて、グルイズロフは秘話コマンド周波数で告げた。「戻ったら、みんなに一杯ずつおごろう」

その晩
ネヴァダ州　バトルマウンテン

ダレン・メイス空軍大佐は、基地に行く前に、おんぼろのフォードのピックアップで町をひとまわりしようと考えた。ネヴァダ北部にあるバトルマウンテンは、インターステート80からはずれた道路の土埃にまみれた瘤といった風情のちっぽけな町だった。空軍予備役の基地が建設中なので、民間の建築工事も行なわれている。大手ホテル・チェーンのホテル、カジノ、かなり大きなトラックストップ（長距離トラック向けの給油・食堂・休憩室などの複合施設）、アパートメント、核家族向けの小さな分譲地――しかし、基地の建設がはじまって三年たつのに、町のほうはたいして変わっていない。昔の孤絶した炭鉱町の殺伐としたところがいまだに残っている。

五〇歳という大きな変わり目を前にして、メイスは最近、世界一の健康フリークになった。それまでの生活様式からすると、一八〇度の方向転換だった。すこし前までは、任務の打ち合わせ、デート、税金の計算など、なにをやるにもどこかの居酒屋《タヴァーン》を根城にしていた――何軒かの気に入った店にずっと腰を据えているものだから、ただで飲ませてもらったり、時間があいたときに器具の修繕をしたりすることもままあった。ところが、そのうちに老眼鏡がいるようになり、飛行服の腰のあたりが窮屈になってきたので、運動を習慣づけることにした。いまでは毎日がランニングからはじまる。ビール、煙草、ピザをやめて、血圧とコレステロールを計り、成人して以来ほとんどずっと維持してきた贅肉のない引き締まった体型を崩すまいとした。まして最近は、とみにデスクに縛り付けられることが多くなっている。

たしかに白髪は増え、予期せぬ些細な痛みを抑えるために毎朝アスピリンを飲んでいる。だが、それはすべて大人になったら避けられないものではないか。

大人になるというのは、これまではけっして得意な分野ではなかった。バトルマウンテンから車で数時間の距離にあるネヴァダ州ジャックポットで生まれたメイスが若いころに頭にあったのは、厳格な両親をどうやって出し抜くか、砂漠で違法な狩猟をするときにどうやって猟区監視官に捕まらないようにするか、あちこちの好きな女の子の父親の目を盗んでどうやってデートするか、といったことばかりだった。そして、ネヴァダ奥地を抜け出したいという気持ちが、何事にも優先していた。空軍がその切符をくれた。二三年間の空軍での軍務は、つらいことや苦しいことばかりではなかった。たぐいまれな知識と技倆にくわえ、迅速かつ効果的に考え、計画し、実行する能力がそなわっていたので、最年少でFB-111Aアードヴァークの搭乗員に選ばれた。当時この核兵器を搭載できる長距離戦闘爆撃機は空軍に四〇機しかなく、空軍全体から選ばれる航法士は年にわずか四人だった。メイスは期待に応えた。仕事に精通した熱心な航法士兼爆撃手であるばかりか、FB-111Aの研究に余念がなく、そのシステムすべてと信じがたい性能を知り尽くしていた。メイスはたちまち、〝すぐにイク〟超音速地上攻撃機のあらゆる面に関するいちばんの権威になった。

そんなわけで、砂漠の楯作戦が行なわれた一九九〇年、イラクのクウェート侵攻と中東の緊張の激化に対応するためにきわめて重要かつ危険な任務が立案されたとき、ダレン・メイスは当然のごとく選ばれた。イラクもしくは中東の敵対勢力が現地のアメリカ軍部隊に対して全面的な核・化学・生物兵器攻撃を仕掛けた場合に対応するための作戦だった。そのような攻撃が行なわれた場合、メイスはトルコ東部の秘密基地をFB-111Aで発進、熱核弾頭ミサイルをイラク軍のもっとも重要な地下指揮統制センター四カ所に向けて発射することになっていた。しかも、それを一度の出撃で行なおうというのだ。

一九九一年一月一七日、イラク軍は化学兵器弾頭を搭載していると思われるスカッド・ミサイル一基をイスラエルに向けて発射し、さらに数基がサウジアラビアのアメリカ軍部隊宿営地付近に落下した。メイスと飛行隊長は、イラク軍がこれ以上大量破壊兵器を使用するのを阻止する重大な任務を遂行するために、トルコのバトマン基地を発進した。三〇〇ガロンの増槽四本と、核エネルギー収量三〇〇キロトンの熱核弾頭を取り付けたAGM‐69A短射程地上攻撃ミサイル四基を搭載したFB‐111Aは、ミリタリー・パワー全開もしくはそれ以上の能力を保ちつつ、夜陰にまぎれて梢すれすれの超低空を驀進《ばくしん》した。実行命令が届いた。第二次世界大戦後、初のアメリカ軍による核兵器の使用になるはずだった。

ところが、イラク軍が行なったのは、化学兵器による攻撃ではなかった。スカッド・ミサイルが化学兵器弾頭を搭載していないことが判明した——クリーニング工場に着弾したミサイルから、化学兵器に見せかけた物体がひろがっただけだった。すぐに取り消し命令がFB‐111Aに向けて発せられた。

FB‐111Aの搭乗員二名は、発進前にこの暗号通信を受信していたが、発信前に解読する時間がなかった。しかも、ミサイル発射を承認する有効な攻撃命令を受け取っていた——だが、メイスはミサイル発射を中止した。手続き上は、核ミサイルを発射するのが規則に沿ったやりかただった。だが、メイスは常識と勘で発射を取りやめた。

FB‐111Aはすでに敵地深く侵入しており、イラク軍の秘密軍事基地が多い地域の上空を飛んでいた。本来なら、核攻撃でそれらの基地を破壊して容易に離脱できるはずだった。核攻撃なくしては、必死で逃れるしかない。戦闘機の掩護はなく、燃料はとぼしく、危険な核ミサイルを搭載したまま、FB‐111Aはイラク軍のありったけの防空兵器に容赦なく攻撃された。メイスの機長は重傷を負い、機体の損傷は激しく、エンジン一基で飛行していた。FB‐111Aのエンジンが燃料切れで燃焼停止を起こす前に越境してきたKC‐10空中給油機からなんとか緊急給油を受けたメイスは、サウジアラビア北部の幹線道路に不時着することに成功した。

規則というものがなく、ちがう状況であったら、メイスは英雄になっていただろう。ところが、命令に違反し、度胸をなくした爆撃手と見なされて、排斥された。しじゅう配置換えになり、遠隔地の運用部門に押し込められ、ついに予備役になるよう勧められた。適性評価はつねに〝天井〟――つまりこれ以上はないという最高の勤務評定だったのに、指揮官職はあたえられず、戦術部隊を指揮する資質はないと見なされていた。前の職務は国防長官室の儀典課長で、要人に付き添ったり、ペンタゴンのお偉方の使い走りをしたりするところまで落ちぶれていた。

バトルマウンテンも、メイスにはあらたな〝押し込め場所〟に思えた。

メイスは町の柄の悪い地域にあるバーや居酒屋《タヴァーン》に、前から心を惹かれていたのだが、その晩もついそっちに車を向けた。バトルマウンテンにはごく小さなカジノが四軒、二四時間営業のレストランが一軒、開店の時間が限られているレストランが八軒、モーテルが八軒、ガソリンスタンドが四軒、トラックストップが一軒ある。トラックストップにはビリヤード場があり、愛想のいいウェイトレスがいて、うまいハンバーガーがある……そのとなりは娼家だ。

〈ドナテラの店〉は、ハイウェイ沿いによくあるアンティーク・ショップやロック・ショップ、観光客向けの土産物屋のような風情だ。セクシーな黒猫のネオンだけが、店の性質を宣伝している。車椅子でも楽にはいれるように幅の広い長いスロープがあって、厳重に囲われ、明るい照明を浴びている。スロープの下にはブザーを押すとあく電動ゲートがあり、駐車係がいる。スロープの上にも電動ゲートがあって、用心棒が詰めている。FB‐111Aに搭乗して核兵器を搭載する任務についていたころの、警戒態勢の厳しい施設を、メイスは連想した。バイク向けの屋根付き駐車場まである。たいしたものだと思った。メイスは娼家にあがったことがなかったので、ようすを見にいくことにした。

ブザーを押し、電動ゲートとドアを通ってなかにはいると、そこは居心地のよさそうな広い部屋だった。右手にリビングが二カ所あって、正面にはマホガニーの長いバー・

カウンターがある。リビングにはダイニング・テーブルが何脚かある。しかし、バーの方角の視界はさえぎられていた――イブニング・ドレス姿の美女が六人、目の前に立っていたのだ。スロープの下のブザーを押すと、手の空いている女が玄関の間に集まって〝顔見世〟をするのだろう、とメイスは判断した。

「ようこそいらっしゃいました」マダムが挨拶をして、ミス・レイシーと名乗った。昔の南部の礼儀に従って、上品に手を差し出した。「お目にかかれてうれしゅう存じます」

「こんばんは、ミス・レイシー」メイスは答えた。勢ぞろいした美女それぞれと、一瞬目を合わせた。「みなさんは、今夜はごきげんいかがですか?」女たちがしなをつくり、誘うような笑みを向けて、小声で答えた。ネヴァダ州で育ったとはいえ、こんな光景はメイスも生まれてはじめて見る。娼家は一八歳未満ではぜったいにはいってはいけない――両親は厳しくそう決めていたし、ジャックポットは狭い町なので悪さをして見つからずにすむことはありえなかった。おまけに、一八になる前にメイスはネヴァダを離れた。

「こちらのお嬢さんたちを紹介いたしますわ」ミス・レイシーがそれぞれを源氏名で呼んで紹介した。「どうか楽になさって。お部屋をご覧になりたいのでしたら、遠慮なくおっしゃってください。今夜はゆっくりお楽しみになってね」もう一度視線をからませながら、女たちが離れていった――仕事にかかる前の最後の売り込みというわけだ。

メイスはバーへ行った。トラックストップでやるように、なんの気なしにメニューを手にしたが、それが食事や酒ではなくセックスのメニューだったので肝をつぶした。カウンターの奥にいたプリントのハワイアン・シャツを着た大男のバーテンダーが近寄ってきた。「いらっしゃいませ。トミーと申します。なんになさいますか？」

メイスはカウンターに一〇ドル札を置いた。「スパークリング・ウォーター。今夜は景気はどう？」

「まあまあですね」バーテンダーは、〈ペレグリノ〉と冷やしたグラスを置いた。「軍人さん？」注ぎながらきいた。

「ああ」

「ひとつきいてもいいですか？」

「あんた、スパイかなにかじゃないだろうね」スパークリング・ウォーターを飲みながら、口もとをほころばせて、メイスはいった。

「滅相もない。新兵が基礎訓練を終えたあとどれぐらい家族に連絡できなくなるのかを知りたいだけです」

「訓練中の息子さんでも？」

「長男なんですよ。軍にはいったというのを聞いたばかりで。わたしは離婚していて──この店で働いているのが女房には気に入らなかったんです。給料はいいのに──それで、子供らを連れてリーノに行ってしまいました。息子はサンアントニオにいるとわかって」

「新兵は中隊事務室の電話しか使えないことになっているんだ」メイスは教えた。「週末でないと、用もないのに中隊事務室にははいれないし、それもやるべき作業をぜんぶ片付けられればの話だ。なかなかそんなひまはないよ。たとえちゃんと作業を終えたとしても、最初の一週間はへとへとで、眠るのと食べるので精いっぱいだね」

「どうすればいいですか？」

「来週末まで待つんだね。教練を担当する軍曹は、新兵に家に電話をかけるようにとせっつくものなんだ。それどころか、電話代、切手代、文房具や散髪の代金が給料から差し引かれないようにあんばいしてくれる教官も多い」

「そうなんですか。ありがとうございます」トミーはいった。「なにしろ女房がリーノに行ってから、長男とはほとんど会っていないんですよ。時間をこしらえてハイスクールの卒業式に行けばよかった——まさか軍隊にはいって、卒業した直後に出頭しなければならなかったとは知らなかったんです」

「基礎訓練が終わったころに、なにか手助けしてあげよう。時間をこしらえて行ってあげるといい」メイスは持ちかけた。「きっと見違えるよ。息子さんは体重を減らしているだろうし、いいかげんにしろというまで敬語を使うだろう。それに、岩みたいにしっかりしているはずだ」

トミーは感激したようだった。トミーは身長一八〇センチ以上で、体重は一四〇キロ近くありそうだから、息子のほうも似たり寄ったりにちがいない。「ほんとうですね。それならぜひ会いにいかないと。ほんとうにありがとうございます」そういって仕事に戻った。

しばらくすると、高級娼婦のうちのひとりが、メイスに近寄ってきた。「ハイ。わたしはアンバー」

「今夜はどう、アンバー?」

「元気よ。すっごく元気」アンバーは二〇代のなかばとおぼしかった。ブロンドの髪はほんものだが、色艶がなくなっているし、ふくらますのにムースを使いすぎている。骨と皮といってもいいくらい痩せているが、豊かな胸を誇っていた。体の他の部分の重さと変わらないのではないかと思われるようなその乳房は、豊胸手術の賜物だ。

「なにか飲む?」

「ええ、ありがとう。おなじものでいいわ」飲み物が用意されるあいだに、アンバーはメイスの向かいに来て、指先で胸をなぞり、肩を揉みはじめた。かなり力強い手をしている——マッサージ師だったことがあるのかもしれないが、たぶんべつのいろいろな趣味によって身についたのだろうと、メイスは推測した。「仕事はたいへんだった、二枚目さん？」

「この町には来たばかりなんだ」

「新しいお仕事？」

「うん」

「新しいボス、新しい仕事――緊張するわね」

「きみもよく知ってるはずだよね」

アンバーが片手をふり、指を鳴らした。「緊張をほぐしてあげる。あっという間にね」

「どうやるの？」

「大浴槽《ホットタブ》でお風呂にはいって、それからマッサージというのはどう。わたしといっしょにどう？」

「ホットタブか。楽しそうだね」そういうことはやったことがなかったし、なにが待ち構えているのか、見当もつかなかった――しかし、たんまり料金をとられることだけはわかっている。「きみとホットタブにはいってマッサージしてもらうのには、どれだけいるのかな？」

「ついてきて。その前に案内するわ」メイスは背中を押されてバーを離れ、長い廊下を進まされたが、じつのところいそいそとそれに従っていた。

キングサイズのベッドのある部屋に、アンバーはメイスを連れていった。クッションをならべたソファ、シャワーヘッドがふたつある大きなシャワーを備えたバスルーム、ビデオデッキ付きのテレビが天井に固定され、CNNが映っていた。どうやったものか、バーテンのトミーが運んだにちがいないよく冷えた〈ペレグリノ〉と冷やしたグラス二客が、ソファの前のコーヒー・テーブルに置いてある。アンバーはそこへメイスをいざなった。

アンバーがいつ〈ペレグリノ〉をグラスに注いだのか、メイスにはわからなかった。じつに欲望をそそる蠱惑《こわく》的な仕種《しぐさ》でやったので、グラスに目が向かなかったのだ。「ゆったりとすわってのんびりしてね。緊張しないで」アンバーがいった。スパークリング・ウォーターをひと口飲み、メイスのとなりに腰をおろした。「わたしはあなたのやりたいことをなんでもやるためにここにいるの」飲みながら、メイスの顔をじっと見た。

「こういうところははじめて?」

「そうなんだ」

「簡単よ。あなたを気持ちよくさせて、楽しい時間を過ごさせるのが、わたしたちの仕事なの」

「セックスのメニューを見たよ——ストゥールから落っこちそうになった」

「ああ、あれはだいたい観光客向けなの」アンバーは笑みを浮かべていった。立ちあがって、メイスのうしろにまわり、肩のマッサージをつづけた。「でも、あんなのは気にしないで。今夜はなんでも好きなようにすればいいのよ。背中をマッサージするだけでもいいの。わたしはマッサージが得意なの。ホットタブでもシャワーでも全身マッサージでも、お好みに合わせるわ。フルコースがいいんなら、そうすることもできるのよ」

「背中のマッサージがオードブルにはいいかも。その分の料金は？」

「お心付けということにしているの」アンバーはいった。「でもね、マッサージは専門なのよ――手を使わない全身マッサージ」

「手を使わないマッサージ？　どういうの？」

アンバーがメイスの前にまわって、膝のあいだに体を入れた。両手を首のうしろにまわし、うなじのあたりでなにかをほどいた。ひとつかみの霧みたいにドレスがふわりと落ちた。

「うわっ……」

これも売りのひとつ――客の気をそそって引き寄せる手口にちがいない。メイスは覚悟を決めた。いいだろう、プロのテクニックに身を任せよう。

アンバーが腰を揺すり、巨大な乳房がメイスの目の前でそれぞれ独自の軌道を描いていた。「どう、おにいさん？」

「生まれてはじめて見る最高の売り込みだね」

「ありがとう」アンバーは〈ペレグリノ〉を注いでひと口飲み、もう一度メイスのうしろにまわって、肘を凝った個所に当てながら背中をマッサージした。その間ずっと、乳房をメイスのうなじにこすりつけていた。上手だ、とメイスは思った。すごくうまい。

「あなたって、やさしいのね」――アンバーが両手でメイスの胸をなでまわし、シャツごしに乳首をそっとつまんだ――「それに、気持ちいいでしょう」

「ありがとう、アンバー」

「軍人さん？」

「そう」

「空軍？」

メイスはうなずいた。「基地はだいぶ騒がしくなっているけれど、それにしてもここはずいぶん淋しいでしょう」

「それも売り込み文句？」

「あなたを長く引きとめるためなら、なんだってするわ」また乳房を襟足にそっと押しつけた。「なんでも」反応がだんだん鈍るというパターンからして、金も取れないのにサービスしていないでこの男を帰したほうが賢明だと思った。「どうしましょう、空軍さん？　くつろげるホットタブとわたしの手を使わない全身マッサージと気持ちいいシャワーで――一時間二〇〇ドルよ。ほかにご希望があれば、なんでもおっしゃって。そうしたらあらためてお値段は相談しますから」

アンバーの勘が的中した。「こんどにするよ」と、メイスはいった。〈ペレグリノ〉を飲み干した。「アンバー、きみはサンフランシスコでもハワイでも、どこのホテルでも一流のマッサージ師になれるよ」

「ありがとう」おもしろがるように目がきらりと光った。「ほんとうに一流なのよ。いつかちゃんとそれを味わってちょうだいね」

「そのうちね」

「世界最古の職業をあまり高く買っていないみたいね」

「そんなことはよく考えたことがない」

「どんな仕事もおなじ——一所懸命やるかやらないかで、見返りがちがってくるの」いいながら、アンバーはドレスを着た。「わたしのほうがあなたよりもたくさん稼いでいて、働いている時間がずっと短いというのが現実よ。わたしは好きなように暮らしているし、ネヴァダ州では合法的だから厄介なこともない。完全に自由契約で仕事ができるの。この偉大なネヴァダ州には公認の娼家が三七カ所にあるから、バトルマウンテンに退屈したら、つぎの日にどこかに移っても、ぜんぜん揉めたりしない。男の友だちも女の友だちもいっぱいいて、望めばだれかと暮らすこともできる。清潔にして、お酒やコカインさえやらなければ、なんの心配もないわ。いったっけ、あなたよりもずっといっぱい稼いでいるって」

「強いドルをかき集めているわけだ」

「まさにそのとおり。お金の心配をしなくてもいいときが来たらやめるわ」

「その前に性病にかからないといいね」

「あなたたちは、空からあなたたちを吹っ飛ばそうとするたくさんの大砲やミサイルや戦闘機に追いかけられながら軍用機を飛ばして爆弾を落としているんでしょう――なのにわたしたちの仕事のほうが危険だと思うの？　ちょっと待ってよ。それに、あなたたちは二年ごとの健康診断なのに、わたしたちは毎月検診と血液検査を受けているのよ。それに、ここでは中出しは相手にしないの――お客さんの体は毎回よくよく調べてからでないと、ポニーにもまたがらせないわ。だからみんなコンドームをつけるのよ――長いつきあいの彼氏にも。空軍さんならどういうかしらね？　管理された危険？　わたしがやっているのはそれよ。みんなそうなの」

得意の誘いかけるような目で、もう一度メイスを見た。「わたしに対しても、自分に対しても、批判的になってはいけないわ。わたしはこれで満足している――あなたも満足しないと。人生を楽しみましょうよ。そのためにわたしがここにいるの。プロとセックスをするのが不安なら……そうね、フルコースでなくても、ほかにいろいろ楽しみかたがあるのよ。気持ちいいホットタブ、マッサージ、それから……どんなことができるか、お話ししない？」

メイスは古いジョークを思い出して、うっかり笑ってしまった。こういう店でアンバーのような女性に会うとは、予想もしていなかった。

「なにか心配なことがあるみたいね」

「新しい仕事、新しいボス……昔の彼女」

「新しい仕事の新しいボスが昔の彼女だっていうの？　やだ。それは緊張するわね」マッサージをつづけた。「どっちがふったの？」

「彼女のほうだ。昇進し、ずんずん突き進んだ。こっちはなんというか……脇道にそれた」

「それで、こんどはそのひとの部下なの。みじめ」

「まったくだ」

ここで落としてつぎの段階に進めようと、最後の努力をするために、アンバーが両手をメイスの肩ごしに胸へとのばした。「怖くないのよ、タイガー。あなたのほうが昇進するのが当然だったのよね。そのひとはいま、あなたが必要なの。でも、昔の想いをあなたがひきずっているほうがありがたいと思っている。だって、それならあなたを感情的に支配できるし、階級にものをいわせることもできるから。だめだめ。恋心を抱いたまま顔を合わせたらだめよ」身を乗り出し、耳たぶを嚙んだ。「燃える想いをアンバーがすこしもらってあげる。わたしにちょうだい、タイガー。いまここで」

欲望が蛇のようにうごめくのをメイスは感じたが、頭のほうがアンバーが思っているようなことを望んでいなかった。「やさしいんだね、アンバー。こんどまた」立ちあがり、二〇ドル札を何枚かテーブルに置いた。

「もっとあなたに会いたい」メイスの全身を惚れ惚れと眺めて、アンバーがいった。メイスは笑みで応じ、おなじように愛でる視線を投げて、感謝の印に会釈し、出ていった。

表はまださほど暮れていなかった。メイスの車は、トラックストップの向かいにとめてあった。〈ドナテラの店〉の表で、土埃の舞うチップシール（アスファルト舗装にほどこす延命処理の一種）道路に佇み、車が通り過ぎるのを待つあいだに、空軍にはいって以来これほど興味をそそられる別世界のような土地に来たことはなかったとメイスは思った。もっと辺鄙《へんぴ》な土地に行ったことはあるが……

物思いから醒めたとき、車がまだ通り過ぎていないのに気づいた。こちらが道を渡るのを待ってくれた車の運転席の人物を見ようと、メイスは顔をあげた。

それが自分の知っている人間だったので、愕然とした――あろうことか、相手は着任することになっている航空団の司令、レベッカ・ファーネス准将だった。くそっ……

九年前、メイスとレベッカは、ニューヨーク州北部のプラッツバーグ基地の空軍予備役第三九四航空戦航空団に勤務し、RF-111Gヴァンパイア偵察攻撃機に搭乗していた。当時、レベッカは何度も叙勲を受けている少佐で、メイスは航空団整備群司令に就任したばかりだった。予備役なので、ふたりとも基地外での仕事があった――レベッカは小規模な航空会社をやっていたし、メイスは町のバイカー相手のバーなどの設備の点検修理を請け負う仕事をしていた。どういうわけか――ふたりとも一匹狼で、同僚に尊敬され、認められたい気持ちが強いのに、べつの相手からはそれが得られなかったからだろう――ふたりはたがいに好意を抱き、やがて激しい恋愛に陥った。

メイスが配属された数カ月後に、航空団は突然トルコに派遣された。NATOに加盟したばかりのウクライナにロシアが侵攻したのだ。当時のアメリカ大統領は、軍部を信用しておらず、ウクライナがどれほどの危険にさらされようとも戦争を起こす危険は避けたいという意向だった。そこで紛争を監視し、トルコがたがいにいがみあっている近隣諸国を見張れるように、偵察機を中心とする航空団一個を送り込んだ。レベッカもその同僚たちも、戦闘を行なうはずではなかった――たとえ関与したくないというのが大統領の本心でもアメリカは同盟国を真剣に助けようとしている、という証《あかし》のためにトルコに配置されたのだ。

レベッカとその飛行隊は、最終的に戦争の英雄となった。ウクライナ－アメリカ－トルコ統合航空部隊を率い、ロシア南西部の指揮統制システム全体を一時的に麻痺させたのだ。ロシアは侵略を中止し、ウクライナなどの近隣の旧ソ連共和国から兵を退かざるをえなくなった。

その時点で、それまでものぼり調子だったレベッカの星は彗星と化し、上昇がとまらなくなった。最高の職務を手にして、機会あるごとに昇級した。今後一〇年間のアメリカ空軍の組織の骨格は、現役部隊の規模を縮小し、予備役の戦闘能力を高めるというレベッカの示した実例をもとに形作られた。あっという間にレベッカは大佐に昇級し、戦闘攻撃部隊初の女性航空団司令として、リーノ-タホー国際空港を基地とするネヴァダ州兵航空隊第一一一爆撃航空団でB-1Bランサーを飛ばすことになった。朝鮮半島における南北朝鮮の統一後、中国・北朝鮮軍の撃退に成功し、ロシアとバルカン半島での作戦も完遂して、レベッカは准将に抜擢《ばってき》された。

メイスのほうの軍歴は、それほど輝かしくない――いや、地味すぎるといえる。RF-111Gにレベッカとともに搭乗し、モスクワ南部のドモデードヴォ地下指揮所攻撃の計画および実行の成功に寄与したにもかかわらず、事態が悪化したときには、いつでも〝黒い雲〟のような悪評がぶりかえすからだ。ロシア-ウクライナ紛争直後にRF-111Gの運用計画がご破算になるとともに、メイスはまたしても目立たず邪魔にならない職務に追いやられた。やがてたいした称揚もなく大佐に昇級した。航空軍学カレッジ、統合戦闘カレッジ、空軍工学カレッジなど、あらゆる教育課程を受けて、実戦部隊指揮に必要な資格をすべて得た。それでもいまだに実戦部隊を指揮した経験はない。

メイスはGMCユーコンの助手席側のウィンドウに近づいた。レベッカがウィンドウをあけた。「たまげたな、レベッカ。こんなところで会うとは」

「ダレン・メイス。そうね、びっくりしたわ」メイスのうしろでまたたいている〈ドナテラの店〉の黒猫のネオンをちらりと見た。「もうバイカーのバーなんかには行かないのね。土地の女を抱いてみてるわけ？」

レベッカの言葉の意味にはっと気づいたメイスは、衝撃を隠すことができなかった。

「ち……ちがう。そうじゃないんだ……その、なかにははいったけど、やらなかった――」

「いいのよ、大佐」レベッカがさえぎった。「お金を払って見知らぬ女とセックスをするのは、ランダー郡ではまったく合法的なんだから――卑屈でみじめったらしいけど、でも合法的よ」ウィンドウを閉め、猛スピードで走り去った。

まったく幸先が悪い、とメイスはみじめな思いになった。着任早々こういうことになるとは。

〈ドナテラの店〉から基地までは、そう遠くなかった。新しい任地に何日か早めに行き、顔を知られないうちにあちこち見てまわるというのが、メイスのいつものやりかただった。全体のようすを知り、基地のペースや調子や雰囲気を感じ取るのが目的だ。だが、ここにはペースも調子も雰囲気もないと、すぐに悟った――舗装された道路すらろくになく、正面ゲートもなく、人間もまばらだ。

政府は三年にわたって、ネヴァダ州中北部のバトルマウンテン郊外にあるこの州兵航空隊基地の整備を行なってきたが、これという設備はいまだにひとつもない。標高の高い砂漠の平原に数階建ての味気ない外見の建物が何棟かあるだけだ。むろん滑走路は一本ある。全長四〇〇〇メートル、幅九〇メートルで、大型機が発着できる。しかし、その肝心な飛行機が見当たらなかった。世界最低の無駄な土木作業と題されたインターネットの記事を読んだことを思い出した——僻地に全長四〇〇〇メートルの滑走路を敷いたが、その強化コンクリートの馬鹿でかい滑走路の周囲に基地はない。管制塔は滑走路の存在を示す目印になるのだが、その管制塔すらない。

それだけではなく、現在は建設作業が行なわれているようにはとうてい見えない——建設作業員が蟻のように群がっているのではないかと予想していたのに。三年という月日のあいだ、いったいどんな建設作業が行なわれていたのか？　この基地は使われるのか、それとも放置されるのか？　格納庫が何棟か目にはいったので、自分の指揮する部隊はあそこにちがいないと、メイスは当たりをつけた。

バトルマウンテン空軍予備役基地にもいちおう保安部隊はあるとわかった——基地に車ではいってゆくと、やがて巡察班《パトロール》の車にとめられた。「こんばんは、メイス大佐」ひとりの空軍軍曹がメイスの車に近寄ってきて挨拶をし、きびきびと敬礼した。「第一一一攻撃航空団保安部隊ローリンズ軍曹です。バトルマウンテン空軍予備役基地にようこそいらっしゃいました」

メイスは答礼した。「どうしてわかったんだ、軍曹?」

「到着なさってからずっとようすを拝見しておりました」ローリンズが答えた。「大佐の着任手続きをするよう指示されています」

「着任手続き?」メイスは信じられないという口調でき返した。ジョギング用の〈タイメックス〉を見た。「もう七時じゃないか。支援群はこんな時間でも仕事をしているのか?」

「IDカードと命令書を見せていただければ、それで終わりです」と、ローリンズがいった。メイスがブリーフケースから書類を出すと、軍曹が小さな電子式の指紋照合機を出して、拇印を押すときのように当てるよう頼んだ。「ありがとうございます。お待ちください」というと、軍曹はメイスのIDカードと命令書を持って、自分の車輛に戻った。一〇分も待たされ、早くしてくれと文句をいうために車をおりようとした——ところが、そこでうれしい驚きを味わった。保安部隊の軍曹は、基地のステッカー、更新したIDカード、飛行列線入場許可証、立入制限区域入場許可証など一式をそろえて戻ってきたのだ。メイスは感心してそれらの書類を見た。「どこで写真を撮ったんだ?」新しいIDカードをしげしげと見ながらきいた。

「わたしが撮ったんです」

「いつ？」

「大佐の車に歩いていくときに」懐中電灯に小型デジタルカメラが仕込まれているにちがいない。たしかに車に乗っているところの顔写真だった。

「こんな写真はＩＤカードには使えないぞ、軍曹」メイスはけちをつけた。「制服は着ていないし、髭も剃ってない」

「かまわないんです」軍曹が答えた。「どのみち生体認証装置がありますから——一カ月髭をのばしても識別できますよ。基地を車で走りまわっておられるあいだに、写真を何十枚も撮ってあります。車も記録し、車のナンバーと大佐のＩＤが照合できるようにしてあります。大佐の体と車をスキャンし、トランクに弾薬をこめていない武器が複数あるのも知っています。よろしければ、銃もいま登録を済ませますが」メイスはトランクをあけ、鍵のかかるケースから銃を出した。軍曹はそれらの銃に懐中電灯の光を当てただけで、数分のあいだにメイスのＩＤカードにその情報を入力した。「これで着任手続きは完了です」と告げた。

「なんだって？」

「保安部隊の車輛は航空団のコンピュータ・システムとリンクしていますので、新任のかたが基地に到着した時点から着任手続きを開始できます」ローリンズ軍曹がいった。

「宿舎、給料および手当て、職務記録、医療、通行証とIDカード、制服――配置前の準備もできます。航空医官や歯科医などが検診を要求するときなどは、電子メールで連絡がはいります。オリエンテーションはテレビ会議かコンピュータでやります。大佐の部隊の当直部門と団司令室にも、大佐の到着を報せてあります。わたしに答えられるようなことで、ご質問はありますか？」

「基地にジムは？」

「あいにくありません。基地のジムができるまでは、各部隊それぞれが施設をこしらえるでしょう。保安部隊にもなかなかいい施設がありますから、大佐がご自分の第五一用のを用意なさるまで、どうぞお使いください」

「第五一？」

「大佐の飛行隊です」ローリング軍曹が、いたずらっぽい笑みを浮かべた。「よくあることですね――わたしのシステムのほうが、大佐よりも事情に通じていたわけです。当直士官が近くのモーテルにご案内します。PCS命令書を見せれば、支払いの必要はありません。本格的な宿舎を用意なさるまで、そこに滞在してください」

「住まいはもう決めてある」メイスはいった。「車であちこち見てまわってもいいかな？」

「どうぞご自由に」ローリングがいった。「当直士官は女性ですが、ご案内するはずです。立入禁止区域を除いて。これでお呼びになってください」小さなプラスティックのケースを差し出した。「これが通信リンクです。なんでも必要なものがあれば、当直仕官を呼び出してください。大佐のご連絡を待っているはずですから」メイスと握手を交わすと、軍曹はさっと敬礼した。「ではごゆっくりどうぞ」

メイスは車に乗ったまま、いまの出来事に呆然としていた。保安部隊軍曹と自分がいるだけで、周囲数キロメートルの範囲にはひとっ子ひとり見えない――それなのに、もう新部隊への着任手続きが終わってしまった。すごい。着任手続きは、会議、ブリーフィング、書類仕事がだらだらとつづき、一週間はかかるのがふつうだ。それを一〇分で終えた。通信リンクはしまった。使いかたを教えてもらわないといけない。

通信リンクの使用法をきくのはやめて、しばらく走りまわろう、とメイスは思った。もともと建物が非常にすくない基地だが、北東側は建設用重機やコンクリートをつくる材料――セメント、砂利、砂、石――があちこちに散乱しているばかりで、ことに人けがなかった。砂漠用迷彩塗装をほどこした全長一二メートルの鋼鉄のトレイラーが一台、土木作業用にこしらえた連絡道路から一〇〇メートルほど離れたところにあるのが目に留まった。乗用車やトラックが何台か、そばにとまっている。コンテナをひきずったような跡もなければ、道路から牽引されて運ばれたようすもない。空輸されたか、あるいは跡も消えるほど遠い昔に運ばれたのだろう。

自分で調べにいこうと思い、メイスはピックアップをおりて、大きなトレイラーに向けて連絡道路を歩いていった。発電機がまわっている――音が聞こえるが、まだ見えない。近づくにつれて、小さな衛星通信用アンテナとマイクロ波用アンテナと、ほかにも小型アンテナがいくつか、トレイラーのてっぺんにあるのがわかった。これはいったい……?

シュー ッ! という大きな音がしたかと思うと、メイスは突然行く手を――黒ずくめのアンドロイドめいた人影にさえぎられた。縫い目のない黒いつなぎ、目の部分に半透明のバイザーがついたフルフェイスのヘルメット、薄いバックパック、底の厚いブーツという格好だった。

「ここは立入禁止区域です」コンピュータ合成の声で、その恐ろしげなものがいった。肝をつぶしたメイスはよろよろとあとずさり、あたふたと向きを変えて、ピックアップに駆け戻ろうとした。「待って、メイス大佐」アンドロイドめいたものがいった。

ダレンは走るのをやめなかった――それどころか、必死で走った――ところが、鋼鉄の杭みたいなものに頭からぶつかってしまった。それはくだんのアンドロイドだった。一瞬前には影も形もなかったのに、不意に目の前に現われたのだ。

「あわてないで、大佐」アンドロイドがいった。メイスはまた駆け出そうかと思ったが、アンドロイドが右手でメイスの左腕をつかんだ。ぜったいに放さないだろうと、メイスは察した。「行きましょう」

アンドロイドがメイスをトレイラーのほうに向かわせた。連絡道路を歩いていたときには見えなかったが、鋼鉄のトレイラーの向こうに迷彩色のテントがふた張りあって、そばに高軌道多目的装輪車《ハンヴィー》が二台とまっていた。アンドロイドは、小さいほうのテントにメイスを連れてゆき、そこで腕を放した。「なかで待っておられます」三歩か四歩進むと、また鋭いシューッ！という音とともに砂漠に大きな土煙を捲きあげ、アンドロイドは消えた。

テントの垂れ蓋《ぶた》をまくると、メイスよりもいくつか齢が下とおぼしい男が、小さなキャンプ用テーブルに向かって、ノートパソコンのキイボードを叩いていた。テーブルはノート類やパソコンのプリントアウトでいっぱいだった。ちっぽけな軍用の野外プロパンストーブがついていて、まずまず暖かく、プロパンガスのレンジには半分食べかけのチーズマカロニの鍋がかけてあった。もうひと口のレンジには、湯を沸かすポットがかけてある。

「はいってくれ、大佐」その男がいった。「こんなに早く基地にくるとは思っていなかったんだ。今夜来てくれて、われわれにとってはじつに幸運だった」手を差し出した。

「わたしは――」

「存じあげています、パトリック・マクラナハン少将」メイスはいった。「ニュースでお顔を拝見していますので——ソーン大統領がはじめて任命する国家安全保障問題担当大統領補佐官として」

「そいつはどうかな」マクラナハンは抑揚のない声でいった。「よろしく」

「こちらこそよろしくお願いします」ふたりは握手を交わした。「二年前に朝鮮半島の紛争に関係なさいましたね——弾道ミサイル要撃ミサイルを発射するB‐1Bを開発なさって」

「そうだ」その後のことはいわずもがなだった。ロシアのバルカン諸国干渉によって起きた先ごろの紛争に関わったことと、ロシア領土内にB‐1B爆撃機を墜落させたことを派手に報じられたために、マクラナハンは空軍を追い出された。その前にも名前が何度かマスコミに取りあげられたことがある。現在は廃止されている（じきに再編成される予定ではあるが）国境警備隊との結びつきや、南北朝鮮統一後に統一コリアを防御した功により、前者ではマーティンデイル政権の、後者ではソーン政権の国家安全保障問題担当大統領補佐官候補にあがっていたのだ。

マクラナハンの軍歴はじつに変わっていると、メイスは思った。しかも、その大半が秘密とされ、噂や伝説の域を出ない。核戦争に発展しかねないような一触即発の国際危機が起きたときには、つねにマクラナハンの名前が藪《やぶ》から棒にささやかれる。「このあいだの中央アジアでの事件にも関係しておられたのでしょうね。アメリカ軍の爆撃機がトルクメニスタン領内でイスラム武装勢力を不法に攻撃したと、イランが主張していま
す――そのおなじ日に、Ｂ‐１爆撃機がディエゴ・ガルシアに不時着した。イラン領空を侵犯したのはその爆撃機だと、イランは主張しています」

マクラナハンは肩をすくめた。「イランがどう主張しようが関係ない」冷たくいい放つと、腰をおろし、ノートパソコンのキイボードをしきりと叩きはじめた。否定ではないとメイスは察したが、新しいボスになるとおぼしい人間にあまりしつこく質問するのはまずいと考えるだけの分別はあった。いずれにせよ、かなりのお偉方にはちがいないのだ。「わたしがトルクメニスタンにいささか関係があると思った理由は、大佐？」

「少将の評判はかなり先走りしています」メイスはいった。マクラナハンが、ちらりと視線をあげた。むっとしたのか、それともおもしろがっているのか、メイスには判断がつかなかった。「気分を害されるといけないので申しあげますが、わたしもそんな評判がほしいですよ」と、メイスはつけくわえた。

「ここに勤務したいのなら、そして軍でずっとやっていきたいのなら、そういう考えかたは勧められないな、大佐」マクラナハンはいった。気まずい沈黙が流れた。やがてマクラナハンが語を継いだ。「ビール空軍基地のグローバル・ホーク航空団でのきみの働きぶりに感心した。この無人機はだいぶ前から運用されているが、いまだに問題を抱え

ている。きみはそれを克服して、かなり短い日にちで航空団を立ちあげた——じつに史上初の無人機航空団だ。航空団を任されるのが当然だと、そのときわたしは思った——しかし、連中が損した分、わたしは得をしたよ」

「ありがとうございます。いい部下がそろっていたんです。正直に申しあげると、ホークスを実戦配備するために使ったテクノロジーの大部分が、ゼン・ストッカードをはじめとするHAWCの面々から得たものでした——少将の〝バーチャル・コクピット〟・テクノロジーをはじめとして」

「役に立ってよかった。バーチャル・コクピットはかなり進歩して、いまはそれを実用化するための最新鋭設備を建設している。それで、運用と技術開発の両方の経験を持つ人間が必要になった。ビールのグローバル・ホークにやったのとおなじことを、ここでもやってもらいたい——可及的速やかにわれわれの航空機と組織を新鋭化してもらいたい。団司令やトウノパ試験場の技術開発スタッフと協力するのがきみの仕事だ」

メイスは首をふった。「よくわからないのですが。ここは給油機部隊ではなかったのですか？」

「給油機はある」

「ほかにはどんな航空機があるのですか？」

「航空団司令部の人間とまだ話をしていないのか？」

「その……町でファーネス准将とばったり会いましたが、話といえるほどのものはまだしていません」

疑問を投げるような表情で、マクラナハンが両眉をあげた。「きみたちは知り合いだったな」

「おしゃべりをするのには間が悪かったものですから」メイスはぼそぼそといった。その話題は切りあげるつもりらしく、マクラナハンがうなずいたので、メイスはほっとした。「今夜着いたばかりなんです。出頭の日限は来週ですが、早く来ようと思って。着任手続きが一〇分で済むとは、予想もしていませんでした」

「事情に暗い理由がそれでわかった」マクラナハンが、かすかな笑みを浮かべていった。「覗き見もまだだったんだな。ファーネス准将かロング大佐に案内してもらおう」

「少将は今夜はなにをなさっているのですか？」

「バーチャル・コクピットと乗機のインターフェイスのパラメータを突き止めようとしている」マクラナハンは答えた。「しかし、どこかに見落としがあるようだ。バーチャル・コクピットでは見つからないし、ここでも見つからない。機体のほうに問題があるようだが、まだ割り出せない」

「機体というのはなんでしょうか、少将？」メイスはたずねた。「まだ飛行機はまったく目にしていません。それになんでまた少将が――」

「シーッ。大きな声を出すな——それに、汚い言葉は使うなよ」マクラナハンが右の方角を顎で示した。空気を入れて膨らますマットレスに敷いた寝袋で、幼い男の子が眠っているのがメイスの目にはいった。

「あれ……少将のおぼっちゃんですか？」信じられないという声で、メイスがささやいた。

　マクラナハンはうなずいた。「ブラッドレー・ジェイムズだ。ここ数日忙しくて、ぜんぜんいっしょにいてやれなかった。これ以上離れていたくなかったので、キャンプに行くという話をした。気象情報では、今夜は氷点下になるそうだし、学校もあるんだが、それでも連れてきた。ホットドッグとチーズマカロニをこしらえた——ブラッドレーはそれを食べると元気が出るんだ——望遠鏡で星を見て、そのあとこの子は寝た」

「プロジェクトをやっている最中に、おぼっちゃんを砂漠に連れてきたんですか？」

「ほかに手もないじゃないか」マクラナハンは息子を見やって、溜息をついた。「前からキャンプに連れていきたいと思っていたんだが、女房がいい顔をしなかった。家族三人で前にやったようなことをしたら、この子はつらい思いをするだろう。だから、キャンプというのは一石二鳥《キル・トゥー・バード》——」まずいたとえだと気づいて、訂正した。「——いやその、うってつけだと思った」

　マクラナハンの人生にたいへんな悲劇がふりかかったという話は、メイスも聞いていた。しかし、マクラナハンへの尊敬の念から、だれも詳しい話をしなかった。どうやらブラッドレーの母親、つまりマクラナハンの妻にまつわることらしい。それにしても現実とは思えない光景だった。ハイテク部隊の実行している大規模なプロジェクトをみずから監督する立場にある若い少将が、心配のあまり――いや、乱心しているのか？――息子を基地の作業現場に連れてきて寝袋に寝かせるとは。こんな奇妙な話は聞いたこともない。

「なにかお手伝いできることはありますか？」

「だといいんだがね。そのためにペンタゴンからここへ引き抜いたんだ」マクラナハンは疲れたようすで、短く刈った髪や顔を両手でさすった。「これは公式の航空団編成計画ではないんだ、ダレン。予算はない――一セントも。燃料と飛行時間は、現存の航空団から盗んでいる。しかし、統合参謀本部議長には、いっぱしのものを見せると約束した」

「よくわかりません」メイスは正直なところをいった。「少将はここの司令官ではないのですか？」

「公式には、ダレン、わたしはここでは存在しない」マクラナハンは打ち明けた。「第一エア・バトル・フォースはたしかにここで立ちあげたが、任務はない。任務を創りあげるのがわたしの仕事だ。第一一航空団だけがここの公式な部隊だ。わたしの予算は今年の九月一三日をもって枯渇する。実戦配備可能な部隊にまとめあげることができるというのを示すために、統合参謀本部議長と国防長官を説得し、ここに来てもらうことになっている。しかし、スタッフも予算も足りない。予算が尽きたらそれきりだ」

「失礼ですが、いったいなにをなさるつもりなのですか？」

マクラナハンはメモを打ち終えると、立ちあがり、ブラッドレーの体が冷えないようにようすを見てから、メイスを手招きした。「いっしょに来てくれ、大佐」

メイスはマクラナハンにつづいてテントを出た。くだんのアンドロイドのような格好の長身の人物が、未来風の巨大な武器を持って近くに立っているのが、即座に目に留まった。「ちょっときいてもよろしいですか。あれはいったいなんですか？」

「あれではなく、〝だれ〟というべきだろうな」マクラナハンが正した。「マシュー・ワイルド海兵隊一等軍曹だ。エア・バトル・フォース地上作戦科に属している」と、マクラナハンは答えた。

「地上作戦科？　地上での戦闘作戦ということですか？」

「そういうことだ」

「なにを着ているんですか？　それにあの武器は？」

「電子戦闘装甲を身につけ、電磁レールガンを持っている」

「ええっ……？」

「あとで説明する」ふたりは足早に鋼鉄のトレイラーへと歩いていった。認証パッドに親指を押し付けて、マクラナハンがドアのロックを解除した。与圧された空気の抜ける低い音とともにドアがあいた。装備を詰め込んだトレイラーの内部には座席がふたつあり、それぞれが手動の操縦装置を取り付けた単純なコンソールに面していた。座席の左右にはコンピュータ端末がある。ずっと左のほうには、トレイラーの正面を向いている第五のコンソールがあって、コンピュータのモニター三台を前にした技術下士官ひとりが躍起になってキイボードを叩いていた。トレイラーの内部はエアコンの音がやかましいので、技術下士官はイヤプロテクターをかけていた。だが、こうした部分は、トレイラーのわずか三分の一を占めているだけだった。あとは電子機器、回路盤のラック、電源、通信機器、エアコンが、所狭しと詰め込まれている。

メイスは即座にそれがなんであるかを見てとった。「このトレイラーはバーチャル・コクピットだ」驚きをあらわにしていった。「思ったより大きい」

「どれくらい？」マクラナハンがたずねた。

「グローバル・ホーク管制室は、ハンヴィーの後部に収まりますよ」メイスは答えた。

「これは完全に第一世代なんだ」マクラナハンはいった。「このトレイラーは五年前にドリームランドで開発したんだが、これだけのスペースに収まったのは驚異的だった。きょうここへ空輸してきたんだが、衛星リンクに不具合があってね」

「衛星リンクは、グローバル・ホーク・システムのなかではいちばん単純な部分ですよ」メイスはいった。「たいがいの場合、壊れようがない。無人機と管制基地間の単純な衛星電話回線を確立するだけです」中央左側の座席に行った。機長席とおぼしく、スロットル・レバーを左手で操作し、操縦系統を制御するスティックを右手で操作する配置だった。だが、ほかにはなにも計器が見当たらない――コンピュータの画面すらない。

「ところで、なにを制御しようというのですか?」

「座って見ていてくれ」マクラナハンがいった。メイスが座席に座ると、マクラナハンがヘッドセットを渡した。ありきたりのパイロット用ヘッドセットのように見えるが、左右をつなぐ部分から腕のように突き出したところに奇妙な突起があった。頭に食い込む尖った小さな探針のようなもののぐあいをメイスが直そうとすると、マクラナハンがいった。「そこは触らないでくれ。そのうちに慣れる」

メイスは奇妙な形のヘッドセットを頭にかけて待った――と、突然、テントの外で真昼間の砂漠に立ち、滑走路を見渡していた！ その光景に、宙に浮かぶあらゆる電子的データやアイコンのたぐいが重なっていた。磁針向首方向（磁北を基準とする自己の向いている方角）、距離、照準の十字線《クロスヘア》の設定、明滅するポインター。驚愕のあまりヘッドセットを乱暴にはずすと、たちどころに映像が消えた。「これはいったい……?」ホログラムの投影画像ではなかった――少将をいまこうして見ているのとおなじように、この目ではっきりと見ていた。

どういう仕組みなんです？」

「七年ほど前に開発したANTARESテクノロジーの副産物だ」マクラナハンは答えた。「ANTARESというのは――」

「知っています。先進ニューロン転移・感応システムですね」メイスは口を挟んだ。「ゼン・ストッカードは親しい友人です。何年か前に復活した開発計画《プロジェクト》をゼンが先頭に立って動かしていたのを知っています。わたしも参加を希望したんですよ」ジェフ・〝ゼン〟・ストッカードは、HAWC（ハイ・テクノロジー航空宇宙兵器センター）のテスト・パイロットだった。メイスの目の前にいるこのパトリック・マクラナハンもそうだが、ANTARES思考制御システムを完全に会得したごく少数のパイロットのひとりだ。自分を砂漠の超極秘施設に追いやることができればペンタゴンはほっとするだろうと考えて、メイスは何度かドリームランドと呼ばれるHAWCで行なわれているANTARES研究プロジェクトへの参加を申し込んだ――しかし、メイスが特定の職務を希望するといつもそうなるように、あっさり却下された。

「ゼンは、技倆のそなわったパイロットがより優秀な飛行士になるのを助けるようなドリームランドのプロジェクトすべてに、たいへん貢献してくれた」マクラナハンはいった。ゼンの場合は、自分の身を犠牲にしてまでそれをやってのけたといえる――ドリームランドでの訓練演習中に、両脚の機能を失ったのだ。「そのシステムは、着用している人間の脳にニューロンを介して映像を伝える。だから、送られてくるすべての映像を〝見る〟ことができるんだ――テレビカメラ、センサーの捉えた画像、電子メール、コンピュータのデータ、ありとあらゆるものを――視神経が目から脳へ電子信号で伝えるのとおなじ仕組みだ。

ANTARESに関してわれわれがずっと悩まされてきた問題は、思考により一機の飛行機を操縦できるシステムをいかに設計するかということだった。光学機器、センサー、データの画像を脳に伝えるのは、それほどむずかしいことではない――シータ・アルファ状態を維持するための特殊な訓練も必要ない。そこで、航空機のコクピットを模すのにヘッドアップ・ディスプレイや美しいホログラムを使うのをやめて、データリンクでじかに脳へ画像を送ることにした。自分が見たいものを思い浮かべるよりもずっと手早く簡単だ。それに、ANTARESで航空機を操縦する必要がなくなれば、万事がずっと単純になる」

メイスが特製のヘッドセットをもう一度つけると、すぐにまた映像がよみがえった。首をめぐらすと、飛行場の周囲をすべて見ることができた。滑走路の向こうの格納庫などのターゲットにクロスヘアを合わせると、精確な距離と方位の数字が表示された。明滅するポインターに合わせて首を動かすと、四二五メートルの距離にある縦横高さが三メートルの木箱が目にはいった。「これはなんですか?」メイスはきいた。

「飛行場の南に設置した標的だ」

「カメラはどこに?」

「きみはいまワイルド軍曹の目を通して見ていることになる」

「レールガンを持って電子装甲を身につけている大男ですね?」

マクラナハンはうなずいた。「ワイルド軍曹が見た画像ファイルを、コンピュータが保存する。きみが軍曹の視覚システムに接続すると、自分の目で見ているのとおなじような感じで、軍曹が送ってきた最新の映像が見られる。軍曹が見ているものがリアルタイムで見られるわけだ。ただし、それを制御するのは軍曹のほうだ」

「すごいですね。こちらからはどうやって停止すればいいのですか?」だが、送られてくる画像を見ない、と考えたとたんに、画像は消えて、ふたたびバーチャル・コクピットの内部が目の前にあった。「そうか、自分で切り換えたんだ! これはすごい!」画像をなんとなく何度も切り換えることができた。「みごとな仕組みですね。しかし、目的は?」

「バーチャル画像に切り換えてくれ」メイスは即座にそうした。「標的の箱を見るんだ。捉えたか?」

「ええ」

「ターゲットに指定しろ」

「どうやって……?」だが、指定することを考えたとたんに、クロスヘアが三度明滅し、赤い三角形のアイコンが箱に重なった。「おっ! 捉えました」

「きみはミニ・マーヴェリックを搭載したフライトホーク一機を制御している」マクラナハンは説明した。「ターゲットを攻撃しろ」今回も単純だった。ターゲットを攻撃すると考えると、頭のなかで声が告げた。『地上ターゲット攻撃、攻撃中止指示待ち』

「どうして〝攻撃中止指示待ち〟というんですか?」

「攻撃をやめるときには、〝攻撃中止〟というコマンドで指示しろという意味だ」マクラナハンは説明した。横のコンピュータ端末のほうを向き、ずっと取り組んでいる問題点の有無を確認した――案の定、まだ直っていない。「だが、そこで問題が起きるんだ。衛星データリンクがおかしくなる。フライトホークがコマンドを受信しないか、あるいは受信していながら実行しなくなる。数週間前の運用テストでもそういうことが起きた。母機と無人機が直接のデータリンクを設立するまで、まったく反応しなくなった」

「じつにすばらしい――バーチャル頭脳リンクのたぐいで、地上にいる人間がフライトホークに命令を送るというのは」メイスはいった。「非常に複雑な手順ですね――大量のデータをかなり離れたところからやりとりするわけですね」

「でも、きみはグローバル・ホークでずっとそういうことをやってきたんだろう?」

「それは、まあ……でも、グローバル・ホーク無人偵察機を地上からじっさいに操縦していたわけではありませんよ」メイスは指摘した。「最初に飛行計画をメモリーに保存させる必要があったんです。飛行計画はかなり変更がききますが、とにかくもとの飛行計画はないといけない」

「わたしはじっさいに操縦するようにしたんだよ、ダレン」マクラナハンはいった。「グローバル・ホークに関するいまの説明はわかったが、どんな攻撃任務にも人間を関与させる能力を持たせなければならないんだ。それに、飛行の一定の段階をマニュアルで制御する必要もある」

「どういう段階ですか？　まさか直線飛行、水平飛行、といったことではないですよね」

「他機との集合は？」

「たとえばフライトホークに空中給油を受けさせるといったようなことですか？」

「たとえばＢ-１爆撃機の爆弾倉にはいるというようなことだ」

「Ｂ-１爆撃機ですか！」メイスは大声をあげた。目を丸くしたが、すぐに肩をすくめた。「悪くない。その程度のテクノロジーは、もう開発済みなんでしょうね。腕時計ぐらいの大きさのコンピュータ一台で、どんなパイロットよりもたくみにＢ-１爆撃機を飛ばす」一瞬間を置いてつづけた。「もっといい方法がありますよ」

「どんな方法だ？」

「フライトホークとB-1爆撃機の両方をバーチャル・コクピットで操縦するんです」

「母機と攻撃機の両方を無人化するのか?」

「悪くないでしょう。どのみちB-1のシステムの大部分をバーチャル・コクピットでモニターして制御するテクノロジーはできあがっているはずですよ。ヴァンパイアが自分で飛べるようにするのは、さほど飛躍しすぎではないでしょう」

「しかし、母機を無人にするのにこだわるのは、どういうわけだ?」マクラナハンはたずねた。答はすでに頭にあったが、メイスの口から理由を聞きたかった。

「釈迦に説法というやつでしょうが、いちおういいますよ。ひとつ、経費の削減。B-1爆撃機のような大型機の搭乗員の訓練と練度の維持には、機体の寿命を計算に入れると、爆撃機購入費用の一〇倍の費用がかかる。無人機化してコンピュータで操縦すれば、高度の資格を持つ士官パイロットはいらなくなる――技術下士官がコンピュータ・システムを監視し、技術および情報専門家が攻撃目標を選べばいい。

ふたつ、人間が必要とする装備を機体から取りはずせば、重量を大幅に軽減でき、システムを単純化でき、使用電力も減り、性能が向上する。その他多数の分野でもメリットがある」メイスはつづけた。「射出座席とそれに付随するシステムや配線・配管の重量は、搭乗員の体重の五倍です。コクピット与圧のために、エンジンの圧縮機《コンプレッサー》から抽気する必要もなくなる――それでエンジンの推力が二〇パーセントか、あるいはもっと向上します。操縦室の照明を取り去れば、その分だけでも、もっと性能のいい新型コンピュータを何台も搭載する電力がまかなえます。

三つ、任務が人間の体力によって制限を受けることがなくなる。いくら予備の乗員がいても、空中給油を何度もやって何日も飛びつづけることは不可能です——いずれ着陸して、乗員が機をおりなければならない。ロボット機であれば、何日も、いや何週間も配置につけておくことができます。乗員を休ませる必要はなく、練度を高めるための飛行時間もいらず、移動や海外派遣の際に乗員に補給品を用意する必要もない。それに、危険度の高い任務でも、人命が失われる危険を避けられる」

「実用化でき、装備とその理論をペンタゴンに売り込むことができればいいが」

「わたしは一年以上、国防長官室に勤務していました」怒りもあらわに、メイスはいった。「非の打ちどころのないすばらしいプロジェクトが、くだらないことでつぶされるのを見てきました。メーカーの本拠地の州に力がなかったり、特定の選挙区に本社がなかったりするせいで。三〇〇ページの提案書に数ページの落丁があってもつぶす理由になる。工場や基地を視察した政府関係者を豪華なスイートに泊めなかったせいでご破算になることもある。すばらしいプロジェクトを必死で進めても、ペンキの色が気に入らないというような馬鹿な理由で却下されることがすくなくないんです。最高のプログラムがしじゅう国防費の割りふりなど、でたらめもいいところですよ。

つぶされ、どうでもいいものに予算がまわされる。そうかと思うと、最初の計画よりも費用が倍に増えた時点で、まずまずの計画にゴーサインが出ることもある。失礼を承知で申しあげます。空軍に永年勤務しているあいだに、いろいろなプロジェクトを見てきましたが、冬のさなかに息子を連れてきて寝袋で寝かせてまでやらなければならないようなプロジェクトは、ひとつもありませんでしたよ。プロジェクトが成功するかどうかを、外部の人間が気にかけると思いますか？　正直に申しあげて、よその人間はなんとも思っていないでしょうね。幼い男の子を洟《はな》が出るような寒気にさらすような価値はありませんよ」

その瞬間、マクラナハンの目の奥でなにかが着火するのをメイスは見た。おっと、この御仁を怒らせたようだ、とメイスは心のなかでつぶやいた。

そのときマクラナハンが笑みを浮かべた。これほど恐ろしい笑みは見たことがない、とメイスは思った。「きみはまちがっている、大佐——そして、正しくもある。わたしがこのプロジェクトを重大視しているというのは、きみの思いちがいだ。ペンタゴンがどう思うか、議会が予算をつけてくれるか、大統領が実戦配備してくれるか、といったことは、わたしにはどうにもできない——わたしにできるのは、これを機能させることだ。それがわたしの意図だ。幼い子供をつらい目にあわせる価値がないというのは正しい。だからこそ、きみになんとしても改良してもらいたいんだ。システムを緻密に調整して、空中給油みたいな複雑な機動を行なえるようにできるだろうか？」

「失礼ですが、少将もわたしも航法士です」メイスは指摘した。「空軍がチンパンジーでもB－1を操縦できるように訓練できるのは、おたがいに知っていますよね」

マクラナハンが笑った――その笑い声は、トレイラーの狭苦しくやかましく暗い内部を、たちまち明るくしたように思われた。「きみと五分話をしただけで、この数週間でいちばん明るい気持ちになれたよ、大佐。手伝ってくれるね？」

「勇んで挑戦します」

「よかった」プログラムからバグを除去しようと技術下士官が悪戦苦闘している五番目のコンソールを示した。「ちょっと見てくれないか、ダレン。ひと晩ずっとこのルーチンに取り組んでいるんだ」

メイスは目を細めてデータをざっと見ていった。「このプログラムはなんですか？どこで手に入れたんですか？」

「ドリームランドの部下が数年前に書いた」

「失礼ですが、少将、ドリームランドに長くいすぎましたね」メイスはいった。「このプログラムは何年か遅れています――一世代前のですよ。超極秘研究施設に勤務していると、現場で工夫された優秀な道具のことが耳にはいらないという難点がありますね。ビール基地のわたしの部下が、グローバル・ホークの衛星データリンクの誤作動を捜すトレース・同期ルーチンを作成しました。少将が度肝を抜かれるようなプログラムですよ。それをフライトホークやB－1に応用できるでしょう」

マクラナハンはメイスの背中を叩いていった。「すばらしい、ダレン。朝いちばんで取りかかろう」時計を見てつけくわえた。「いや、真夜中からになるだろうな。運用群司令のジョン・ロングはそういうやつなんだ。きみのためにすこぶるきついスケジュールを組むにちがいない。できるだけやんわりやらせるようにするよ」

「平気ですよ、少将。ここではほかにやることもありませんしね」

「〈ドナテラの店〉でも？」

メイスは頬をゆるめ、赤面した。

「ここでは将兵を厳しく監視しているんだよ、ダレン」

「おもしろかったんですが、しばらくはもう行かないと思いますね」メイスはいった。「ペンタゴンに電話して、プログラムを送ってもらうよう、正式に要請します。却下されるに決まっていますが、そうしたらビールやパームデイルやライト－パターソンのコンピュータ研究所の知り合いに電話して送ってもらいます。昼までには最新バージョンを使えるでしょう。そのプログラムによって、地上基地と無人機の〝会話〟ができるようになります。それで不具合の個所がわかり、なにを直せばいいかがわかります。一日か二日したら、すぐに実用化できるか、それともまた予算や装備を工面しなければならなくなるかが、はっきりわかるでしょう。でも、今夜ここのようすを見たかぎりでは、基本的な部分はもうまとまっているようです——必要なのは調整とバグの除去だけでしょう。すぐにはじめますよ」

「すばらしい」マクラナハンはくりかえした。ドアのほうを示して、メイスを外に連れ出した。「そうなれば、わたしは息子を家に連れて帰ることができる。たまにはふたりでゆっくり休みたいからね」

「たいへんでしょうね」メイスはいった。「空軍少将であり、なおかつシングル・ファザーであるというのは」

「応援してくれる人間がおおぜいいる——家族、友人、ベビーシッター——しかし、これほどたいへんだとは思ってもみなかった」マクラナハンは認めた。「でも、自分の妹や母が、自分のところで暮らしたほうがブラッドレーのためだといい張るのをきいているほうが、もっとたいへんなんだ。それがつらくて、息子といる時間をこしらえようと、必死で問題と取り組んでいるわけだよ——ところが、よけいどつぼにはまっているみたいなんだ」メイスに真剣なまなざしを向けていった。「のっけからきみがこのプロジェクトに参加していたらよかったのに、ダレン。どうもわたしの頭は鈍くなっているようだ。きみがグローバル・ホークの実用化に貢献していたことは知っていた——だからこそ来てもらった——ところが、ファーネスとロングには通常の航空団異動の日程できみを呼ぶよう指示するという、中途半端なことをやってしまった。何週間もずっと作業は空回りだったのに」

「成果が出るとは約束できませんよ」メイスは釘を刺した。「ですが、ここのシステムと無人機の会話をぜんぶ見直して、不具合を突き止め、結果を見ましょう。幸運に恵まれるかもしれません」

「もう運がめぐってきたと思うね」マクラナハンは手を差し出した。メイスはその手を握った。「明日の午後に会おう。そこで進捗を教えてくれ。必要なものがあれば呼んでくれ。なんでも手に入れられるようにする」

「かしこまりました」マクラナハンがテントにはいり、まもなく寝袋にくるまったままの息子を胸にしっかりと抱えて出てくるまで、メイスは見守っていた。マクラナハンがワイルドと呼んだ装甲を着込んだ大きなアンドロイドが、でかいライフル――電磁レールガンだったか？――を肩に吊って運ぶのを手伝おうとしたが、マクラナハンは笑みを浮かべ、手をふって斥《しりぞ》けた。

自分のピックアップにひきかえしながら、メイスは思った。空軍にはずいぶん煮え湯を飲まされたが、いまではアメリカ軍でいちばん幸せな男になった気分だ。長い年月を経てようやく、かけがえのないところに自分の居場所を得たという気がする。早く仕事をはじめたくてうずうずした。今夜は眠れないだろうと思った。アンバーのことや、レベッカとのかつてのセックスを夢に見るだろうと、さっきまでは考えていた。

でもこうなったからには、空飛ぶロボット機の夢を見るにちがいない。

2

同刻
トルクメニスタン東南部　ケルキの郊外

二日前とおなじように、ザラズィの部隊は食糧と飲料水と燃料が尽きかけていた——そして、かなり自暴自棄になっていた。

それまでにいくつか変化があった。ワキル・ムハンマド・ザラズィはいまでは〝将軍〟と名乗り、副官ジャラルディン・ツラビーは〝大佐〟を自称している。部隊の規模はふくらみ、中隊一個半から大隊一個の兵力になった。T‐72戦車は力強く走り、主砲の弾薬は調達できなかったものの、機銃弾は豊富にある。どのみちおなじだった。主砲の照準をつけて目標を撃つことができる兵隊は、ひとりもいない。それでも、ほんものの戦闘部隊の体裁は整っていた。

また、ザラズィ軍は実戦の洗礼も受けた。この部隊は、きのうの午前中にケルキの三二キロメートル南でトルクメニスタン軍パトロールの攻撃を受けた。それがまた浅はかな急襲だった――トルクメニスタン軍の若い中尉は、戦車数輛と正規軍数個小隊ほどの軍容を示せば、敵は恐れおののいて逃げると考えたのだろう。一時間とたたないうちにザラズィ軍はT-55戦車三輛と装甲兵員輸送車多数を鹵獲し、より信頼性の高い歩兵用兵器にくわえて、弾薬数千発、忠実な戦闘員数名を得た。それに、勝利をものにしたことがなによりも大きかった。

だが、ほんものの試練はいまからはじまる。ザラズィ軍は、ウズベキスタン、トルクメニスタン、アフガニスタンの三国を縦貫するカルシ-アンドホイ街道を進んでいた。キジルアルヴァトという町から数キロメートルのところを通っており、ケルキにある攻撃目標――トルクメニスタン陸軍駐屯地までは一六キロメートルの道のりだった。アムダリヤ川の橋付近と港湾施設にトルクメニスタン正規軍部隊の戦力培養が見られると、斥候が報告していた。トルクメニスタン陸軍は、キジルアルヴァトを反撃の拠点にする意図と思われた。

軍のヘリコプターが、日がな付近を飛行し、ザラズィ軍の動きを探っていた。近くをずっと飛行しているヘリコプター一機を攻撃しろというザラズィの指示に従って、歩兵携帯式のSA-7地対空ミサイルが発射されたが、命中しなかった。それ以来、トルクメニスタン軍のヘリコプターは、射程外を飛ぶようになった。攻撃してくるわけではなく、偵察写真を撮影し、情報を収集しているだけだろうが、兵士たちの不安を煽る存在だった。なにか手を打たないと、組織が堅固でない部隊がばらばらに崩壊しかねない。

ザラズィとツラビーは、ある計画を立てた。ZU－23／2（二三ミリ連装高射機関砲）二基を一基ずつ平底トラック二台に載せ、丸太を柱にして防水布を張った上から砂や土をかぶせて偽装した――土砂かゴミを積んでいるように見せかけたのだ。その偽装トラック二台を、兵隊が大勢乗ったピックアップ二台とともに、アムダリヤ川の南岸を走るキジルアルヴァト－ケルキ街道を西に向かわせた。

まもなくトルクメニスタン軍のMi－8ヘリコプター一機が、ケルキの七キロメートル東でその車列を要撃した。ヘリははじめのうちは二キロメートルの距離を保ち、肉眼で車列を観察していた。ドア銃手が一二・三ミリ機銃に取り付いているのが、ザラズィのところから見えたが、ロケット発射機その他の重火器はなかった。ザラズィの部下たちはライフルを持っていたが、他の武器は一見なにもなさそうだった。Mi－8は用心を怠らないようすで、車列の四キロメートルほど前方にいったん着陸し、歩兵十数名をおろした。おそらく道路封鎖を敷くつもりなのだろう。数度の航過を行なったのち、ヘリコプターはさらに仔細に観察すべく移動をはじめ、左のドア銃手が射撃の構えをとった。

トルクメニスタン軍ヘリコプターのドア銃手が機銃のコッキング・ハンドルを引いて、

先頭のトラックに照準を合わせようと体を安定させたので、射程内にはいったことがわかった。ザラズィは叫んだ。「いまだ！　攻撃！」

二台のトラックの後部からのびたロープが、うしろを走るピックアップ二台にそれぞれつないであった。ロープがひっぱられ、たちまち高射機関砲が現われた。ヘリコプターの機長に反応するいとまをあたえず、ザラズィの兵士たちが高射機関砲で撃ちはじめた。毎秒一〇〇発という発射速度で発砲したため、二基ともじきに給弾不良を起こしたが、それでじゅうぶんだった。ヘリコプターのエンジン部分が爆発し、機首がさがって、砂漠に突っ込んだ。乗員と歩兵一〇人が、爆発とその直後の火災のために死んだ。

前方で道路を封鎖していたトルクメニスタン軍はほとんどが徴集兵と将校で、墜落現場から煙と炎があがるのを見て、半分が逃げ出した。若手の職業軍人だけが残って戦おうとした。ザラズィは自分が乗る装甲兵員輸送車を道路封鎖の一キロメートル手前にとめて、相手に姿が見えるように車の上に立った。狙撃手など怖れないという意思表示でもあった。装甲兵員輸送車のラウドスピーカーを使って、ザラズィは呼《ヒズボラ》びかけた。「こちらはワキル・ムハンマド・ザラズィ将軍、神のしもべにして、神の軍東部師団の師団長である。トルクメニスタン・イスラム共和国の勇敢な兵士たちよ、諸君は命令に従っただけだ——兵士らしく、そして男らしく、祖国を護ろうと持ち場に踏みとどまった。それに対し、背中を向けて逃げたほかのやつらは卑怯な犬だ。犬は犬らしく死ぬがいい。

踏みとどまったものたちよ、よく聞くがいい。おまえたちが真の信者であるなら、神に仕え、なによりも母国と家族を護りたいなら、危害はくわえない。おまえたちは武勇と勇気をきょう身をもって示したのだ。おまえたちにひとつの選択肢をあたえよう。このまま撤退して部隊に戻り臆病者の上官によって不埒な仕打ちを受けてもよし、戦って滅びてもよし、あるいは、ここに残り、わたしと神の軍《ヒズボラ》に忠節を誓い、わたしの軍にくわわってもよい。諸君は歓迎され、諸君を下層民と蔑む圧制者や卑怯者と戦うことを許される。

わたしの使命ははっきりしている。献身的な神の兵士のためのふるさとを砂漠に築くことで神に尽くすのだ。そこを根城に訓練を行ない、聖戦に備える。十字軍や不信心者や異教徒や裏切り者が、パキスタンとアフガニスタンのわれわれの基地を破壊した。だが、神はわたしに軍を指揮し、あらたなモスクやあらたな練兵場を築くよう命じられた。わたしはそれを遂行するつもりである。

諸君の多くは家族のことが心配だろう。聞くがいい。諸君がわが軍にくわわれば、家族が報復を受けることのないように保護する。それに間に合わなかった場合には、復讐する。神の真のしもべの家族に卑怯者が手を下すようなことがあれば、信仰篤きものの家族は天国に迎えられるであろうし、卑怯者は地獄の火に投げ込まれるだろう。神が証人だ。わたしがかならずやそのようにはからう。だから選ぶがいい。五分やろう。五分過ぎたら、道路封鎖を強制排除する。アッラーのご加護のあらんことを」

操縦席におりてきたザラズィに、ツラビーが笑みを向けた。「アッラーを引き合いに出す演説がうまくなったな、ワキル——」

「黙れ、大佐」ザラズィが語気荒くいった。「神を冗談のたねにするなど、恥を知れ」

ツラビーは、即座に顔から笑みを消した。この数日間のザラズィの豹変《ひょうへん》ぶりは、ツラビーの目に留まっていた。ザラズィは神に命を救われたと本気で信じ、軍をまとめて戦争を遂行する使命をあたえられたと思い込んでいる。ザラズィは狂信者になりつつある——狂信者は驚異的な指導者になり、強力な戦士になることもあるが、優秀な軍人になることはめったにない。

ザラズィがなにを本気で信じているにせよ、演説は効果があった。道路封鎖に残ったふたりを除く全員が降伏し、ヒズボラに忠節を誓った。ザラズィ軍にくわわるのを拒んだふたりは、その場で射殺された。「なにをするんだ、ワキル」ふたりをザラズィが処刑したあとで、ツラビーはいった。「降伏すれば解放するといったのに。約束を破ったのを新手の連中が見たことになる」

「撤退すれば生かしておくといったのだ」ザラズィは応じた。「あのふたりは真の信者ではなかった」

「降伏したんだ。武器を取りあげ、ひざまずかせた。われわれの軍には参加したくなかったにせよ、抵抗するつもりもなかった。死にたくなかっただけで」

「大佐、あのふたりは、逃げなかったことを上官に示したかっただけだ。戦わなかったのは、卑怯者だったからだ」ザラズィは怒りもあらわにいった。「そんな人間が神を信じているといえるか？　あいつらは兵士か、それとも臆病者か？」

「ワキル——」ザラズィが警告するように睨みつけたので、ツラビーはいい直した。「いや、将軍……これだけききたい。将軍は部下を恐怖をもって統率するのですか？　それとも目標とする使命を達成するために、指揮官としての技倆をもって統率するのですか？」

「部下がわたしを愛するか憎むかということなど、わたしの存念にはないのだ、大佐」ザラズィは応じた。「彼らが従えば、率いて戦う。従わなければ、彼らは死ぬ。わかりきったことではないか」

「将軍の部族のものはそれでよいでしょう」ツラビーはいった。「将軍は出自と長老たちの宣言による生まれながらの指導者だし、われわれの民族は一〇〇〇年あまりそういうやりかたでうまくいっていました。しかし、いまは大義に同調する新しい兵士を擁している。職業軍人もいれば、ちがう国の人間もおおぜいいる。そういう兵士たちは、指導者に信頼や力や勇気などの資質を求める——」

「わたしにはそれがそなわっている」

「理由はどうあれ、降伏した者を処刑したのは、信頼や指導力を示したとはいいがたいでしょう」ツラビーはいった。「捕虜にするか、解放するか、身代金をとるか、改宗させればいい——でも、武器を持たないものを殺してはいけません」

「大佐、もういい」ザラズィはいった。「わたしは神の意志により指導者となった。それ以外のことは関係ない。本隊に戻り、ケルキ攻撃の計画を立てる。今夜、攻撃する」

ツラビーは従うしかなかった。議論をしても効果はない。

ザラズィの流儀がどうであろうと、有能であることは疑問の余地がなかった。たしかにトルクメニスタン東部辺境の国境警備は手ぬるく、奇襲の要素もあり、ザラズィの大胆なやりかたが効を奏して勝利を重ねてきたことは否めないが、ケルキ攻略はまた別問題だった。駐屯地が防御を固める時間はじゅうぶんにあった。ケルキのトルクメニスタン軍は、ヘリコプター一機と乗員と兵士多数を、すでにこちらの攻撃により失っている。ところが、ケルキの駐屯地は攻撃に対する備えはまったく行なっていなかった。ヘリコプターの損耗は事故か、まぐれ当たりで撃ち落とされたと考えたにちがいない。

日が落ちるとすぐに、ザラズィはケルキの駐屯地に偵察隊を送り込んだ。偵察隊が三時間後に戻ってきた。「トルクメニスタン軍は攻勢の準備をしているようです」分隊長が報告した。「出撃準備を整えているとおぼしいMi－8輸送ヘリが八機かそれ以上、駐機場に出ています。増槽とターゲット標示ロケット弾ポッドを搭載しています」

「兵員は一九二名以上ということです、将軍」ツラビーがいった。だれかが同席しているときには、かならず階級で呼び、敬語を使うことにしていた――ふたりきりのときも、最近はほとんどそうしている。「こちらの兵力のおよそ半分です」

「それに、国境警備隊でも軽武装の歩兵斥候でもありません――正規軍の歩兵部隊です」分隊長が語を継いだ。「一機のヘリコプターに高速斥候車、重機関銃、迫撃砲が搭載されているのを確認しました――本格的な装備で大規模な交戦に備えています」

「いつ出発すると思うか?」

「夜明けかその直後でしょう」分隊長はいった。「気象情報では小さな嵐があるといっています。午前中におそらく砂嵐が起きるだろうと」

「他の航空機は?」

「その他のヘリコプターには近づけませんでした。しかし、格納庫内に置かれ、厳重に警備されていました。Mi-24攻撃ヘリコプターが四機。対戦車ミサイル、爆弾、機関砲が見えました――かなりの重武装です」

Mi-24は旧ソ連製の最強攻撃ヘリで、装甲が厚く、精密な攻撃を行なうことができる。ソ連のアフガニスタン侵攻の際には、パシュトゥン語で葬儀屋を意味する〝クラザス〟という綽名《あだな》で恐れられていた――兵士たちを殺すと同時に、埋葬するのに格好な深い穴をうがつからだ。「やつらがMi-24を発進させたら、将軍」ツラビーは真剣な面持ちでいった。「われわれは終わりだ。わかりきっています」

兵士たちは、心の底からの恐怖を浮かべて、ザラズィの顔を見た。トルクメニスタン東部は平坦で遮蔽物がまったくない——見通しの聞く場所でMi－24と戦っては、とうてい勝ち目がない。これまで生き延びてこられたのは、Mi－24が追撃をあきらめ、着陸して兵員をおろすか、あるいは帰投せざるをえなくなるように、山中に逃れることができたからだ。ケルキに向けてこの平地を行軍するのは自殺行為だった。二三ミリ対空機関砲では、もっと射程の長いMi－24のミサイル、ロケット弾、強力な機関砲に太刀打ちできない。

「選択肢はひとつしかないようだな——降伏だ」ザラズィがいった。ツラビーは恐怖におののいてザラズィの顔を見た。古くからの友人の頭脳が激しく働いて計画を練っているのを、そのとき察した。「大佐、部下を散開させ、トラックの積荷をおろすよう指示しろ。ケルキでだいじな仕事が待っているが、その前にやってもらいたいことがある……」

同夜の後刻
ネヴァダ州　バトルマウンテン空軍予備役基地

トラックストップの近くのモーテルの狭い部屋に泊まっていたダレン・メイスは、夜明けに起きて基地に向かった。まだ早いが、飛行隊本部へ行ってみようと思った。小さなプラスティックのケースをあけると、耳にひっかける小さなワイヤレス・イヤホンがはいっていた。使用法を書いたものはなかった。使えるのかどうか半信半疑で、ためしにいった。「当直士官」

「こちらは当直士官です、メイス大佐」女性の声がただちに聞こえた。「バトルマウンテン空軍予備役基地にようこそいらっしゃいました」

「ありがとう」メイスはいった。この基地はどこもデータの電波が縦横に飛び交っているにちがいない。これほど連絡の密な基地はきいたことがない。「第五一飛行隊本部へはどう行けばいいのかな？」

「直進し、パウエル・ストリートへ右折、オーマック・ストリートへ左折、シーヴァー・サークルへもう一度右折です」抑揚がないものの明るい声が答えた。「専用駐車スペースがあります」

「ありがとう。すぐに行く」

シーヴァー・サークルは駐機場と並行する主要道路だった。格納庫のようなものが道路沿いにあり、近づくと航空機警急待機シェルターだとわかった——前後に扉はなく、かなりの大型機がタキシーしてはいれるような馬鹿でかいシェルターだった。KC-135Rストラトタンカー空中給油機八機が、シェルター内にならんでいた。メイスはすこしがっかりした——第五一はやはり空中給油飛行隊のようだ。これまでさまざまな機種を手がけてきたが、やはり攻撃機、ことに高速の攻撃機がいちばん好きだった。給油機は空軍では重要な存在で、すばらしい飛行機であるとはいえ、ペースが狂うことになるだろう。マクラナハン少将が取り組んでいるB‐1はいったいどこだ？

トラックに搭載した大型掃除機で誘導路や滑走路の異物を吸いあげている清掃班をのぞけば、活動の気配はなかった。軍ではそうした異物による損傷《フォーリン・オブジェクト・ダメージ》をFODと略している。軍用機にとっては、敵との戦闘よりも異物による損傷のほうが大きな危険なので、FODパトロールをつづけるのは重要だが、それにしても活動がどこにも見られない。整備員はどこにいる？

飛行列線を囲む高いフェンスの外に小さな建物があり、そこに駐車スペースがあった。煉瓦とコンクリートの低い建物に警衛はいなかったが、ドアは厳重に施錠されていた。金属の箱があったので、電話だろうと思って蓋をあけると、カメラのレンズと五センチ四方くらいの小さなガラスのパネルがあるだけだった。箱の蓋を閉じて、べつのドアを捜すか、当直士官にもう一度連絡しようかと思った——そこで、保安部隊の軍曹が使った装置のことを思い出し、正方形のガラスに親指を押しつけた。果たせるかな、そこに触れたとたんに開錠の音が聞こえたので、ドアを引きあけた。その奥は、多少の装備を持った人間ひとりがやっとはいれるような狭い部屋だった。表のドアが閉まって施錠されると、レントゲンのような低いブーンという音が聞こえた。おそらくそうなのだろう。音が消えると、内側のドアがあいた。

いかにも飛行隊本部の応接室らしい雰囲気の部屋で、こぎれいに整理整頓されていた。いや、きれいすぎるほどだった。まるでまったく使用されていないみたいだ。左右にトロフィー・ケースがあるほか、なにもなかった。内装を終えたか、あるいは改装したばかりのオフィスのように、塗りたてのペンキと真新しいカーペットのにおいがした。

そこにはいると、くだんの女性当直士官の声がイヤホンから聞こえた。「いらっしゃいませ、メイス大佐。隊長室で幹部とお会いになってください。ご到着を報せますので」

メイスはまわりを見た。あたりには自分しかいない。「きみはどこだ?」メイスはきいた。「当直士官、名前は? どうしてここにいないんだ?」

「わたしは電子当直士官です」という答が返ってきた。「なにかお手伝いが必要なときには、いつでも〝当直士官〟という呼びかけのあとでご希望をおっしゃってください」

これは機械なのか? 信じられない思いで、メイスは心のなかでつぶやいた。おれは機械を相手に礼儀正しく話をしていたのか? 「当直はいないんだな?」応答はなかったので、もう一度くりかえした。「当直士官、当直はいないんだな?」

「わたしがつねに当直をつとめております、メイス大佐。いつでも、どこからでも、通信リンク、基地の戦術VHFとUHF、飛行隊本部への電話で、わたしに連絡してくださって結構です」

飛行隊本部の廊下を歩いたが、たいした施設はなかった。管理部門のオフィスが数室あって、すべて施錠されていた。ブリーフィング・ルームも施錠され、使われていなかった。テレビのあるラウンジは、窓がある唯一の部屋だった。HD内蔵の大型プラズマ・テレビは、ニュース・チャンネルに合わせてある。カフェテリア風のテーブルと椅子があり、壁ぎわにソファがいくつかならんでいた。

相手が人間でもないのに〝当直士官〟というのが、メイスには馬鹿らしく思えた。

「隊長室はどこだ?」といらだたしげにきいたが、システムが応答しなかったので、大声でくりかえした。「当直士官、隊長室はいったいどこにあるんだ?」

「右に曲がって廊下を進み、右側の四番目の部屋です、メイス大佐」という応答があった。

「くたばれ」メイスは毒づいた。そのドアに近づくと、開錠の音が聞こえた。控えの間があり、デスクとコンピュータが置いてあり、棚があったが、使われていないようだった。奥に隊長室のドアがあった。そこもメイスが近づくとロックが解除された。驚いたな、とメイスは思った。たえず追跡され、監視されているようだ。コンピュータ当直士官はこっちの居場所を知り、ドアの開錠などの要求を予期し、代わりにやってくれる。

ほかの場所ではどんなふうか、早くためしてみたいものだ。

やがて、隊長室は無人ではないとわかった。メイスのデスクに向かってレベッカ・ファーネスが腰をおろしていた。

レベッカが立ちあがり、なにかをいおうとして口をひらきかけるのを、メイスは見ていた。だが、思い直したようだったので、その隙に観察した。

もちろんレベッカは齢をとっていた——こちらもおなじだ。背が高く、いまも運動選手らしい体格で、マクラナハンのものとおなじように皺が寄って擦り切れただぶだぶの飛行服でも隠せない曲線美を誇っている。茶色の髪は短い——メイスとつきあっていたころは、肩よりも長くのばしていた——それに、白髪がすこし混じり、色が濃くなっている。それでも、アーモンド型の目には、昔と変わらないエネルギーと輝きが宿っていた。

「こんばんは、大佐」レベッカはそれだけいった。そんな短い挨拶でも、よそよそしく言葉を切り詰める。レベッカはこれまでずっと生真面目そのものだった。これからもそれは変わらないのだろう。「あなたの執務室を使っているけれど、気にしないでね。まだ設備が整っていないのよ」

「やあ、レベッカ。これは驚いた」メイスは手を差し出して、挨拶をした。レベッカがメイスの手を取り、しっかりと握った。そう、やはり生真面目だ。何事に対しても、だれにたいしても、生真面目なきびきびした態度で接するので、以前は〝鋼鉄の処女〟という綽名だった――ひょっとして、いまもそう呼ばれているのかもしれない。たしかにふたりは親しかったし、男と女の仲になったこともある。しかし、つきあっていた短いあいだにメイスが甘い雰囲気を味わったのは、数えるほどだった。

　自分でも意外だったが、メイスはつい握手しながらレベッカを引き寄せ、親しげに抱擁した。あいだの床にヘルメット・バッグかなにかがあって、ぎこちなく上半身を傾けなければならなかった。古い相棒同士の何気ない抱擁のつもりだったので、そんなにくっつかなくてもいいと思っていた……

　……ところが、そんな考えは気づかないうちにたちまち消えて、抱擁が情熱的な絡み合いになり、それがメイスにとっては久しぶりの唇と唇のキスに変わった。

　だが、はじまるのとおなじぐらい終わるのも早かった。レベッカの体と唇が緊張するのがわかり、ふたりの再会劇が終了したことをメイスは知った。メイスはうしろにさがって、レベッカの顔を探るように見た。さっきのような他人行儀な表情に戻っていたが、注意深く見たところ、怒りの色はまったくなかった――ちょっと困惑しているようで、喜色はないが、すげない拒絶もない。自然にいまのような行為になったのを受け入れて、つかの間楽しみ、そして意識から拭い去ったという感じだった。

「バトルマウンテンにようこそ、ダレン」レベッカは、まるでほかに言葉を思いつかなかったように、あたりまえのことをいった——最初の気まずい沈黙がおとずれた。壁ぎわに置かれたソファをレベッカが示した。メイスは腰をおろして、レベッカが小さな冷蔵庫から出して渡したペットボトル入りの水を受け取った。レベッカはコーヒー・テーブルを挟んだ向かいの椅子に座った。「落ち着いた?」

「レベッカ、〈ドナテラの店〉のことだけど……」

「いいのよ。あなたはおとななんだから——とにかく年齢はね——それに、あそこは出入り禁止ではないし」

「娼家に行ったのははじめてなんだ」

「楽しかった?」

「なにもしていない」

「いいのよ、ダレン」

「ほんとうになにもしていないんだ!」

「わかった。わかった」メイスが困っているのを見て、レベッカはにやにやした。それでふたりの緊張は徐々にほぐれていった。「すてきよ、ダレン。ほんとにすてき。体が締まっているわね」

「ありがとう」

「バイカー・バーにはもう行かなくなったの?」

「ときどきバイクで行くよ」メイスはいった。「中年の危機というやつだよ――男ならハーレーぐらい持っていないと、というわけだ。でも、ビールとピザはやめた。コレステロールと血圧が、おれをどっちが先に殺すかっていう競争をしていたんだ」レベッカがにっこり笑ってうなずいた。「いつもきれいだね。短い髪は好きだな」これから気まずい沈黙を何度も味わうにちがいなかったが、そこで二度目の沈黙がおとずれた。「将軍になれておめでとう」メイスはあわててつけくわえた。「当然の昇級だよ。もっと前になってもよかった」

「ありがとう」

三度目の気まずい沈黙。ペットボトルの水があってよかった。「それに、ここでは団司令なんだね。それもおめでとう」メイスは真顔でレベッカを見つめた。「この仕事をまわしてくれたことについても、きみに感謝しないといけない」

「これまでの仕事ぶりを評価されたのよ」

「おれの仕事ぶりなんてくそだよ。おたがいに知っているはずじゃないか」メイスはいい返した。「大佐になると同時に就任した前職は、ペンタゴンでAV付きのプレゼンテーションの準備をする部門の長だ。ハイスクールのころに〈マクドナルド〉で半夜勤の店長をやったときのほうが、まだ責任が重かった」

「だれでもデスクワークをやらないわけにはいかないのよ」

「きみはどんなデスクワークをやってきた——リーノの爆撃飛行隊か？　太平洋軍の航空戦担当先任参謀か？」

「なにをいってるのよ——ぐち？　空軍に文句があるの？　そんなひとじゃなかったのに」

「とにかく、出世するうちに友だちのことを思い出してくれたわけだ——九年もたってから」

「こんどはわたしに対する皮肉や恨みをならべるの？　そういう態度はいますぐあらためなさい、大佐」メイスは黙り、一瞬目を伏せた。レベッカの階級と権威に対する譲歩は、それだけだった。「そういう恨みや疎外感を診てもらう必要があるようなら、わたしたちが精神科医を用意してあげるわ。でも、わたしたちは航空団を運営しなければならない。内向きになって父親に対する自分の感情を探りたいわけ？　それとも周囲に目を向ける？」

メイスは立ちあがったが、ドアに向かいはしなかった。レベッカも立ち、しばらくメイスを眺めていた。「レベッカ、きみのしてくれたことには感謝している……」

「名前を挙げただけのことよ——あとは空軍とマクラナハン少将のはからいよ」レベッカはいった。「退屈な仕事ばかりやらされていたのかもしれないけれど、きちんと仕事をしたんでしょうね。だから選ばれてここに来たわけよ。マクラナハン少将は、自分の基地に足を踏み入れる人間は手ずから選ぶひとよ。わたしはあなたの言葉や行動を通じてあなたを知っているだけよ、ダレン。ときどきあなたのことなどなにも知らないんじゃないかと思うわ」

「そうだろうね」メイスはいたずらっぽい笑みを浮かべた。「だけど、おれの記憶では、おたがいに相手の気持ちを探るのにはあまり熱心じゃなかった。あのころ、おれたちの頭にはたったひとつのことしかなかった」

メイスの言葉に釣られて当時の雰囲気に戻るのを必死で避けようとしていたレベッカも、つい頰をゆるめた。自分が男を必要としたことなど、ぜったいに認めたくない——男はあらゆる頭痛や心痛の原因、邪魔者、出世の妨げだ。しかし、成功と自尊心と世界が一度にばらばらに吹っ飛びかけているときには、なにも要求せずに自分を求めてくれる男が必要だった。そこにメイスがあてはまったし、メイスのほうもさまざまな行動によって自分もよろこんでいることを示した。メイスはやさしいがしつこくはなく、押し付けがましくもなかった。たくましかったが、それでいて男らしさを誇示することはなかった。気を配ってくれたが、息苦しくなるほどではなかった。

それに、見返りをなにもとめなかった。その結果、なにひとつ得られなかった。メイスが自分の力で敬意をものにするのではなく、リンク・シーヴァーみたいに尊敬を強要しはじめたら、どんな男になっていただろう?

メイスよりもずっと早く昇級し、人生に空隙が生じたころに、レベッカはうかつにもリンクという男と恋愛関係に陥った。たくましく、美男で、知的というところは、ふたりに共通している。あいにくリンクはそれを強く意識していて、他人にも認めさせようとした。核爆弾でもないと吹っ飛ばせないような金門橋クラスの鼻っ柱の持ち主だった。気の毒なことに、そのとおり核爆弾に鼻っ柱を吹っ飛ばされてしまった（『韓国軍北侵』）。

「ダレン、あなたが来てくれて助かるわ」レベッカは本気でそういった。「それに、また会えてうれしい。でもね、あなたの空軍やわたしに対する感情を心配しているひまはない。わたしは航空団を立ちあげないといけないのよ。それであなたを選んだわけ。あなたはそういう仕事ができる。だから推薦したのよ。核戦争に向けて作戦機を起動する方法をだれも知らなかったのに、あなたはプラッツバーグ基地で実質的な航空団司令としてそれをやってのけた。ビール基地のグローバル・ホーク航空団でもすばらしい成果を挙げた。ここで第五一をまとめあげて、最初の幹部を訓練する段階までもっていってほしいの」

「レベッカ、おれが仕事をちゃんとやるのは知っているはずだよ」メイスはいった。奇妙なことをいうものだと思った。KC-135R部隊をまとめるのが、どうしてそんなに厄介なのだろう。KC-135Rストラトタンカーは四〇年近く前から就役している機体だし、今後も一〇年や二〇年は現役だろう。どうなっているんだ？　と思ったが、口ではこういった。「きみと会って……ちょっと古傷が痛かった。それだけだ。もう乗り越えた」にっこり笑ってつけくわえた。「キスは役に立たなかったけど――害もなかったよ」

「それを聞いてほっとした」レベッカはドアに向かった。「案内するわ。信じられないくらいすごいところなんだから」

「この基地の目標は」ラウンジで落ち合うと、レベッカは切り出した。「最新鋭の軍事施設の建設よ。高度の保安態勢を維持し、飛行場としてできるだけ存在を秘密にする。さらに、いかなる戦術状況や気象状況でも効率的に運用できるようにする。バトルマウンテン空軍予備役基地は、航空任務施設としては、五〇年ぶりに無から造られる基地なのよ」

「これまで見たかぎりでは、たしかにかなりハイテクだ」メイスはぼそりといった。レベッカが基地のことをしつこく説明する理由がわからなかった。基地全体に建物は十数棟しかなく、センサーや情報データリンクが設置されているのはべつとして、格別の保安態勢は見られない。まるで見通しのいい放牧地という風情だ。格納庫はシェルターの造りで扉もない――冬にはさぞかし寒く、雪が吹き込むことだろう。

レベッカが茶目っ気のある笑みを浮かべたのに、メイスは気づいた。まるでジョークのネタにしているみたいな態度をとるのはどういうわけだ？「ここは厳密にいうとネヴァダ州兵航空隊基地なの」レベッカはなおも説明した。「だから、宿舎やレクリエーション施設はほとんどないわけよ——そっちは地元経済に寄りかかっているの。でも、現役部隊からかなりの支援を受けているから、そのうちに施設はもっと建設することになるでしょう」時計を見た。「もうじき出動があるし、出勤しているのはわたしたちだけだから、最終点検に立ち合わないといけないの。行きましょう」

「よし」メイスはいった。KC－135空中給油機の最終点検？　最終点検は通常、ミサイルや爆弾のような爆装を投射する航空機だけに行なう。だが、とにかくやることができた。ふたりは無線機類を満載し、滑走路制動力加速度計を装備したサバーバンに乗り、誘導路を走っていった。滑走路の離陸側の端に到着し、閃光灯をまたたかせたまま停止線でとまった。

「管制塔はいつできあがるんだ？」メイスはきいた。

「管制塔はないのよ」レベッカが答えた。「地上のセンサーや海上と空のカメラやレーダーで管制を行なうの」

「センサーやデータリンクにばかり頼ることに不安はない？」メイスは質問した。「人間の目があったほうが安心できるということは？」

「あとで保安監視部門に案内するわ——ほんとうに信じられないくらいすごいんだか

ら」と、レベッカはいった。青信号になったので、左右の安全を確認してから滑走路に出て、反対側の端に向けて走っていった。「でも、滑走路の検査みたいな細かい作業は、人間がやっているものが多いのよ。滑走路に豆粒大の金属片があっても探知できるセンサーがあるけど、それでも肉眼で検査するの。古い習慣はやめられないものよね」

「レベッカ、マクラナハン少将の執務室がどこにあるのか、教えてくれないか」

「少将と会ったの？」

「きのうの晩、滑走路の反対側のバーチャル・コクピット・トレイラーにいるところを」

「それがね、マクラナハン少将はここに執務室を持っていないの。移動していることが多くて、たいがいTTRかドリームランドにいるわ」TTRとはトウノパ試験場のことだ。ラスヴェガスに近いネリス空軍基地の第九九航空団が管理している秘密飛行・兵器テスト施設がそこにある。重要な兵器システムは、TTRで綿密な秘密テストや評価プログラムを受けてから配備される。

「ここに配置されている機体にマクラナハン少将は通暁していて、操縦資格も持っているんだね？」

「ここの航空機すべての操縦資格を完全に持っているわ。というよりも、わたしも含めて、そういう資格を持っている人間はごく少数なのよ」と、レベッカは答えた。「ねえ、ダレン、少将のここでの任務の詳細を、わたしも知っているわけではないの。ただ、このバトルマウンテンを本拠地とするハイテク統合部隊指揮所のたぐいを発足させようとしているのはわかっている」

「ここを本拠地に？　統合部隊指揮所はおろか、給油飛行隊を収容する施設もないじゃないか。だいいちどんな統合部隊なんだ？　空中給油機しか見当たらない。それとも、何年かあとに立ちあげるということかね？」

「すぐにわかるわ」

数分後、KC－135空中給油機が一機、滑走路の端にタキシーしてきたが、ハマーヘッドと呼ばれる検査場のだいぶ手前で停止した。「おいおい、ここまで来いよ。なにもとって食いやしないから」メイスはつぶやいた。レベッカが笑いを押し殺しているのに気づいた。「どうしてハマーヘッドへ行かないんだ？」

「あれでいいのよ」レベッカはいった。通信リンクで呼びかけた。「ボブキャット41、こちらアルファ。最終点検を承認して」

「了解、アルファ。レーダー・オフ、ブレーキ・セット、承認する」

「アルファ、接近する」レベッカとメイスの乗るサバーバンは、ストラトタンカーの周囲をゆっくりとめぐり、アクセス・パネルがあいていないか、リボン付きの安全ピンが残っていないか、降着装置ロックキイがはずしてあるか、タイヤに問題はないか、フラップはさがっているか、離陸のトリムがとられているか、給油ブームが収納されているか、尾部支柱がはずしてあるか、といったことを確認した。KC－135Rは、ボーイング707旅客機を原型にブーム操作員区画、尾部観測窓、指示灯、給油ブームとポンプを取り付けたKC－135Rのエンジンを換装した型だ。また、中型機程度の積載能力を備えた中距離輸送機の役割も果たしている。このKC－135Rは、通常の尾部のフライング・ブームにくわえ、アメリカ海軍と海兵隊、NATOその他、ブローブ&ドローグ方式の給油を行なう航空機のために、翼端に給油ポッドが取り付けてあった。尾翼の部隊記号はバトルマウンテンを表わすBAだった。

「万事支障ないように見えるけど」メイスはいった。

「わたしもそう思う」レベッカが認め、通信リンクで呼びかけた。「ボブキャット41、こちらアルファ。安全確認完了。離陸様態にあると思われる。よいフライトを」メイスに向かって、こうつけくわえた。「ボブキャットはうちの部隊のコールサインなの。給油機は4ではじまる」

「41了解、ありがとう」KC－135Rの機長が応答した。

「離陸のときも通信リンクを使うんだね？」メイスはきいた。

「通信リンクはただの携帯電話ではないのよ――各種の無線周波数、衛星通信、コンピュータ・ネットワークなど、一〇種類以上のシステムに接続できるの。秘話だし音質もいいから、いつも使っている。もっと小型化しようとしているところ」

レベッカは、サバーバンでKC－135Rの周囲を走り、機長が見えるように左側にまわった。「それで、ここの給油機は陸海空軍と海兵隊すべての給油を引き受けているのかな？」メイスはきいた。「それともそのうちの――」びっくり仰天して口をぽかんとあけ、言葉を切った。

なぜなら、KC－135Rの正面のハマーヘッド航空機検査場に、B－1B超音速爆撃機二機がとまっていたからだ。二機はどこからともなく忽然と現われた。「いったい……これは……？」

「え？」

「なにが〝え？〟だよ。あの二機はどこから現われたんだ」

「ここに来たときには気がつかなかったということ？」レベッカが真顔できき返した。

「ふざけるなよ、レベッカ！」

「わかった。わかったわ」レベッカは折れた。「最終点検が済んだら、すべて説明するわ」

メイスは言葉を失っていた。だが、驚きはその程度では収まらなかった。まず気づいたのは、B－1が二機とも可変後退翼を完全にひろげていないことだった。「離陸様態には見えないけど」と、メイスはいった。

「あの二機はあれでいいの」レベッカがいった。「ここのB‐1はふつう、どんな飛行段階でもずっと主翼を後退させておくのよ」

「どうしてそんなことが？」

「ミッション適応テクノロジー」レベッカは答えた。「胴体の表面全体が揚力を発生させ、飛行を制御できる。いいからこれを終わらせましょう。そうしたら説明するから」

爆撃機二機の最終検査をふたりは行なった。終わるとすぐにB‐1二機は離陸し、つづいてKC‐135Rも離陸した。五分とたたないうちに、滑走路はまた静まりかえった。

レベッカはハマーヘッドの駐機場に車を向けた。「おりましょう」

「レベッカ、あのB‐1はどうやって来たんだ？」レベッカにつづいてサバーバンをおりながら、メイスは興奮気味にきいた。「どうやって……いつのまに……くそ、レベッカ、ここはいったいどうなってるんだ？」

「じきにわかるわよ」その瞬間、足もとがかすかに震動するのがわかった。

そして、ふたりの立っている駐機場そのものが沈みはじめた！

「まさか地下航空基地を建設したんじゃないだろうな？」メイスは信じられないという口調でいった。ハマーヘッドの駐機場そのものが、巨大な航空機用エレベーターだった。空母のエレベーターに似ているが、何倍も広い。メイスが目をぎょろつかせて見守っていると、厚さ数メートルのコンクリート、岩、装甲、土、鋼鉄が頭上を行き過ぎて、やがて天井の照明が現われた。六層下ると、機械類や整備員がさかんに活動していた。

「こいつはすごい！」

「驚異的な建設プロジェクトでしょう」レベッカはいった。「こういうエレベーターが八基あるの――滑走路の両端に二基ずつと、主要駐機場に四基。電力会社が停電を起こした場合に備えて、ソーラー蓄電の予備電力システムでエレベーターと空気循環システムを動かせるようにしてある。化学・生物兵器攻撃に備えて施設は密封され、核兵器の直撃を除くすべての攻撃に耐えられる。男女一〇〇〇人の宿泊施設があり、航空機二〇機を格納できる。いま配備されているのは一二機よ」

都市の一ブロックほどもあるかと思われるエレベーターが最下階に着くと、ふたりは駐車スペースに車を入れており立ち、徒歩で施設を見てまわった。じつにすばらしかった。音が反響するのはべつとして、夜間、人工の明かりに照らされている軍の飛行列線そのものの光景と雰囲気だった。じつに広大な施設で、どこまでもひろがっているように見えた。「し……信じられない」メイスはあえいだ。「地下にいるという感じはまったくしないし、地下だと自分にいい聞かせても現実とは思えない。どういう仕組みで、新鮮な空気が吸えるようにしているんだ？」

「まったく自然な空気循環システムなのよ」レベッカは説明した。「地上の大気が、岩場の自然のクレバスや洞窟を通って、周囲の山から流れてくるの。空調システムを動かすのに、穴ひとつ掘る必要がなかった。ここで発生する熱した空気は、山地で冷やされ、拡散するから、排気を衛星によって探知されるおそれもない。ここから何機が発進しているかを悪党どもに知られずにすむわけ。施設内の気温は摂氏一二、三度、湿度は五〇パーセントに自然に保たれている。生活にも仕事にも適切な環境で、四階建てのオフィス・ビルくらいの電力しか消費しない」

「結構だね――モグラみたいな生活が好きなら」メイスは皮肉をいった。

「慣れるのね。あなたの飛行隊はここにいるんだから」

「ここに？　よくわからないな。こっちに置いている給油機のほうが多いのか？」

「ええ、必要とあれば、そうすることもできる」任務から戻ったばかりのように見えるB－1爆撃機の前で、ふたりは足をとめた。「でも、あなたが指揮するのは給油飛行隊ではないのよ。あなたは第一一一攻撃航空団の新飛行隊長なんだから」

メイスは相好を崩した。「B－1飛行隊か！」大声をあげた。「いいねえ」

「航空団はB－1だけじゃないのよ」レベッカはいった。ふたりはゴルフカートに乗って、誘導路を進んでいった。頭上の照明は明るかったが、なにしろ基地がだだっ広いので、どの航空機も濃い霧のなかから野獣が出てくるようにふっと姿を現わした。

「信じられない。すごすぎる」驚きのあまりなおも首をふりながら、メイスはいった。

「いや、きみのおかげでとてつもなくいい気分になったよ、レベッカ」

「空中給油機部隊の指揮官では不満だったのね？」

「給油機の連中に悪く思われたくはないけど、高速機のほうがいつだって好きだったからね。そういう飛行隊を持てるなんて、大満足だ」メイスは正直にいった。「B‐1《ボーン》は大好きだよ」

「それじゃ、ヴァンパイアにはすごくよろこんでもらえるわね」レベッカはいった。

「ヴァンパイア？　ここではそう呼んでいるのか？　かつてのRF‐111とおなじだ」

「RF‐111が望んでやまなかったものになったわけだもの。途方もない戦闘力を誇っているのよ」

「早く見せてくれ。機内にはいるには、許可がいるんだろう？」

「着任手続きは終わっているし、保安許可も入力されているわ。問題があれば空軍保安部隊に制止されるでしょう」と、レベッカはいった。

なめらかな形状の爆撃機に近づくあいだ、メイスはおもちゃ屋にいる子供のような態度だった。保安部隊員がメイスに飛行列線入場バッジの提示を求めた。メイスはその若い空軍兵士としばらく話をしていた。

爆撃機のところへ行くと、レベッカがメイスにうなずいてみせた。「保安部隊もあなたの飛行隊に所属しているのよ」と教えた。「あの保安部隊員と話をしてくれてうれしいわ。搭乗員は忙しくて、下士官とはろくに話をしないものだから」

「たしかに、おれも身におぼえがあるよ」メイスはいった。「でも、ただ見物に来たわけじゃないからね——あっちは勤務中だし」爆撃機のほうを眺めた。「すぐに改良点をいくつか見つけた。垂直安定板が小さくなり、水平安定板がなく、突風荷重緩和装置もない」

「よくできました、大佐」レベッカはいった。「EB-1Cは適応外板テクノロジーを採用しているの——〝頭のいい外板〟が、胴体の機首寄りおよび尾部寄りと、主翼に用いられている。複合材の機体構造が、コンピュータ制御の超小型油圧アクチュエイターによって形を変え、硬い操縦翼面を使うことなしに揚力や抗力を発生させる。主翼もおなじ。横転《ロール》制御のためのスポイラー、迎角制御のためのフラップを使う必要がない。どの飛行段階でも主翼を七二度までいっぱいに後退させたままにする。頭のいい外板が、迎角の制御を的確に行なうから。適応翼テクノロジー・コンピュータに不具合が起きたときには、可変後退翼を動かし、抗力や推力を発生させる操縦翼面を使わないといけないけれど、このシステムは信頼性がかなり高いの」

機内にはいるとすぐに、メイスはちがいに気づいた。操縦席のうしろのシステム士官席の座席ふたつが取り払われて、固体回路のブラックボックスのラックが設置してあった。「いやはや、信じられない！」メイスは、これが二〇回目のおなじ台詞を吐いた。

「前よりもずっと広くなった」

「搭乗員ふたり分の装備をはずした重量の分、重さ一三五〇キロの燃料タンクを取り付けられたのよ」レベッカがいった。「あとはミッション適応テクノロジーが解決してくれた。ここの搭乗員用装備を取り除いたおかげで、航続距離と性能が二五パーセント向上したの」

システム士官区画と操縦室のあいだのトンネルを、ふたりは這い進んだ。計器盤が完全になくなっているのを見てメイスが愕然としているのを、レベッカは見てとった。テープ式表示の計器、その他の航空計器、ノブ、スイッチ類の大半が、多機能ディスプレイに変更されていた。予備の計器がいくつか残されていたが、計器盤の下の隅に追いやられている。

「電子爆撃機にようこそ、ダレン。B-1はもともと高度に自動化され、コンピュータ・システムで動かされていた飛行機だったけど、いまでは人間はまったく平等の立場ではなくなっているの。もう操縦するのではなく、管理するだけなのよ」メイスの顔を見たまま、レベッカはいった。「ボブキャット203、バッテリー・オン、機内灯火オン」たちまちコクピットの照明が点いた。

「まさか飛行機に話しかけたんじゃないだろうね？　当直士官にしゃべるのとおなじように」

「じつはそうなの」レベッカはいった。「それどころか、たいがいの任務では、話しかける必要もないのよ——任務時間割に従って飛行機が飛行前チェックリストもやってくれる」肩をすくめ、つけくわえた。「コンピュータは人間の搭乗員よりもずっと賢く、すばやく、信頼できる。戦って死ぬのも任せていいでしょう。飛行機は気にしないわ。むしろ暖房やら重い生命維持システムやらが必要な足手まといの人間がいなくて、せいせいするんじゃないかしら。わたしたち人間は遅くて、無能で、無駄の多い余分なサブシステムなのよ。任務の完遂には、ぜんぜん必要じゃないの」

「おいおい、レベッカ、まるでアイザック・アシモフの創造したロボットみたいなしゃべりかただぞ」

「ちがうわ。マクラナハン少将、ルーガー准将、チェシャー中佐、ロー大佐など、バトルマウンテンの専門家集団《ブレーントラスト》の口真似をしているだけよ」と、レベッカは応じた。「ダレン、ここだけの話だけど、ここを牛耳っているひとたちは、全員が見たこともないようなテクノおたくよ。みんなドリームランド出身で、こういうものを一五年もこしらえているせいで、空想で頭が朦朧《もうろう》としているの。電話から便器まで、なにもかもがハイテクでコンピュータ化されているの。〈エンタープライズ号〉からビームで地球に送り込まれたのかと思うようなひとばかりなの」

「それで、きみやおれは——旧人類っていうわけだ」

「HAWCの連中は、たしかにすごい仕事をしてきた」レベッカはいった。「けっして初心者ではないでしょう。わたしが知り合ったあとも、あのひとたちは何度も窮地に陥っている。ということは、こっちが知りたくもないような冒険をほかにも何十回もやっているんでしょうね。ここのことやわたしたちが準備している任務について知るようになったら、あなたもさぞかし落ち着かない気分になるでしょうね。でも、あのひとたちは何事もテクノロジーで解決できると思っている。なんでもかんでも衛星リンクやコンピュータを使いたがる。テーブルに向かって、地図と各別命令書をひろげ、攻撃任務を一から練るというやりかたは、もう過去のものなの」

「おれはかまわないけどね。コンピュータに飛行計画をこしらえてもらって、操縦もやってもらうのは、ぜんぜん気にならないよ」メイスはいった。「そうなると、おれたちはなんのために必要なんだ?」

「マクラナハンをはじめとするHAWCのひとたちがいくら頭がよくてハイテクでも、実戦航空部隊の運営についてはなにも知らないからよ」レベッカはいった。「マクラナハンはガキどもを集めて――ほんとうにガキなんだから――ここに来たのよ。わたしたちの仕事は飛行隊を創りあげること、機械造りはマクラナハンと天才たちに任せておけばいいのよ。近ごろのガキはコンピュータに詳しい。ひとりで座らせれば、すぐにコンピュータの使いかたをおぼえる。でも組織をまとめることや、規律、団結の精神、チームワーク、相互支援といったことは知らない。わたしたちはそれを叩き込む」

「レベッカ、きみの話を聞いていると、なんだかすごい年寄りになったみたいな気がしてきた」メイスは皮肉をこめていった。それでも肩をすくめて、計器盤の遮光板の上を軽く叩いた。「そいつらと取引をしよう。B-1とどうやってしゃべればいいかを教えてくれたら、どういうふうにチームのことを考えればいいかを教える」

「それが聞きたかったの。あのね、これから何日かのあいだ、お偉方がうろちょろするはずよ。噂によると、大統領と国防長官があさってごろに視察に来るらしいわ」

「すばらしい。ここを見たら、涙を流してよろこぶぞ」

「マクラナハン少将は、この大プロジェクトの予算を獲得したいのよ」

「プロジェクトの説明は聞いたよ」メイスはいった。「とてつもない計画だが、やることが山ほどある。レベッカ、おれはおとなしくしていたほうがいいんだろう?」

レベッカは、一瞬床に視線を落としてから、メイスの顔を見ていった。「マクラナハン少将の大切なプロジェクトのいくつかに資金をまわすために、ちょっとばかり粉飾決算をやったといっておきましょうか」

「つまり、口裏を合わせろというんだな――その〝粉飾決算〟を知っていて承認したというように」

「そんなところね」

メイスは肩をすくめた。「おれはチーム・プレイヤーだよ。心配はいらない」笑みを向けて、得たりというようにうなずいた。「きみとまたコクピットにいっしょに乗ることができてよかった、レベッカ。ほんとうだよ。懐かしいな」

レベッカは、メイスの手を握り締めた。「わたしもよ、相棒」笑みを返した。「ほんとうよ」

翌早朝

バトルマウンテン空軍予備役基地

もうすぐ午前六時三〇分になろうかというころに、ひとりの空軍大佐が、飛行隊のラウンジにいたメイスに目的ありげなきびきびした足取りで近づいた。勤務中ほとんど、メイスはこのラウンジを執務室代わりに使っている。大佐はメイスの前で気をつけに近いようなしゃちほこばった姿勢をとった。「メイス大佐ですね？」右手を差し出した。

メイスは立ちあがってその手を握り、相手があまり堅苦しいので笑いそうになるのをこらえた。「バトルマウンテンにようこそ。ジョン・ロング大佐です」

「はじめまして」メイスはまわりを眺めた。「少将がまた来たのかな？」

「マクラナハン少将ですか？　いいえ」

半分はジョーク、半分は皮肉のつもりでいったのだが、ロングは真面目に受け止めた。

「それじゃ、敬語はやめようよ。いいだろう、ジョン?」ロングはその名にそぐわない痩せた筋肉質の小男で、したたかそうな顔つき、濃い茶色の髪、きらきら光る小さな目、尖った鼻の持ち主だった。バンタム級のボクサーの雰囲気がある——物腰に隙がなく、片時もじっとしていない。両眼、両手、両足、口がたえず速射のような動きを示している。「おたがいにおなじ大佐だぞ」

「でも、そちらが先任ですから」ロングが、不思議そうな表情で弁解した。それから、共謀者めかしたウィンクをして、つけくわえた。「それじゃ、ボスたちがいないときには堅苦しいのは抜きにするということでどうでしょう」そこで緊張を解き、士官学校めいた態度をあらためた。


この油断ならない男の意図をメイスは察して、いささか驚いた——ロングは、こっちが先任、つまり時期的には先に昇級していても、自分のほうがボスだという事実を押し付けようとしている。メイスはおもしろがるような笑みを消さなかったが、心のなかでこうつぶやいていた。おまえはいけすかない野郎だよ。知り合って六〇秒にしかならないが、自分がどれだけ嫌な人間かということを、おまえは実証したことになる。

「知ってのとおり」さっきまでの愛想のよさをかなぐり捨てて、ロングが語を継いだ。「EB-1Cヴァンパイアの初級プログラムというものはないから、おれが機長と任務指揮官向けの訓練プログラムを作成した——もう航法士という言葉は使わない。これはかなり厳しいプログラムだ。通常、かなりの資格を有する士官でも、訓練課程を終えるのに四カ月かかる。技術指令書を読み終えているといいんだがね、大佐」ふたりは腰をおろした。「学習曲線は急カーブを描いている」

「呑み込みはいいほうだ」

「だといいんだが。マクラナハンはここではびしびし鞭をふるっている」

「感じのいい男みたいだったが」

「知らない人間には当たりがいい」ロングはいった。「おれみたいにいったん知り合いになったら、とんでもない〝女王様〟だとわかる。やっこさんが航法士だというのが、せめてもの慰めだ。機長だったら、憎たらしい暴君になっていただろう」

自分のことは棚にあげてよくいう、とメイスは思ったが、口には出さなかった。

「それじゃ、あんたのことを聞かせてくれよ」と、ロングがいった。さりげない質問のしかただった。いったとたんに書類をいじりはじめ、真剣に聞いていないようなふりをした。

「話すことなんかない、ジョン」メイスは答えた。「ここに来られてよかったと思っているだけだ」

「前の職務は？」

「国防長官室」メイスは答えた。

ロングは感心したようにうなずいた。「すごいじゃないか。部門は？　計画課？　作戦課？」

「儀典課だ。スライドをめくったり、コーヒーをいれたり、屑籠の紙くずを捨てたりしていた」

ロングが、愉快そうに薄笑いを浮かべていった。「まあ、そういう仕事はだれかがやらないといけない。その前は？」

「ビール空軍基地で、RQ-4Aグローバル・ホーク無人偵察機飛行隊を立ちあげた。ライト-パターソン基地の空軍研究所で無人機プロジェクトにくわわっていたんだ。その前はトルコのインジルリクで第三九航空団の副司令をつとめていた。その前は空軍軍学カレッジだ」

「実戦経験はあまりないんだな」ロングが、偉ぶって評した。

高度の教育課程を受けていなかったら、その場合もロングはけちをつけたにちがいない。ロングのほうはいったいどんな経歴なのだろう、とメイスは思った。

「グローバル・ホークか。無人機やロボット兵器の話ばかり聞いていると、怖くなるよ」ロングは意見を開陳した。「ここのお偉方の話を聞いていると、数年以内に軍全体が無人化されるんじゃないかと思えてくる」

あんたの考えているよりも早いかもしれない、とメイスは心のなかで応じた。

「第三九は、トルコや中東に展開している部隊の支援部隊だったね？」

「ああ」

「実戦部隊の経験はまるきりないのか」

「プラッツバーグの第三九四航空団の整備群司令をつとめた——基地が閉鎖されるまでの話だが。それきりだ」

「予備役部隊の整備群司令ねえ」ロングが大声でいった。「飛行機はなにか飛ばしていたのか？」

「RF－111とKC－135Rを操縦した——」

「そうせざるをえなかったんだろうな。あんたらの部隊はトルコに展開して全滅の憂き目を見た。その部隊の顚末《てんまつ》はファーネス准将から聞いている。めちゃくちゃだったらしいな。核戦争にならなかったのは幸運だった」

それは事実とは異なっていたが、メイスは黙っていた。

「最後の飛行任務は？」

「第七一五爆撃飛行隊」

「ホワイトマンのB－2ステルス爆撃機の飛行隊か？」

「ちがう。FB－111Aだ。ニューハンプシャー州ピーズ空軍基地の」

「アードヴァークか。ＦＢ－１１１Ａが退役したのは、たしか……一九九二年だな」ロングは目を丸くした。「それが最後の実戦部隊勤務？　一一年前じゃないか」

メイスは肩をすくめた。

「最後に操縦したのはいつ？」

「ずっと現役だ」

「なにを――パイパー・カブか？」

「アンドルーズやマクスウェルにある機体はすべて操縦してきた――Ｃ－37、Ｔ－37、Ｔ－38、Ｆ－15Ｂも何度か操縦した」

「つまり、あんたは一一年ものあいだ実戦で航空機を飛ばしたことがなく、実戦部隊の指揮経験もない。爆撃飛行隊の司令としては、理想的な候補とはいえないな。それに、この基地で最年長なんじゃないか」

嫌な野郎。「となると、そっちが司令にならなかったのはなんとも不思議だね、ジョン」

メイスを見る目つきが険しくなったが、ロングはその言葉を受け流した。「おれは第一一一爆撃航空団の飛行隊副長兼作戦士官をつとめた」ロングはいった。「Ｂ－１での飛行時間も多い。航空団の指揮官としては、ずっと役に立つ」

「第一一一か。前回のプレＤ（配備前資格審査）は気の毒だったな。そうか、あんたは平時に任務遂行能力なしと判断された唯一の州兵航空隊にいて、ようやく立ち直ったところなんだな」

ロングが、怒りのあまり鼻の穴をふくらました。「どこでそんなでたらめを聞いた？」「否定するのか、ジョン？　そういう事実はなかったというのか？」賢明にもロングは沈黙を守った。「こっちは国防総省にいたんでね。各部隊の任務遂行能力について毎週、国防長官向けのブリーフィングの準備をしていた。リーノでのことは一部始終知ってる」

「プレD中にうちの航空団に起きたことは、おれの部下とは無関係だ。マクラナハン少将に責任がある」と、ロングは反論した。「最初からああなる定めだった——のっけから、しくじるように仕組まれていたんだ。そこでマクラナハンがわれわれを救い、英雄になるという寸法だ。そしてそのままわれわれをトウノパまでひっぱっていって、自分の常軌を逸した発想のために利用しようとした。あいつが現われるまで、おれたちはきちんとやっていたんだ」

「だろうな。国防長官室であんたらについて聞いたことは、いっさい信じないほうが賢明だったというわけだ」意地の悪い笑みを浮かべて、メイスはいった。「危険なアクロバット飛行、度重なる事故、規則違反——あんたたちは絶えず最高の状態だったんだな。それを聞いて安心したよ」

ロングは蒼ざめた。国防長官室で自分の名前が口の端にのぼっていたというのは、いい気分のものではない。

「連中があんたを左遷したのは正解だったな、ジョン」

それを聞いてロングは口もとをひきつらせたが、反論はしなかった。「ここの航空団は完全に任務が遂行できる状態だ、大佐――おれがそうする。それに関してあんたがどう貢献できるのか、理解に苦しんでいるところだが、なにせ飛行隊長を選ぶ際に相談を受けていない」

「ほかにも航空団レベルの決定を任されているんだろうな」

ロングは、言葉のスパーリングをやめることを即座に決断した。これまでひとつもポイントを稼げていない。「わかった。それじゃ、引き継ぎをはじめるとしよう。EB－1Cヴァンパイア爆撃機に大陸間攻撃、弾道ミサイル防御、対衛星作戦、長距離偵察任務用装備を搭載して配備するのが、第五一爆撃飛行隊の任務だ」ロングは説明をはじめた。「あんたの飛行隊の場合、〃穴倉《ピット》〃にEB－1Cヴァンパイア爆撃機一二機を格納している」地下格納庫は〃塒《ねぐら》〃と呼ばれることが多い。そのほうがずっと格好いいとメイスは思っている――ロングはわざと見下げた言葉づかいをしたのだろう。

「通常、われわれは九機ないし一〇機を出撃可能な状態にし、一機を訓練に使用するが、率直にいって、それを維持するには整備の連中の尻を蹴飛ばさないといけないことが多い」

「おれは整備群司令の経験がある」メイスは念を押した。「尻を蹴飛ばしてもだれも応じてくれやしない。ことに整備担当の技術兵はな」

「部下のやる気を高める方法はそっちに任せるさ、大佐」ロングがいった。「なんでもいいから仕事をちゃんとやらせろ」

「合点承知でございます」メイスは茶化した。「訓練用の一機を出撃可能にしちゃいけない理由はどこにもない。使えるようにする方法を考えよう」

「ひとつには回転式発射架《ロータリー・ランチャー》のことがある」ロングがいった。「ロータリー・ランチャーは整備に手間がかかるから、訓練用の機体には載せないんだ」

「訓練用だろうがなんだろうが、爆装を積もうが積むまいが、ロータリー・ランチャーは全機に載せる」メイスはいった。「ロータリー・ランチャーは使っていないとだめなんだ。取り付けられているベアリングは、摂氏一〇度、9Gで、一〇トン弱の爆装を毎分一〇回転させるようにできている。頻繁に使ってやらないと、動きが悪くなる」

「ロータリー・ランチャーが壊れるようなことがあれば、飛行隊にとってはたいへんな不利益だ」ロングが、いらだちをつのらせながらいった。「ロータリー・ランチャーが使えないために出撃を取りやめたら、任務即応性がないと判断される危険性がある。ぜったいに必要な場合を除けば使わないようにしたい」

「そういうふうにするから壊れるんだ、ジョン」メイスはくりかえし説いた。ファーストネームで呼ばれるとロングがむっとすることにメイスは気づいていたが、知ったことかと思った――同階級の士官はおたがいに敬語を使わないという不文律がある。たとえ片方が上司でもおなじだ。「ロータリー・ランチャーがちゃんと機能するようにしたいのなら、機に搭載し、電源や油圧やエアをつないで、空にあがり、使わないといけない。全任務で。一度も抜かさず。いまからそうする」

「おい、大佐。あんたがここに慣れるまでは、おれのやりかたでやったほうがいいんじゃないか？」ロングが棘々しくいった。

「意見は拝聴した、ジョン」と、メイスは答えた。

ロングがメイスに警告のまなざしを向け、緊張を和らげようと語を継いだ。「地下二五メートルで働く連中にやる気を起こさせようたって無理だというのが、おれの意見だ。マクラナハンがどうして地下に航空機シェルターを建設させたのか、まったく理解できない。施設にかける金で、あと五機は用意できただろう」

「この施設について、おれはちょっとばかり研究した、ジョン」メイスはいった。「マクラナハンが建設したわけではない」

「そうかね？　もちろんやつが建設したんだよ。三年前から建設されていて――」

「長い滑走路とハイテク装備はたしかにそうだ。しかし、地下施設は五〇年前に完成していたんだ。当初は、〝地球最期の日〟のための地下シェルターとして造られた。一般市民二〇〇〇人とF‐101戦闘爆撃機一個飛行隊を収容できるように。それ以来、さまざまに使われている。秘密兵器研究センター、核兵器貯蔵施設、非常用予備燃料保管施設。マクラナハンが予算をかき集めて航空基地に改造する前には、このバトルマウンテンは連邦危機管理庁の西部地域国家文官指揮所で――」

「なんだって関係ない」ロングがさえぎった。「飛行場としてはろくでもないっていいたいだけだ。先へ進むぞ。われわれはEB‐1Cでは何度となく成果を挙げているし、そういう状態を今後も維持していきたい。残念なことに、マクラナハン少将のこのあいだの不運は、われわれの任務即応性の記録にはいい影響をあたえなかった」

「ディエゴ・ガルシアに不時着したことか？」メイスはきいた。「たしかニュースになっていたな」

「任務は大失敗、われわれは窮地に追い込まれた。無人機二機を失い、EB‐1C一機も失いかけたのに、全貌はまだ知らされていない」ロングが腹立たしげにいった。「しかし、マクラナハン少将はこっぴどく叱責されるどころか、例によって勝利を収めた英雄みたいな扱いを受けた。アジアでもっとも重要なアメリカ軍基地をすんでのところで使用不能にするところだったし、ペンタゴンの直接命令に違反したにもかかわらず」

「マクラナハン少将は、機と搭乗員を救った」メイスは反論した。「部下と乗機を救うためにあらゆる手を尽くすのは、搭乗員にあたえられている権利だ。ディエゴ・ガルシアの駐機場の一部に混乱を起こす程度なら、どうということはない」

「機を救ったのはレベッカ・ハーネス准将だ。マクラナハンのことだから、任務を続行するよう強要したにちがいない」

「運用試験とはいえ、実戦任務であることにかわりはない——部隊に任務即応性がじゅうぶんにあるのを示しただけのことだ」と、メイスは指摘した。「搭乗員には乗機をできるだけ無傷で帰投させる責任がある」

「ペンタゴンもそう判断したようだ」ロングはぶつぶついった。メイスに一枚の書類を渡した。

「これはなんだ?」メイスはきいた。

「見たままのものだよ、大佐。機能不全対策の筆記試験だ。フライト前に毎回やることになっている。資料使用不可、だれにも相談してはいけない。一〇〇点満点でないと飛べない。搭乗前に提出すること」

「最初に試験があるとは聞いていない」メイスは小声でいった。試験を見た——これまでやらなければならなかったどの筆記試験とくらべても、倍の分量だ。「こういう勉強をしておくような時間はなかった、ジョン」

ロングが嫌悪もあらわに新任の飛行隊長であるメイスの顔を見た。「それなら、すぐに搭乗すべきではないかもしれないな、メイス。しばらく勉強してもらったほうがいいかもしれない」

メイスは答えなかった。あらたに搭乗するB‐1の技術指令書を復習する必要があることはわかっていたが、とにかく早く空にあがりたかった。飛行隊の面々が自分抜きで跳びまわるあいだ、三カ月も勉強に没頭しているのはごめんだった。

ロングが首をふり、やがて肩をすくめた。「しかし、ボスはあんたにできるだけ早く飛んでもらいたいと思っているから、どのみち飛ぶことになるだろうよ。教官パイロットと話をして、搭乗前に試験を終えてくれ」

「わかった」

「あんたや飛行隊の新人向けに、資格取得課程を用意しておいた。きょうから飛行実習をはじめてほしい」

「それはありがたいが、ジョン、おれに操縦させるのは隊のすべての人間の時間を浪費することになる」メイスはいった。「おれがここに配置されたのは、操縦する飛行隊長になるためではない。EB‐1Cの飛ばしかたをおぼえるよりも仕組みを知る必要がある。マクラナハン少将は、航空団の機体の特殊な改良を示唆していた。おれはむしろ――」

「大佐、それならなおさら、あんたがここに慣れるまでは、おれのやりかたでやったほうがいいんじゃないか?」ロングが、いらだたしげにいった。「スカイ・マスターズ社やトウノパ試験場の連中との会議を手配してある。現在のプロジェクトの状況と完成期日について説明を受けてもらう。予定どおりプロジェクトが達成されるようにするのが、あんたの仕事だ——あるいは、そうならなかった場合には、おれにきちんと説明する」

「プロジェクトの完成期日については、マクラナハン少将から書類の写しをもらってある。締め切りにはじゅうぶん間に合うと思う。トウノパの技術スタッフをこっちに異動することを検討すべきだ」

「もう気がついたと思うが、この基地には技術スタッフを一〇〇人も受け入れる余地がない」ロングはいった。「スタッフをここに常駐させるよりも、飛行機のほうをトウノパに運ぶほうが簡単だ」

「そんなことはない。インジルリクではいつでも視察の将軍や政府のお偉方をテントやトレイラーに泊めた——トウノパやスカイ・マスターズの技術スタッフにもおなじようにしてもらう。こっちが得意先なんだ——こっちのやりかたに合わせてもらう。おれは任務様態と爆装の仕様を研究し——」

「メイス、幹部搭乗員としての検定を完全に終えるまでは、飛行機を見てもいけない」ロングが語気鋭くいった。「そういうことだ。資格を持たない人間はおれの飛行機には近づけない。EB=1Cを飛ばす部隊はここだけだし、そのための初等訓練所もないから、おれが訓練プログラムを作成し、空軍の承認を得てある。それに厳密に従わなかったら、おれの航空団から追い出す。基本もできていないような人間のために航空団が任務即応性で不適格とされては困る」

「おれ自身、搭乗員、乗機の任務即応性については、今後おれが責任を持つ」メイスはきっぱりといい放った。「よく聞け。口先ばかりじゃない。おれは有能だ」

そこでくだんの書類をロングに渡した。緊急事態の手順を完全に理解しているかどうかを判断するその試験は、すべて記入されていた。話をしているあいだに、ロングも気づかないほど手早く記入していたのだ。ロングが入念に見ていったが、完璧だということが即座にわかった――字句も句読点も、すべて合っている。

メイスはロングの目をまっすぐに見ていった。「おれは実戦部隊指揮官の経験はないかもしれないが、大佐、ひとつ断言しよう。システムのことをおれは熟知している。システムを食らい、システムと寝て、システムの夢を見る。技術指令書をバスルームで読む」

ロングは、メイスの凝視を受けとめた。だが、それも一瞬で、視線をそらし、捨て台詞を吐いた。「こいつは見なかったことにしよう」試験用紙を丸めて紙くず籠《かご》にほうり込んだ。「教官パイロットが来るころだ」時計を見た。「グレイのやつ、遅刻か」声を殺して文句をいった。

「遅くなってすみません」というのが聞こえ、メイスはふりむいた。ひどく年若のパイロットの姿がそこにあった。その男は――ガキだな、とメイスは思ったが、心のなかでいい直した――教壇に書類バッグを置き、すばやく書類を出しはじめた。

「もう一度おれたちを待たせたら、もう一週間駐機場で作業をやらせる、グレイ」ロングが警告した。ここではブリーフィングの一〇分前に来ないと遅刻と見なされるのだろう、とメイスは思った。ロングが、若い士官のほうを手で示した。「大佐、ディーン・グレイ中尉だ。グレイ、こちらはおまえの新しい飛行隊長のメイス大佐だ」

ひょろりとした長身のグレイは、額が秀で、硬そうなブロンドの髪をかなり短く刈っている。驚いたことに、左の耳たぶにはピアスの穴があった。グレイが進み出て、メイスと熱のこもった握手を交わした。「よろしくお願いします、大佐」

「ディーン・グレイ？　たしか綽名は有名なウェスタン小説家にちなんで〝ゼーン〟・グレイだったな――NCAA男子バレーボールで空軍士官学校チームを勝利に導いたのは、きみじゃなかったか？《スポーツ・イラストレイテッド》の表紙にも載った。アンナ・コウルニコワやゲイブリエル・リースとも浮名を流した……」

「そうです」グレイがいった。笑うと五歳は若く見える。

「悪く思わないでもらいたいんだが、ゼーン……いつ航空徽章を得たんだ？」メイスはきいた。「《スポーツ・イラストレイテッド》や《プレイボーイ》のインタビューで、去年は忙しかったんじゃないのか?」

「じつは大佐」グレイが、童顔に笑みを浮かべて答えた。「先月もらったばかりですよ」

「先月だって?」

「すぐにわかるはずだが、マクラナハン少将はできるだけ若い隊員を集めようとしている」うんざり顔で首をふりながら、ロングがうめくようにいった。「思春期を過ぎて一度か二度夢精したという程度の年齢が、飛行隊全体の平均年齢なんだ。ここで立ちあげた飛行隊すべてがそうだ。さて、思い出話に花を咲かせるのは、このつぎにしようじゃないか」

「わかった、ジョン」

「はじめろ、グレイ」ロングが命じた。

「かしこまりました」メイスに向かって、グレイが切り出した。「バトルマウンテンと第五一に歓迎いたします、大佐。わたしが副長をつとめています。ご入用やご希望がありましたら、なんなりとお申し付けくだされば、手配いたします」バインダー用のパンチ穴のあいたカードを一枚、メイスに渡した。「勝手ながら、飛行隊の全員の氏名、階級、教育訓練、経験を記入したリストを――」

「もうこしらえてある」メイスが、〝プラスティックの頭脳〟手帳のページをめくりながらいった。「ファーネス司令から教わった。勤務当番表全体にも目を通してある――

優秀な人間が何人もいるようだな。現在と将来の機体の状況報告と、改良報告ももらっている」

「それは助かります」グレイがいった。「きょうの任務は、任務指揮官向けの標準操縦適性慣熟飛行です。ご存じのように、ヴァンパイアはパイロット訓練を受けた航法士が副操縦士席に乗りますので、その任務指揮官は飛行の全段階に通暁していなければなりません。この任務は通常、傍観していればいいだけなのですが、プログラムを加速するために、大佐に限度ぎりぎりまでやっていただきます。一度実例をお見せし、そのあとすぐにやっていただきます」

「まさかきょうは低空飛行はやらないだろう?」メイスはきいた。

「この五年、いったいどこに行っていたんだ?」ロングがにやにや笑いながらきいた。

「その……もう低空飛行そのものをやらないんですよ」グレイが答えた。

「B‐1で低空飛行をやらない?」メイスは信じられないという声を出した。「いったいどうして?」

「えー、理由はいくつかあります」グレイが答えた。「いちばんの大きな理由は、われわれの使用する離隔《スタンドオフ》兵器は、高高度から投射したほうが射程が延びるということです――ロングホーンの射程は三〇パーセント向上し、ランスロットの場合は射程が五〇パーセントも向上します。つぎに、ステルス性能も高まり、速度も増加します――強力な戦闘機による防御や新鋭SAM（地対空ミサイル）があっても、低空飛行の必要はありません。さらに、小型の攻撃偵察無人機を大幅に使用することにより、侵入に先んじて敵防空網を詳細に解析できます。破壊できない脅威は迂回します。もうひとつ、むろん防御が厚い個所には近づかないほうが安全――」

「おっと待った。諸君、いわせてもらおう。第一の理由には賛成だが、あとの三つには賛成できないな」メイスはいった。「それでなくても、テクノロジーに仕事を肩代わりしてもらう度合いが高すぎる。敵の防御が厳しい空域で高高度を維持するのに、さらにテクノロジーに頼るのはいかがなものかな。あらゆる機会を通じて、低空侵入の練習を重ねるべきだ。検定プログラムを作ろう。適切な装備と訓練によって会得した技能資格がそろってはじめて、厳重な防御の空域に低空侵入する資格を得る。そこまでの資格がないものは、高高度から巡航ミサイルを投射する。だいたい、戦争に行ったり、こういう兵器を配備するのに、〝安全〟などということを考えること自体が滑稽だ――」

「これからあんたが受ける初等飛行訓練プログラムの話からはずれないようにしようじゃないか、大佐」ロングがいった。「最初の二回の飛行では操縦適性を見て、つぎが非常事態の手順、それから空中給油だ」

「きょうは空中給油もやらないのか？」

「英語は母国語じゃなかったのか、大佐」ロングは狼狽していた。「初歩的なことに習熟しないと、上級者の作業はできないんだよ。おれが作成したこの訓練プログラムは、最近B－1に乗ったことのない新搭乗員に最短の時間で最高の技能を習得させることを目的としている。空中給油を終えたら計器盤の操作、有視界飛行方式の操縦、それから攻撃関係だ」立ちあがった。「あんたは何年も現役から遠ざかっていたんだ、大佐。信頼できるとはとてもいえない状態だったときですら……」言葉を切り、グレイの顔を見て、これ以上はいわないでおこうという表情をしてみせた。「おれのやりかたに従え、大佐。わかったか？」

「いいだろう、ジョン」メイスは答えた。ロングは、若手士官の前でファーストネームを使ったメイスに食らい付きたいという顔をしたが、いまのところは我慢することにしたようだった。

気まずい沈黙が長々とつづいたあと、グレイは紙くず籠のなかのしわくちゃの書類をちらりと見た。「筆記試験には合格なさったようですね。すばらしい」一〇〇点満点ではなかったらロングはあの試験をどうしただろうと、メイスはふと思った——搭乗員相手に利用するために、きっといつまでも保管していただろう。「搭乗まで約一時間ありますから、失速、落下、墜落、衝突といった話をする前に、この基地固有の手順を説明します」グレイは、飛行計画書、膝につけるクリップボード、ターゲット指定カード、気象情報をきちんとステープルでまとめたものを差し出した。「飛行計画書を提出し、気象情報を――」

「ちょっと待て、中尉。そういったことは、きみとおれが搭乗員として、ふたりでやらなければならない」メイスがいった。

「それはそうですが、こういうめったにない好天ですし、地形追随飛行をやるわけではないし、MOA（作戦空域）も射爆場もわれわれだけが使いますので、それよりは乗機について話し合ったほうがよいかと思ったんです。いろいろと慣れるために……」

「訓練任務というものは、勝手に動かしてはいけないんだ、中尉」ロングが、かっとして口を挟んだ。「おまえが飛ばすのは二億ドルの超音速爆撃機だ。ロシアのテニス・プレイヤーとデートするのとはちがう」ブリーフィング・カードをぱらぱらとめくった。グレイのいうとおりだった。ロッキー山脈の西側はずっと好天だし、一〇〇〇海里以内の軍の代替飛行場はまったくがら空きで、飛行に制限はまったくない。「だが、手順をおまえがめちゃくちゃにしたから、このまま進めるしかない。早くいけ。ぐずぐずしている時間はないぞ」

「かしこまりました」グレイは、チェックリストをメイスに渡した。「この地区の周波数、搭乗要領、タキシーおよび出発要領、当直士官が役に立たない場合の電話番号――」

「ある」メイスはいった。「それもファーネス准将からもらってある。昨夜読んだが、見落としがあるといけないから、注意していてくれ」

グレイはすっかり感心してうなずいた。ロングですら、それでいいというようにうなずいているのに、メイスは気づいた。メイスはちょっと気分が明るくなった――ところが、ロングがこうつけくわえた。「レベッカとは以前、かなりお熱い仲だったそうだな、大佐」

下級士官の前でそういう話を持ち出すとは卑怯なやつだ、とメイスは思った。「レベッカのことを教えてやろう、ジョン」秘密めかした笑みを浮かべて、メイスはいった。ロングに耳を貸せという仕種をした。ロングが顔を寄せると、メイスは口を近づけて、グレイに聞こえるような声でいった。「貴様の知ったことじゃない、大佐」

メイスに頭突きを食らわされたとでもいうように、ロングがさっと首を引っ込めた。目が鋭くなり、口をあけてメイスに罵声を浴びせるかと思われたが、そこで口を閉じた。また考え直したように口をあけたが、まごついた顔で目をしばたたいた。メイスは、ロングに立ち直る隙をあたえなかった。「ブリーフィングをつづけろ、ゼーン」ロングを睨みつけたまま、メイスはうながした。

「かしこまりました」愉快ななりゆきに頬がゆるみそうになるのをこらえながら、グレイがいった。ロング大佐をそろそろだれかがとっちめてもいい潮時だった。「〝プラスティックの頭脳〟をあけて、空中作業チェックリストを見てください。そこからはじめましょう」

グレイがブリーフィングをつづけるうちに、ロングがわざとらしく時計を見て、そっと立ちあがり、ラウンジを出ていった。

「さっきはすまなかったな、ゼーン」ロングがいなくなると、メイスはいった。「あいつがみずから招いたことだ」

「なんのことですかね」グレイはとぼけてにやにや笑った。

「けさはだれがやつのコーンフレークに小便を入れた？」

「こんなことはいいたくないんですが、あれでいつもとまったくおなじなんですよ」

「まいったな」

「でしょう」

「それはそうと、ＮＣＡＡの決勝でプレイするのはどんな気分だった、グレイ？」メイスは興奮気味にたずねた。「いや、見ているだけでも最高だった。観客席の高さの半分はあろうかというものすごい高さからサーブを叩き込み、ものすごく高いボールをスパイクしたのにはたまげた。バレーボールをテレビで見るのは、あれがはじめてだった」

「夢が現実になったという感じでしたよ」グレイが答えた。「飾ってあるトロフィーや写真を見ても、われわれが勝った実感が湧かないくらいで」

「世界中の男がききたいと思っていることを質問させてくれよ。アンナか、ゲイブリエルか？　それともふたりともか？」

「それはきわめて高度な機密区分に属しますよ」とグレイはいった。だが、いたずらっぽい笑みを見て、メイスは答を察した。

「それから、ここでの勤務はどうかな？」

グレイがいっそう笑み崩れた。「これも夢の実現ですね」と、心の底からいった。「いろいろな面で、妥協がないんですよ。パイロット訓練とはちがって楽じゃないです。でも、ここでやってるのは、これまでに見たものよりも二世代も三世代も進んでいます。未来へと突き進む波に乗ってるって、ほんとうに思えるんです」

「それはうれしい話だ。お偉方はどう？」

「まあまあですよ。ロング大佐も悪いひとじゃないんです――自分の身がかわいいからかばってるんじゃないですよ」グレイは、いらたずらっぽい笑みを浮かべていった。

「〝蒔〟や指揮所で働いてると、自分たちがすごいことをやってるっていうのを意識せずにはいられない。そういう気持ちはマクラナハン少将から全員にひろがっていると思います。ここみたいなところはほかにはないというのを、みんな知ってる。そうはいっても、あまりにも……その、かけ離れていて、この世のものとも思えない――だから、ここではみんなつい威張ってしまうんです。ハイテクすぎ、未来的すぎるから、いつなんどきお蔵入りになってもおかしくない。だから、しくじるまいとみんな一所懸命なんですよ」

「わかったような気がする」メイスはいった。「そうなると、おれがここにいるのは不思議だ——まあ、居場所があってよかったと思うことにしよう」

ふたりはしばらく雑談をした。こんどはグレイが質問する番だった。飛行隊の仲間に新しいボスに関する〝情報〟を伝えるためにちがいないと、メイスは見抜いていた。

ようやくグレイがいった。「そろそろ搭乗の時刻です。行きましょう」

「ちょっと待て、ゼーン」メイスはいった。「ほんとうにこの操縦慣熟プログラムをおれにやらせるつもりか？」

「そう受けとめていますが、大佐」

「お偉方がいないときはダレンでいい。それとも〝隊長〟か〝親分〟か——とにかく堅苦しく階級で呼ぶのはやめろ。ものすごい年寄りになったみたいな気がする」

「ロング大佐が慣熟プログラムを策定したんですよ、隊長。なにかお考えがありますか？」

「まあ聞いてくれ」メイスはいった。「おれのおやじは沿岸警備隊の監視艦の艦長だった。ベア級の大型艦だ。おもちゃをぜんぶ使ってみるのがボスの仕事でいちばん重要だと、そのおやじがいっていたよ」

「はあ？」

「大砲があれば撃ってみろ、ヘリコプターがあれば乗ってみろ、艀《はしけ》があれば海に浮かべて乗りまわせ、ということだ。ここにはB‐1爆撃機がしこたまある——おれはそれをぜんぶ飛ばしたい。爆装もあるはずだな——それも投射したい。ただ風を切って飛ぶだけでは意味がないんだ——地べたにでかいのを落として、ドカンと破裂して被害をあたえるところが見たい。よし、本気で飛ばすぞ」

「ロング大佐の慣熟プログラムはどうします？」

「知ったことか。マクラナハン少将に、この部隊を起動するのがおまえの仕事だといわれた。それをやるまでだ——おれの流儀で。乗るか？」

「もちろんです、大佐」

「すばらしい」右耳のイヤホンに触れて告げた。「当直士官、低空飛行ルート、空中給油合流点、実弾による地上攻撃射爆場を手配しろ。訓練用爆装搭載準備」

「了解しました、メイス大佐」コンピュータ合成の声が答えた。「準備いたします」

「その……お忘れでしょうか？　もう低空飛行はやらないんです」

「くそ、ここでは口をひらくたびに自分の齢を意識させられる」メイスはいった。「まあ見ていてくれ。ことによると、きみらみたいな若者が知らない裏技だって教えられるかもしれないんだ」

「了解しました」グレイがいそいそと答えた。

「メイス大佐、こちら当直士官です」イヤホンから聞こえた。

「当直士官、どうぞ」メイスは応答した。コンピュータ化された当直士官システムの使いかたがもう板についていた。この仕組みの利点と使い勝手がいいことがわかると、機械を人間に見立てて話をする気味の悪さも薄れた。

「メイス大佐、実弾による地上攻撃射爆場は、きょうの夕方、トウノパ射爆場でしたら空きがあると知らされました。ボブキャット給油機も午後に手配できます。指示をお願いします」

「当直士官、ボブキャット給油機をおれの予定に組み込んでくれ」メイスはいった。グレイに向かって、「午後にトウノパに行くぞ」と告げた。

「当直士官に、地対地ミサイル発射を手配できないかどうか、きいていただけますか?」グレイが応じた。

「当直士官、トウノパ射爆場統裁官に、標的用地対地ミサイル発射を、われわれの使用時間内に手配できないかどうかきいてくれ」メイスはたずねた。

「お待ちください、メイス大佐……メイス大佐、トウノパ射爆場での標的用地対地ミサイル発射は手配できません。用意できるのは地上標的のみです」

「ミサイルはなし——地上標的だけだ」メイスはグレイにいった。

「だいじょうぶです。こちらが空中標的を積んでいきましょう——訓練スケジュールをわれわれが変更したために、ロング大佐が発作を起こさないといいんですが」グレイは興奮した声でいった。南カリフォルニアの〝サーファー・ボーイ〟のなまりをぽちぽち身につけている。興奮がすぐ顔に出るからポーカーにはとうてい勝てないだろう、とメイスは思った。「ウルヴァリン・ミサイル二基を搭載して、高速長射程標的に使いましょう。低速の空対空標的には、フライトホークを使えばいいでしょう」

「結構」メイスはいった。「では、前部爆弾倉にウルヴァリンを二基積もう」

「四基にしましょう」

「わかった。四基だな。フライトホーク一機を後部爆弾倉に、ロータリー・ランチャーにはスコーピオン二基、アナコンダ二基、それと……第三のターゲットにはなにを？」

「ランスロットです」グレイはいった。「ランスロット二基。大佐はランスロット発射の資格はありますよね？」

「確認してみよう」メイスはふたたびイヤホンに触れた。「当直士官、わたしにランスロット・ミサイルの発射資格はあるか？」

「お待ちください、メイス大佐……確認しました。大佐は飛行隊の消耗品すべてを使用する資格を承認されています」

「いいぞ」メイスはつぶやいた。「早く発射したいものだ。最近、精密誘導スタンドオフ・ミサイルにはなにを使っているんだ、ゼーン？」

「AGM-165Bロングホーンをオペレーターが照準を行なう短射程精密誘導任務に使っています」と、グレイが答えた。

「すばらしい。当直士官、遠隔機器を搭載したフライトホーク無人標的機一機、弾頭を搭載しないウルヴァリン標的巡航ミサイル二基、遠隔機器搭載のスコーピオン・ミサイル二基、遠隔機器搭載のアナコンダ・ミサイル二基、ターゲット標示弾頭付きロングホーン・ミサイル二基、遠隔機器搭載のランスロット・ミサイル二基を、ただちにわたしの出撃用に用意してくれ」と、イヤホンに向けていった。「トウノパ射爆場に地上標的二個を――」

「一個は固定、一個は移動」グレイが口を挟んだ、すっかりその気になっている。

「固定標的一個、移動標的一個だ」

「了解しました、メイス大佐。お待ちください。許可を申請いたします」すぐに応答があった。「メイス大佐、出撃に訓練用爆装を要求なさったのを、ロング大佐が却下しました」

「当直士官、要求をファーネス准将に伝えてくれ」と、メイスは答えた。

「はい、メイス大佐。お待ちください」

「たいへんだ」グレイがつぶやいた。「大騒ぎになりますよ、大佐」

そのとおりだった。ほどなくロングが怒りに燃える目で、ラウンジに飛び込んできた。

「この野郎！」ロングがどなった。「爆装を搭載するだの、射爆場を予約するだの、どういう了見だ？　あんたのきょうの仕事は初等操縦慣熟――」

「そんなことに時間を無駄にしていられないんだ、ジョン」

「おれがやれといったらやるんだよ！」ロングはわめいた。「あんたの訓練は事細かに組んであるんだ。そのとおりにやってもらう！　わかったか」

「ジョン、おれは爆撃手だ」メイスはいった。「射爆場で訓練する必要がある。飛行機を飛ばし、標的を吹っ飛ばさなければならない」

「そんなことはシミュレーターで練習しろ」ロングがいった。「この訓練要求を取り下げ――」

「ファーネス司令に要求をまわした」

「な……なんだと？」意表を衝かれて、ロングはあえいだ。「おれの頭ごしに？　よくもそんなことをしやがったな。やりすぎだぞ、大佐！」

「ジョン、さっきもいったはずだ。おれはあんたのヴァンパイアが潤滑に働けるようにする。あんたが組んだ予定表よりもずっと早く稼動するようにする」メイスは、一歩も譲るまいと、立ちあがって運用群司令ロング大佐と正面から向き合った。「だが、失速だの進入だのを学んでぐずぐずしてはいられないんだ。おれは航法士、爆撃手、システム士官であって――」

「おれのやりかたでやるか、それともやらないか、ふたつにひとつだ!」ロングが大声をあげた。

「この飛行隊を実戦配備するために、できるだけ早く現状を掌握しなければならない」メイスはいった。「これは憶測だが、他の飛行隊長はそれぞれ兵装システムに関してかなり経験が豊富なんだろうな」

「他の飛行隊長はそれぞれ上手に出世してきただけのことだ」

メイスはそのあてつけを受け流した。「もうひとつ憶測すると、マクラナハン少将とファーネス准将を除けば、この基地ではあんたがEB－1Cに関する経験はもっとも豊富なんだろうな」

それほどでもないと知っていたが、ロングはその憶測も否定しなかった。

「つまり、おれはヴァンパイアについて学ぶために、あらゆる手立てを利用しなければならない。それには操縦訓練みたいな悠長なことはやっていられない。おれに仕事をやらせろよ、ジョン。約束する。この部隊があらゆる面で完全に有能になるようにする。だが、それにはおれの流儀でやらなければならない」

「メイス大佐、こちら当直士官です」コンピュータ合成の女性の声がイヤホンから聞こえた。「大佐の出撃の空中給油、低空訓練、実弾演習要求をファーネス司令が承認しました。これから飛行隊資材主任と調整を行ないます……メイス大佐、要求はただちに処理すると飛行隊資材主任より連絡がはいりました」

「当直士官、爆装搭載完了予定時刻をウェザーズ大尉に確認し、出撃可能時刻をわたしとグレイ中尉に報せてくれ」ウェザーズ大尉が飛行隊資材主任だ。

「はい、メイス大佐」数秒後に答が出た。「メイス大佐、爆装搭載完了予定時刻を確認し、出撃時刻を算出しました。新しい搭乗時刻は一八〇〇Z《ズールー》（グリニッジ標準時）です」

かなり優秀だと、メイスは思った。空対空ミサイル、空対地ミサイル、無人機といった混合爆装を、急なことなのに六時間以内にB-1に搭載するというのは、どんな部隊でもたいへんなことだが、ここはまったくの新設の飛行隊だから、なおさらすごい。

「当直士官、飛行前点検に立ち合って爆装の説明を行なうよう、ウェザーズ大尉に指示してくれ」

「はい、メイス大佐。新しい飛行計画の資料は、パスワードをお使いになればどの端末からも引き出せます。お報せします。新しい出撃時刻は、承認されている平時搭乗員勤務時間規定に触れる可能性があります」

「当直士官、搭乗員勤務時間規定の一時放棄を要求する」

「はい、メイス大佐」すぐにロングのイヤホンからその要求が聞こえた。

「承認してくれるだろう、ジョン？」メイスはきいた。「それとも、またファーネス司令に伝えようか？」

「なんでも好き放題にできるとでも思っているのか」ロングが唸り、怒りに声をふるわした。「あんたが砂場でうんちを漏らしてからずっと罪滅ぼしの場から抜け出せなかった理由がよくわかった」憤然とラウンジを出ていった。

まもなく当直士官が報告した。「メイス大佐、搭乗員勤務時間を一六〇〇時まで延長するのをロング大佐が承認しました」

相手は機械なのだが、メイスは礼儀正しく「ありがとう」といった。

詳しい話を聞けるものと期待して、グレイはしばらくメイスの顔を見ていたが、メイスがなにもいわなかったので、ついに好奇心に負けてたずねた。「大佐は砂漠の嵐作戦に参加なさったんですよね」

「ああ」湾岸戦争がはじまったころ、グレイはまだ一二、三だったと気づいて、メイスはいささかショックをおぼえた。

「なにを飛ばしていたんですか？」

「アードヴァークだ。SAC（戦略航空軍団）型の」

「FB‐111Aですか？　砂漠の嵐でSACの111が使われたとは知りませんでした」

「使ったんだ――この件については、もうぜったいに質問しないほうがいい」メイスは真顔でいった。グレイが心配そうな顔をしているのに気づいた。「いまだに機密扱いなんだよ。それに、悪夢の原因になるぞ。さあ、任務の計画を立てよう」

「はい、大佐！」グレイがうれしそうにいった。「当直士官と計画用コンピュータの利用法を説明します。あっというまに出撃準備ができますよ」言葉を切り、メイスの顔をしげしげと見てたずねた。「われわれが使えるようなコールサインがありますか？」

「おれは昔の人間だからね、ゼーン――なにしろSACがあったころからいるんだ。SACではコールサインを使わなかったんだよ。飛行隊に名付けてもらうしかない」

「自分で決めればいいんですよ、隊長」グレイがいたずらっぽい笑みを浮かべていった。「なにも〝父ちゃん《パピー》〟や〝じいさん《グランダッド》〟にこだわらなくてもいいですし」

「それはありがたいな。行くぞ」

コンピュータ当直士官の力を借りても、出撃に必要な計画を六時間以内にふたりでまとめるのは容易ではない。しかし、時間がたつうちに搭乗員がどんどん飛行隊本部に出勤してきて、手助けが得られるようになった。七二人しかいない小規模な飛行隊で、やはり年代が若く、中尉が大半を占め、大尉はひとりかふたりしかいなかった。だが、だれもが新しいボスにいいところを見せ、自分たちの力を示そうと熱意を示した。三時間とたたないうちにメイスは、最初の数時間いっしょに飛ぶもう一機のヴァンパイアの搭乗員とロングとグレイを前に、六時間の長時間出撃のブリーフィングを行なった。それから、エレベーターに乗って、〝塒〟の飛行隊格納庫へ行き、飛行前点検をはじめた。

これまた信じられないくらい若い州兵航空隊軍曹の機付長とのブリーフィングを終えた一行は、外部点検と飛行前爆装点検を行なった。飛行隊資材主任ウィリー・〝ウォンカ〟・ウェザーズ大尉が出迎えた。「はじめまして、ウォンカ」メイスは手を握りながらいった。「おれのためにしゃかりきに作業を進めてくれてありがとう」

「こっちこそ楽しい限りですよ」満面に笑みを浮かべて、ウェザーズが答えた。「率直にいって、〝塒〟で緊急の作業を行なうのははじめてなんです。施設隊の手伝いや資材試験ばかりやっていたんで、戦争の準備をしなければならない戦闘部隊だというのを忘れかけていました。爆装搭載装置を使う機会をあたえてくださって感謝しています。いつでも予告なしで作業を命じてくださってかまいません」

「そういってもらえるとうれしいね」メイスはいった。「おれは予告なしの演習をよくやるんだ」

「最高ですね」ウェザーズがいった。前部爆弾倉を指差した。「こっちのやつについて、ちょっと説明させてください。この爆装をご覧になるのははじめてでしょう?」

「ランスロット以外は、資料では読んでいるし、計画も立てたことがある」メイスは答えた。「朝鮮半島の紛争のころにランスロットのことは読んだが、詳しくは知らない」

「そうですか、説明は簡単にしましょう。ブリーフィングはしこたま用意してあったんですが、こいつに慣れるには触って使ったほうがてっとり早い。さいわいファーネス司令もマクラナハン少将も、飛行機でただ風を切って飛ぶだけではだめで、ターゲットに風穴をあけないといけないという考えです」

ウェザーズは、前部爆弾倉から説明をはじめた。「AGM‐177ウルヴァリン空対地巡航ミサイルです。今回は回収、遠隔機器搭載の仕様です。一基の重量が一・四トン、ターボジェット・エンジン、巡航速度約四〇〇ノット、一〇〇海里を低空巡航後の滞空時間は三〇分です。ミッション適応外板制御、高度な運動性能。赤外線画像、ミリ波レーダー、衛星データリンク。爆弾倉三カ所の積載量は合わせて一一三キログラム。それにくわえ、防御用使い捨て装備も搭載できます。さらに、終末誘導弾頭か爆装・センサー・カメラ・無線中継装置といったものをさまざまに組み合わせて搭載できる密閉貨物室もあります。低空攻撃機、運動性能の高い高空戦闘機、弾道ミサイルのいずれかに設定できます。火器管制コンピュータを訓練用に設定して、的をはずすようにしてくださいよ――こいつは積載物抜きでも一基六〇〇万ドルするんですから」

「了解した」

「今回の出撃では、ウルヴァリンを前部爆弾倉に搭載しました、ふつうはロータリー・ランチャーに積むんですが、訓練でロータリー・ランチャーを使用するのは許されていません」

「ロータリー・ランチャーは、一〇トン弱の爆装を搭載し、摂氏一〇度、9Gで、毎分一〇回転させるようにできている」メイスはいった。ウェザーズがにっこり笑い、新しいボスが兵装類に関する知識が豊富であることに感心して、しきりとうなずいた。「ほうっておいたらだめだ。使わないと故障する。今後は、訓練用の模擬弾を積んで、すべての出撃の際に搭載する。どうしてもやむをえないときだけ、空のまま搭載しろ。射爆場が使えないようなら、基地内にこしらえよう」

「すばらしい。ロータリー・ランチャーは、ベアリングとシールがゆるまないようにするために、定期的に油圧と空調をつながないといけないんです。それはそうと、通常爆弾架に四基、ロータリー・ランチャーに六基積めます」

一行は中央爆弾倉へ行った。「ロングホーン、アナコンダ、スコーピオン、ランスロットを積んだロータリー・ランチャーです——空中戦闘爆装として、これ以上の組み合わせはありません」ウェザーズが、自慢する口調でいった。「AIM－120スコーピオン中射程空対空ミサイルは、トリプル・モード・アクティヴ・レーダー、パッシヴ・レーダー、赤外線追尾方式、二二・五キログラム触発破片弾頭、最大射程は三五海里です。AGM－165ロングホーン空対地ミサイルは、マーヴェリックの射程延伸型で、九〇キロ・テルミット硝酸塩弾頭、射程六〇海里、ミリ波レーダー自動誘導もしくは赤外線画像誘導——われわれのロングホーンは、レーザー・レーダー火器管制システムを撃ち放し可能に改善してあります。ターゲットの座標をミサイルにインプットして発射し、接近したところで微調整します。

ＡＩＭ－152アナコンダ長射程極超音速空対空ミサイル。ラムジェット・エンジン、最大速度マッハ五、最大射程一五〇海里。大きいわりには弾頭が小さく、二二・五キログラムですが、マッハ五で激突すれば、衝撃によって世界一でかい飛行機でも宇宙空間に吹っ飛ばします。

最後がＡＢＭ－3ランスロット弾道ミサイル迎撃ミサイルです」ウェザーズが自慢たらたらに告げた。「簡単にいえば空中発射式のペトリオットです。トリプル・モード誘導、最適発射状況での最大射程は約三〇〇海里。ランスロットに収まっているでかい不良少年はプラズマ発生弾頭です。大気中での威力は高性能爆薬九トン相当ですが、高度三万六〇〇〇フィート以上だと、プラズマ界が五海里ないし一〇海里の範囲のものをすべて消滅させます――放射線も熱もでかい音もなしです。ただ完全に消え失せるだけで。できるだけ早くプラズマ発生起爆をご覧になることをお勧めします――記憶に焼きつきますよ。きょうはもちろん遠隔機器を積んでいるだけです」

一行はＥＢ－1Ｃヴァンパイアの後部爆弾倉のほうへ移動した。「説明が最後になりましたが、これまた重要なＵ／ＭＦ－3フライトホーク無人機です」ウェザーズがいった。「長距離・長時間滞空・ステルス無人戦闘航空機。ありとあらゆる作業に使えます。

攻撃、偵察、囮《おとり》、欺騙《ぎへん》、電子妨害、SEAD（敵防空制圧）、なんでもござれです。ステルスホークと呼んでいる航続距離がもっと長くステルス性も高い型があって、いまはそれを展開しているところです。ロータリー・ランチャーに四機積めます」メイスのほうを向いた。「以上です、大佐。この任務はなかなか骨ですよ。わたしがバーチャル・コクピットにはいって、助けが必要な場合のために進捗を見守っていますが、攻撃コンピュータの指示に従い、落ち着いてやれば、なんの問題もないでしょう。ほかにご指示はありますか？」

「ひとつだけある」メイスはいった。「きみの部下でいっしょに乗りたいものがいれば、よろこんで連れていく」

「ほんとうですか？」ウェザーズは息を呑んだ。「では今回の任務に二名を同乗させましょう」ウェザーズが志願するのではないかとメイスは思ったが、優秀な士官・指揮官のウェザーズは、うしろを向いて技術兵二名にささやいた。「大佐、マーティ・バニヤン三等軍曹とトッド・メドウズ兵長です。州兵航空隊きっての兵装電子妨害名人です。けさは〇六〇〇時から勤務していたんですよ。記録的な時間で爆装を搭載できたのは、ふたりのおかげです。バニヤン軍曹、メドウズ兵長、こちらはわれわれの新しい隊長のメイス大佐だ」

驚きに打たれている熱意あふれる技術兵ふたりと、メイスは握手を交わした。「これからきみたちを同乗させるよう、ウェザーズ大尉が推薦してくれた。乗りたければの話だが」

バニヤンとメドウズが、目をまん丸にした。

「もちろん乗ります！」メドウズが、いそいそと叫んだ。

「B－1の整備は、もう五年やっているんですよ」バニヤンが感極まったようにいった。「でも、一度も乗ったことがないんです。何年も楽しみに待っていました！」

「すばらしい。一時間後にエンジン始動だ。大尉、生命維持装置保管室に連絡して、大至急このふたりに飛行服を用意させてくれ。できるだけ早く戻ってこい」

「はい、大佐！」技術兵ふたりが大声でいい、工具をしまいにいった。

「とても助かります」生命維持装置保管室に連絡し、飛行に備えて火器係の技術兵ふたりへのブリーフィングと装備の手配をしてくれと当直士官に指示してから、ウェザーズはいった。「兵士の士気を向上させるあらゆる手立てを、われわれはいつも捜しているんです。さっきも申しあげたように、わたしはバーチャル・コクピットにいて、兵装投射と機体の状態を監視しています。幸運と好結果を祈ります」メイスと握手をしてから、敬礼した——地下二五メートルでやると奇妙な感じがする、とメイスは思った——ここは屋内なのか、それとも戸外なのか？　ウェザーズは発進準備をしている他の爆撃機を見にいった。

「やりましたね、大佐」グレイが誇らしげにいった。「きょうはだいぶ点数を稼いだじゃないですか」

「しかも、なにひとつ仕事をしないうちに」苦笑いを浮かべて、メイスはいった。「部下をプロとしてきちんと扱う程度のことで、飛行隊長がつとまるとわかっていたら、もっと前にそうしていたよ」

グレイはメイスを指導しながらコクピットで電源オフ飛行前点検を行ない、つぎに高い昇降梯子をおりて、外部点検を行なった。地下にいるあいだに飛行機を飛ばす準備をするというのは、じつに異様な感じだった。それが済んだころに、くだんの火器係技術兵ふたりがやってくると、グレイが飛行列線要員と地上員に出発の手順を説明した。そして四人全員が機内に昇っていった。

グレイがバニヤンとメドウズにきちんとハーネスを締めさせ、射出・脱出装置の安全確認や手順を教えているあいだに——ほとんどの手順を、グレイとメイスはすでに確実に憶えている——メイスは前部へ行って〝巣作り〟をはじめた。チェックリスト、航空路図誌、装備を自分の好みの場所に収める作業を、そう呼んでいる。グレイは計器盤の配置を手短に説明した——見なければいけない計器はすくないので、手短にできるのだ。システムはかなり自動化されていて、人間が動かすスイッチ類はほとんどない。「われわれはすべてを監視し、点検します」グレイがいった。「あとはコンピュータがやってくれる。エンジン始動二分前。コンピュータが任務予定に従って始動点検をやってくれます。用意はいいですか——ここからは物事が進むのがすごく早いですよ。おかしな点があったら大声でいってください。そうでなかったら、くつろいで乗っていてください」

エンジン始動時刻が近づくと、メイスは昔ながらの飛行士の祈りを唱えた。神様、どうかドジを踏みませんように。「よし」メイスは不安を胸に秘めていった。

『搭乗員、こちらボブキャット23』ほどなくコンピュータが告げた。『始動準備ができたら応答しろ』

「ボブキャット23、AC（機長）、始動準備よし」

「敬語を使ってほしいね」メイスは茶化した。マイク・スイッチを押して告げた。「ボブキャット23、MC（任務指揮官）、始動準備よし」

『電源オン』コンピュータが答えると、たちまち隔壁のモニターがつき、コンピュータのビルトインチェックが機能して、画面を無数の字列が流れた。EB－1Cがみずからエンジン始動システム点検を進めるあいだ、メイスはすっかり魅入られて眺めていた。エンジン始動前チェックリストも電源オン・チェックリストも、同様に進められた。五分とたたないうちに、コンピュータが始動準備完了を告げた。

「これまでのところは申し分ない」コンピュータが点検を終えると、グレイは一同にいった。「地上への牽引準備」〝蝪〟の内部では、どうしても必要でないかぎりエンジンは始動せず、自力でタキシーすることもしない。グレイが編隊長に呼びかけて、準備が完了したことを伝えると、地上員が牽引バーをEB－1Cの前脚に取り付け、大型牽引車を使って駐機場から引き出した。

〝蝪〟のなかを移動するのは、天井がものすごく低い地下駐車場でSUV（スポーツ・ユーティリティ・ビークル）を走らせるのに似ている、とメイスは思った。頭上の梁やコンクリート部分が垂直安定板にぶつかるのではないかと思えてしかたがなかった。可変後退翼はたたんでいるにもかかわらず、翼端が駐機している他のジェット機の機体すれすれをかすめているように見える。天井で骨組みが交差している個所に近づいたときには、思わず首をすくめた。

牽引されてゆくあいだに、B－52爆撃機も何機かメイスの目に留まった。機首に丸い巨大な砲塔を備えた型が二機あった。「あれはドラゴンだろうな。B－52に空中レーザーを搭載した型だ。すごい」

「ええ」グレイが応じた。「恐るべき機体です。でかい豚みたいなストラトフォートレスに変わりはないんですが、あいつがレーザーを発射したときには、背すじが寒くなりますよ」

「飛行隊長はだれだ？」

「ナンシー・チェシャー中佐です」グレイは答えた。「ドリームランドでマクラナハン大佐のテスト・パイロットをつとめていたひとです。第五二飛行隊は、厳密にいうとまだ現役の編成には組み込まれていないんですが、組織はできているし、他の実戦部隊とおなじように運営されています。たった二機しかないし、二機ともあと一年程度は任務即応状態にはなりませんが、出撃はかなりやっていて、成功を収めていますよ。敵地上空を飛行するときにはいつも一機そばにいてもらいたいですね」

メイスらのヴァンパイアがEB-1C編隊長機の横にならび、牽引バーがはずされた。「よし、レベル2まで昇ってから始動します」と、グレイがいった。レベル2には特殊な排気機構があって、主格納庫よりもずっと効率的に排気を行なうことができる。「つづいてコンピュータが離陸前チェックリストをやり、地上へ昇って、最終点検を受けます。そして発進です」EB-1Cの風防の真正面に岩肌が見えていて、なんとも奇妙な感じだった。エンジンが始動され、離陸前チェックリストが終了し、地上にあがってゆくと、メイスはやれやれと思った。

地上はおおむね晴天だったが、風が強く、土埃が風防をときどき横切った。「バトルマウンテンはすばらしい好天だ、諸君」グレイがいった。レベッカ・ファーネス司令とジョン・ロング大佐がみずから最終点検を担当するのだとわかった——車のなかのロングが怖い顔でこっちを睨みつけているのが、メイスのところから見えた。

「ボブキャット編隊《フライト》」

「2、準備よし」グレイが応答した。インターコムでこういった。「用意はいいか、みんな?」

「MC準備よし」メイスは告げた。

「バニヤン準備よし」

「メドウズ準備よし。アフターバーナー全開で行きましょう!」

「MC、操縦してください」グレイが指示した。

「おれが? 嘘だろ?」

「おぼえるにはこれがいちばんです」グレイはいった。「訓練プログラムを好きなように変えるのは結構ですが、操縦実技を省くわけにはいきませんよ。MC資格審査には、離陸、着陸、給油機の背後での位置安定、計器飛行による進入、有視界飛行方式による進入が必須です。操縦時間をできるだけ稼いだほうがいいですよ」

「離陸がほかのことみたいに自動化されていないのは残念だな」とメイスはぼやいた。

「自動化されていますよ」グレイはいった。「システムによって編隊離陸を潤滑にやることができます。しかし、自動離陸や編隊離陸など、もうあまりやりません。それに、任務の際にはできるだけ自分の手で操縦したいんですよ。離陸は機体の動きを感じるのにもってこいだ。だいいち、システムが離陸中にげっぷをした場合でも、事故を起こす可能性が低くなります」

「そういうことなら、最初の離陸は見物させてもらおう」

「わたしは計器を見るのに専念しますから」グレイはうながした。「一番機とは三〇秒間隔をあけ、二〇度ななめ右に散開、一番機が旋回したら旋回し、まうしろにつける。必要なときにはわたしがいますから。ミッション適応テクノロジーを駆使して飛ぶんです——信じられないくらいあっさりと楽にやれます」

「離陸はもう何カ月もやっていない」メイスはぼそぼそといった。

「こいつが飛びたいって思ったら、そのときに感知してやればいい。それだけのことです」グレイが励ました。「教科書には離陸滑走はこうやらなければならない、正確無比でなければならないって書いてありますが、ヴァンパイアはサラブレッドの競走馬みたいなものです——足を踏むとき、駆け出したいとき、手綱を締めてやるときを、繊細に感じ取ってあげないといけません。ローテーション速度は一五〇ノット前後、地上効果で一〇〇フィートないし二〇〇フィートまで上昇、そのあとは三〇〇ノットに達するまで機首を押さえ気味にする。三〇〇ノットに達したら、機首をあげ、三五〇ノットを維持する。毎秒二〇〇フィートの上昇率を維持していれば、この総重量なら問題ありません。山を簡単に飛び越します。機首方位はわたしが確認し、一番機にも目を配っています。用意はいいですか？」

「いい──たぶん」メイスはいった。

「操縦交替」といって、グレイは操縦桿を揺すった。

ええい、くそ、とメイスは心のなかでつぶやいた。やるぞ。「操縦を代わった」受領通知し、操縦桿を揺すって応じた。

EB-1C一番機の機長が離陸許可を得て、エレベーターから滑走路の端へタキシーしてゆき、センターラインと機首方位を一致させ、ブレーキをロックして、アフターバーナーを点火し、ブレーキを放し、矢のように滑走しはじめた。

一番機が離昇してから数秒後に、メイスはブレーキをロックして、スロットルをなめらかに押していった。最初の歯止めでひと呼吸置き、それからするするとアフターバーナー・ゾーンに入れた。「可変面積ノズル支障なし……ゾーン5……よし、ブレーキを放す」

カタパルトから発射されたみたいに、ヴァンパイアが飛び出した。メイスの体が座席に押し付けられる。胸にかかる圧力は意外に大きく、超音速のFB-111Aに乗っているときよりも激しかった。こんな馬鹿でかい爆撃機が、これほど急激に加速するとは、信じ難かった。「まもなくローテーション速度……機首あげ」とグレイが指示したのは、わずか数秒後のことのように思えた。やにわにヴァンパイアが地面を離れて、空に向けて射った矢のように上昇していった。「上昇率よし……高度よし……降着装置収納済み」

降着装置が収納されてランプが消えているのを、メイスは確認した——そのときには早くも三〇〇ノット近くに達していた。

「気速に注意して——ほら、縞々の棒が最大速度を示していますよ」グレイがいった。

「機首を起こすのを怖がらないで。できるだけ早く指定の高度に達したほうがいいんです」

「どうも腕が鈍っているみたいだな」メイスは正直にいった。操縦桿を引いて釣り合い《トリム》を取り直したが、三五〇ノットを維持するには、一〇秒ごとにまた操縦桿を引いてトリムを取らなければならなかった。いまでは上昇率は分速八〇〇〇フィートを超えている。

「たまげたな。地獄から飛び出す蝙蝠《こうもり》の勢いだ」と、メイスはつぶやいた。

「まさにそうなんです」グレイが相槌を打った。「ミッション適応テクノロジーのおかげですよ。三〇〇ノットに達するまでは、機体全体が揚力を必死で発生させ、そのあとコンピュータが、すこしずつ揚力を減じて、主翼と胴体の一部だけが揚力を発生するように変えます。そうすれば、揚力を発生する表面が誘導抗力の原因とならないからです。奇妙に思えるかもしれませんが、事実なんです。速く飛べば飛ぶほど、もっと速く飛べるようになる。四〇〇ノットを超えたら、主翼は揚力を発生せず、胴体のほんの一部だけが揚力を発生するだけになります——そうなったら、迎え角ゼロでナイフみたいに空気を切り裂いて進みます」

やがてグレイが操縦桿に右手を置いた。「上首尾でしたね」といって、操縦桿を揺すった。「操縦を代わります。空中集合と一番機の点検はわたしがやりますから、そのあと編隊を組んでみてください。空中給油の練習にもなるでしょう」

「操縦を任せる」メイスはいった。手袋の下で手のひらがべたべたしている。くそ、このマシーンでは何事もあっという間に起きる。

じきに一番機に追いつき、グレイがただちに、右へ五〇〇メートル、後方へ一〇〇メートル、上方へ一〇〇メートル離れた途上編隊形《ルート・フォーメーション》の位置につけた。編隊周波数で呼びかける。「一番機《リード》、こちら二番機《ツー》、フィンガーチップ編隊を許可してくれ」

「フィンガーチップを許可する」編隊長が応答した。

グレイは、集合の最初の手順として、一番機の右翼翼端まで二分の一海里の位置に近づいた。「これが戦闘散開《コンバット・スプレッド》の位置です」と説明してから、ほんのわずかに操縦桿を動かして、わずか一〇〇メートルの距離まで、滑るようにゆっくりと近づいていった。メイスとグレイは、一番機を肉眼で確認した。つぎに、グレイは一番機の下をくぐって、反対側でおなじ距離につけた。「やってみますか?」

「おれにできるかな、ゼーン?」

「やればわかりますよ」

「ヴァンパイアでフィンガーチップを組むときのコツは?」

「ミッション適応コンピュータが機首の起こす気流はほとんど消滅させるいっぽうで、翼端の気流の渦を強めますから、ふつうよりもいくぶん距離を多めにとります。T‐38タロンやT‐1ジェイホークみたいな練習機ほどにはくっつくことができません。そっと静かにやるのが肝心です。F‐111や多数の練習機で編隊を組んだ経験はありますよね。ミッション適応テクノロジーのおかげで、ヴァンパイアはほかのどの飛行機よりもやすやすと接近できます。操縦桿にそっと触るだけでいいんです」

　メイスが首の筋肉をほぐし、尻をもぞもぞさせて、不安げに深呼吸したように見えた――まだ動かしてもいないのに。「いつでも用意ができたらどうぞ」グレイがうながした。フィンガーチップ編隊を組む際の基本的な目安をいくつか教えようとグレイが思ったとき、ヴァンパイア二機はいつのまにか翼端を重ね合わせるようにして、わずか数メートルに接近していた。「操縦を交替する！　操縦を交替する！」グレイは大声でいった。

「いや」メイスが落ち着いて応じた。「手を放せ」

「2《ツー》、あんたたち、近づきすぎているぞ」一番機の任務指揮官が呼びかけた。

「心配ない」メイスは答えた。針路を修正しすぎたのでもなければ、ミスを犯したのでもないと、グレイはすぐに気づいた――メイスは、一番機の左翼がこちらに覆いかぶさるほど近くに、わざと接近したのだ。

「翼端の気流の渦についてきみがいったことがよくわかった。操縦翼面から気流の渦を遠ざけておくのが肝心だな。いいか――もうすこし離れるぞ。操縦桿を握っていてくれ」グレイが操縦桿をそっと握ると、メイスは知覚できないくらいほんのすこし、一番機から機を遠ざけた。「わかるか?」

「いいえ」

「ミッション適応コンピュータを一秒だけ切れ」

「えっ?」

「ミッション適応コンピュータを切れといったんだ、ゼーン」

「急いで離れるためですか?」

「ちがう」メイスが音声コマンド・スイッチを入れたので、グレイは肝をつぶした。「ミッション適応、スタンバイ」失速を予感させる層流のかすかな剥離が翼面に生じ、グレイの背すじを戦慄が走り抜けたが、二機の位置関係はまったく変わらなかった。

「わかるな? ミッション適応システムのためにかなり隠されていたんだ――これで消えるぞ」一メートルほどさらに接近した。一番機の機長の白目が見えるくらい近い。「ほら消えた。とことん接近する必要があるんだ。そうすれば気流の渦はこっちの胴体の上に受け流され、後流に沿い流れていってしまう」メイスはマイク・スイッチを押して、編隊周波数で呼びかけた。「一番機《リード》、標準旋回率で旋回を行なってくれ。どっちの方向でもいい」

かなり長い間があったが、ようやく応答があった。「了解、左旋回する」

ヴァンパイア一番機が用心深く標準よりも低い旋回率で旋回をはじめると、二番機もそれにつれて旋回した。「ほらな、ゼーン」メイスはいった。「主翼に剝離を起こす渦を胴体の上に受け流すくらいに接近すれば、渦のおかげで位置を維持できるんだよ」手を動かし、親指と人差し指で操縦桿をつまむだけにした。「便所に行くとまではいわないが、視線を動かして警告メッセージが出ていないか確認したり、体の凝りをほぐしたりするぐらいの余裕はできる」二機は右旋回してもとの針路に戻った。メイスのヴァンパイアは、まるで溶接されてくっついているみたいに、一番機にぴたりと寄り添っていた。

「反対側がどうか調べよう」編隊周波数でメイスは指示した。「一番機《リード》、二番機《ツー》は下をくぐって反対側にいく」

「ゼーン、あんたが操縦してるのか？」

「ちがう。新人だよ」

「なんだって？」

「新人任務指揮官が操縦してる」グレイが、得意気にいった。「血が液体窒素《リキッド・ニトロゲン》なみでね」

二機で旋回を行ないながら、メイスはEB‐1C編隊長機の下をくぐった。ファイバースチール複合材の合わせ目が見えるほど近かった。「わーお。これが感じられるか、ゼーン──翼端の気流の渦のちょうどまんなかにいるのに、ここは赤ん坊の尻みたいになめらかだぞ」グレイは、いまにも一番機の下側に突っ込むのではないかということばかり考えていた──空中給油機と連結前につける位置よりも近い。だが、操縦桿に触ると、信じられないくらい安定していた。乱気流も操縦に対する抵抗も感じられない。ミッション適応システムをメイスがオンにしてみると、なおのことなめらかになった。

　メイスは機をごくふつうの位置に遠ざけた。「最高のできだった。ノリノリだね、ニトロ」編隊長が褒めた。

「コールサインが決まったみたいですよ、大佐」グレイがいった。

「ニトロか。父ちゃん《パピー》よりはずっといいな」メイスはいった。ルート・フォーメーションまで遠ざかると、操縦をコンピュータに任せた。

「ものすごくよかったじゃないですか」グレイがいった。「操縦は嫌いかと思っていたのに」

「好きじゃないよ」メイスはいった。「任務指揮官は操縦の名人である必要はないし、飛行特性を学ぶのは時間の無駄だと思うが、操縦ができないわけじゃない。ただ、爆弾を落とすほうが好きなんだ。射爆場使用許可を取るぞ。ここからがほんとうのお楽しみだ！」

数日後
バトルマウンテン空軍予備役基地

駐機場をゴールに向けて走るあいだ、メイスは飛行隊の面々に遅れないようにするのに苦労していた。金曜日の午後四時には勤務を終え、滑走路を五キロメートル走るというのは、メイスが新たに決めた飛行隊全員による活動だった。そのあとは、飛行隊の当直飛行小隊が世話をして、尾部傾斜板のところでビールとソフトドリンクのパーティをやる。差し迫った仕事のないものにくわえて、緊急即応を要する任務についている少数のものまでがランニングに参加するのを見ていると、心がなごんだ。マクラナハンやルーガーなど正規空軍の連中までが、レベッカやロングに混じって参加しているのは、うれしい驚きだった。

湿度の高いワシントンDCやアラバマとはまったくちがい、夕方のひんやりとした大気は乾燥していた。標高が高いのと乾燥しているのに体がようやく慣れたメイスは、このなかでは年齢が高いわりにはよくやっていると自分を褒めた。新任の飛行隊長がへたばらないようにかなりの隊員がペースを落としてくれたらしく、おおぜいがメイスやレベッカといっしょにゴールに着いた。一日に葉巻を三本吸うロングは、空軍が年に二度行なうエアロビクス試験の最低基準である三キロメートルで脱落した。何人かは途中でとまって息を整え、痛む脚を休めたものの、ほかに脱落者はほとんどいなかった。

メイスははじめ、大きなペットボトル入りのよく冷えた水を飲もうとしたが、それを取ると飛行隊の面々ががっかりした顔をしたので、戻してビールを取り、レベッカにも一本渡した。それで全員勢いがついて、パーティが盛りあがった。「それでいいのよ、大佐」保安部隊本部前の未舗装路を歩きながら、レベッカがいった。「みんなビールが飲みたいのに、あなたが飲まなかったらお相伴《しょうばん》にあずかれないじゃないの。よく気がついたわね」

「ありがとう」

「最近、そういうことをちょくちょく見かけるわ。とても上手に溶け込んでいるようね。兵卒とバスケットボールをしたり食事をする。下士官とカードをやる。整備兵たちといっしょにレンチをふるう。保安部隊と射撃場でライフルや拳銃の射撃練習をする。隊長がつきあってくれるというのは、部下にとってとてもうれしいことなのよ」いったん言葉を切ってから、こういった。「でも、しばらく顔を見なかったわね。将軍の大きなプロジェクトがあるから?」

「夜も昼もかかりっきりだよ」基地には将軍が何人もいるが、ただ〝将軍〟というときには、マクラナハン少将のことに決まっている。「トウノパでの会議も多い」ネヴァダ州西南部にあるトウノパ射爆場は、カリフォルニア南部のエドワーズ空軍基地で行なう機密に属さない飛行テストとラスヴェガス近くのHAWCで行なう超極秘研究の中間にあたる中度の機密作業を担当する飛行テスト・研究施設でもある。

「万事順調？」

「じきに計画の微調整が終わるはずだ」メイスはいった。「将軍は猪突猛進型だね」

「神経衰弱になりやすいタイプね」

「それが、頭はかなりまっとうだと思うよ。子供と過ごす時間を増やしている。飛行隊のランニングにも参加する」

「わたしもびっくりした」

「そうでもないさ。将軍は仕事にのめりこんでいるが、だいぶ大局観を持つようになったようだよ」

「変われば変わるものね」

沈黙が流れ、ふたりはビールをゆっくりと飲んだ。ようやくメイスが口をひらいた。

「今晩、食事でもどう？〈アウル・クラブ〉のダイニング・ルームでカウボーイの詩の朗読がある。昔の町らしく陽気に騒ごう！」まったくの皮肉だった。バトルマウンテンでは、勤務時間後の娯楽など皆無に近い。カウボーイの詩の朗読は、めったにない演《だし》物《もの》なのだ。

「それは……やめておいたほうがいいんじゃない」レベッカは、落ち着かないようすでいった。

「非番のときに飛行隊長と会うのは禁じられていないだろう」

「それはそうだけど。でも――」

「会議やブリーフィング以外できみと話をするのは、これがはじめてじゃないか、ベッキー。それだって、まわりに兵士たちが何百人もいる。もっとゆっくりふたりで過ごすのも楽しいよ」

「まだあなたとつきあう気にはなれないの、ダレン」

「ただの食事やワインもだめ？」

「前にただの食事をしたあと、どうなったのよ」

メイスは思わず頬をゆるめた。「まあ、そっちの方向に流れていってもいいけどね」

「だからだめだっていってるんでしょう、ダレン。仕事以外のつきあいにセックスがからむのは困るのよ。そういう気分じゃないの」

「肉体関係を持つとはかぎらないだろう、ベッキー」

「危ないことはしたくないの」数十メートル離れたところに固まっている連中を指し示した。「こういうところなら、あなたがいても平気でいられるけれど」

「信用がないんだな」

「あやまるわ――食事をしないかっていったときに下心がなかったといえるなら」メイ

スがまたにやにやした。「やっぱりね」

「ちょっと待てよ。だからといって、食事のあとでホテルの部屋に連れ込んでベッドにほうり出そうと思っていたわけじゃないよ。そうなったら……すごくうれしいけど、そうならなかったら――」

「また口説く」レベッカが、代わりにいった。「とにかく、いまはそういう楽しみにはまったく心を惹かれないのよ……それに、たとえ断らなくても、自分の正直な気持ちとはちがうわけだし」メイスは顔をそむけた。「わたしのことが好きなら、そういう気持ちを尊重して」

「わかった」メイスは真剣にいった。「でも、おれが考えたり――また口説いたりするのは、とめられないよ」レベッカはまたしても返事をしなかった。〝しつこいわよ〟という意味なのか、それとも〝いいわよ〟という意味なのか、メイスには判断がつかなかった。ビールの壜を思い切り投げたいと思いながら、メイスは駐機場のほうを見やった。

「リンク・シーヴァーとの話をしてくれるつもりはあるのかな？」と、棘々しくいった。

「嫌よ。その話題は二度と持ち出してほしくない」というと、レベッカはすたすたと歩み去った。

離れてゆくレベッカを見送っていると、〈ドナテラの店〉のアンバーのことがちらりと頭をよぎった――だが、メイスは首をふってビールを飲み干すと、二本目を取りにいった。

尾部傾斜板の前で、マクラナハンがメイスに近寄ってきた。「ランニングというのは名案だな」マクラナハンのスウェットシャツが汗をじっとりと吸っているのに、メイスは目を留めた。「尾部傾斜板パーティというのもなかなかいい」

「来てくださってありがとうございます」メイスはいった。「しばらく走っていなかったんですか?」

「ローラースケートを使ってもいいことになっていてね」

「はあ」

「先日のグレイ大尉との慣熟飛行の報告書を見た。射爆は大成功だったな」と、マクラナハンはいった。

「ありがとうございます。ここのB-1に搭載されているシステムと精密誘導兵器があるんですから、的をはずしたらちょっとやそっとのいいわけじゃ足りませんよ」

「成熟していない。新システム。直覚不足。これまでそんないいわけばかり聞いてきたよ。ヴァンパイアにいきなり乗って、システムと機をきちんと操り、優秀な兵器を投射するのは、腕のいい操作員だけにできることだ。きみは操縦もうまいな。あの編隊飛行に、僚機の連中は感激の涙を流していたぞ」

「ありがとうございます」

マクラナハンは、ビールを囲んでいる連中のそばからメイスを離れさせた。「ヴァンパイアのバーチャル・コクピットの準備でも、いい仕事をしてくれた」ふたりきりになると、マクラナハンはいった。「完成度は高くなるだろう」

「将軍の決めた期日よりもだいぶ早くできあがるでしょう」

「あいにく、何日か中断しなければならない。特殊な任務がある——きみに搭乗してもらいたい」

「わかりました。目的地はどこですか？」

マクラナハンは、声が聞こえる範囲にだれもいないことを確認した。「トルクメニスタン」

メイスは驚いた顔をしなかった。「そのあたりの事態が過熱しているという気がしていました。ブリーフィングはいつですか？」

「ブリーフィングは、離陸後に機内で行なう」マクラナハンはいった。「そのビールを飲んだら、さっそく搭乗員休憩にはいる。〝時〟出頭時刻は一二〇〇時、離陸は一三〇〇時だ」

メイスはビールを飲み干した。「最高」とつぶやいた。「ではそのときに。機長はだれですか？」

「けさはグレイ中尉と馬が合ったらしく、いい働きをしたな」マクラナハンはいった。

「しかし、もうすこし経験豊富な人間が必要だ」

「いわなくてもいいです——見当はつきます」

マクラナハンは、駐車場のユーコンのほうに向かっているレベッカをちらりと見てから、メイスに視線を戻した。「仲良くやれるだろうな」

「ええ。よしんばそうでなくても、途中で話し合うことがたっぷりありますから」

「だろうな。〝塒〟で会おう」

「ひとつ提案してもよろしいですか」

「いいとも」

「その任務を運用テスト飛行にしませんか。これまでまとめあげたものをぜんぶ使うんです。うまくいくはずです」

マクラナハンは考えたが、すぐに決断を下した。「名案だ。搭乗員は乗るが、乗っていないと想定してやってみる。第一一の全員にくわわってもらわないといけないが……」

「成功しますよ、少将」メイスはいった。「すばらしいことになりますよ」

マクラナハンはふっと黙り込んだが、やがてこういった。「結構。そういうことなら、わたしが任務指揮官をつとめる」

「少将……」

「議論はなしだ。この任務もこのシステムも、まったく非公式なものだ。実験機は、わたしが最初に乗ってからでないとだれにも操縦させないと決めている。たとえレベッカでも禁じるつもりだが、でかい声で長々と文句をいうだろうから、禁じても無駄だろうな」

「少将、そもそもこの計画を進めているのは、こういう任務の際にご自分が搭乗しなくてもいいようにするためでしょう」

「そのためにこのプログラムを組み立てたわけではない！」

「自分中心の行為だというつもりではなかったんです——ご自分だけのためにこういうことをはじめるわけがありませんから」メイスは説明した。「これをはじめた最初の動機は、人間的要素に左右されずに任務を完遂する兵器システムを創りあげることにあったといいたいんです。ところが少将は、このプログラムに軍歴を賭け、感情的にのめり込んでいます——これでは人間的要素に左右されることになり、一分の隙もない成功は望めない」

「出すぎたことをいうな、大佐」マクラナハンは叱りつけた。「わたしがこんどの任務のMCをつとめる。以上だ。きみにはバーチャルMCをやってもらう。ロング大佐とグレイ中尉はバーチャルACだ。ジョン・マスターーズも立ち会いたいだろうな。ウェザーズ大尉は、兵装士官として参加する」

「わたしを英雄にはしてくれないんですね」

「これが終わったとき、われわれが英雄として迎えられるとでも思っているのか、大佐」

「そのとおりです」

マクラナハンは、メイスの背中をぽんと叩いた。「そういう自信には励まされるね、メイス。よし、はじめるぞ」

3

翌日の早朝
トルクメニスタン　ケルキ陸軍駐屯地

「ほんとうです——やつら、いなくなりました」小隊長の少尉が報告した。「トラックも装甲車輛もすべて放置されています。負傷者を連れている落伍者数人が、何キロか離れたところで野営していましたが、こちらが近づくと逃げました。武器は持っていないようだったので、そのまま行かせました」

ケルキ陸軍駐屯地司令は、ヘリコプター部隊の編隊長のほうを見た。「おまえが見たのは？」

「おなじです」編隊長が答えた。「軽装甲車輛が十数輛、小型戦車四輛、大型主力戦車二輛、補給品のトラック二台、牽引式対空火器二基——いっさいがっさい道路に散らばって放置されています。火をつけられたものもあるようでした」

「偵察を行なったかあるいは侵入しようとしたような形跡が当駐屯地に残っています」基地警備の責任者の大尉がつけくわえた。「ひょっとしてわれわれの反撃態勢を見て、遁走したのかもしれません」

「ピックアップは見当たらなかったか?」

「壊れて捨てられた数台が付近にありましたが、あとは影も形もありません」偵察を行なった歩兵小隊長が報告した。「装甲車輛よりも速いし、メンテナンスも楽です——逃げるのにはそのほうがぐあいがいい」

「そんなことはわかっている、少尉」駐屯地司令はいらだたしげにいった。「だが、ヘリコプター数機が発進準備をしているのを斥候が見たからといって、やつらがあっさりと逃げ出したとは思えない。このザラズィ将軍なるアフガニスタン人テロリストは、狂信的な戦士とはいえ、狡知に長け、ゲリラ戦が得意だ。ここから二〇キロメートルと離れていないところに、そいつの部下が数百人いた——いまなお付近にいるはずだ。ただちに捜索隊を派遣しろ」

「では、空中強襲は延期ですね」

「あたりまえだ。やつらが車輛を放棄しているのに、どうして攻撃する必要がある」司令は口にしなかったが、ヘリコプターをたびたび飛ばすのは費用がかかるし、機体にも負担が大きい。装備、燃料、弾薬は、直接の脅威にさらされたときのために温存しなければならない。「部下を再展開し、駐屯地の周囲の地域を捜索しろ――かならず迫ってきているはずだ。見つけたら口を割るまで締めあげろ。ひとりぐらい見せしめにしてもいい」将校たちはいそいそとうなずき、急ぎ足で出ていった。

数分後に報告がはいった。「大佐、テロリスト数名を捕らえました――指揮官のザラズィもです!」駐屯地司令はいそいで部下のもとへ行った。うしろ手に手錠をかけられて土間にひざまずいている汚らしい男が何人かいた。いずれもひどく殴られているようだった。「でかした、大尉」司令はいった。「泥を吐いたか?」

「まだ訊問ははじめておりません、司令」警備隊長の大尉が答えた。「こんな状態で、這うようにして正面ゲートにやってきたんです。味方にこっぴどくやられたみたいですね」

「泥棒どもには自尊心のかけらもない」駐屯地司令はあざ笑った。「どいつがザラズィだ?」大尉が指差した。「どうしてわかる?」

「ほかのやつが〝将軍〟と呼んでいるのを聞きました。服もすこしましだし、拳銃のホルスターをつけているのはこいつだけです。指紋を取りました――内務省から身許確認の報せがじきに届くはずです」

「届いたらすぐに報せろ」司令がザラズィに近づいた。「おまえがザラズィ将軍か?」と、ロシア語できいた。返事はなかった。司令が体をそらし、後頭部を拳で殴りつけた。

ザラズィがつんのめって、顔を地べたにぶつけた。「勇敢なふりをしている場合ではないぞ、くずめ。しゃべらなければ殺す」ザラズィはどうにかもとの姿勢に戻り、沈黙をつづけた。

司令がひとりの捕虜の髪の毛をつかんでザラズィの前に引き据えた。「おいおまえ。この男の名前は？」捕虜は答えなかった。司令が拳銃を抜き、捕虜の後頭部に銃口を押し付けて、引き金を引いた。骨と毛髪と血と脳漿が、ザラズィの全身にふりかかった。さいわい銃弾は地面にめり込み、狭い空間で跳弾となることはなかった。「口を割るまで、おまえの目の前でひとりずつ処刑する」

「能なしめ《アスラエーブ》！」血糊を目から落とそうとまばたきをしながら、ザラズィがロシア語で毒づいた。「人殺しのくそ野郎！」

「どうやら聞こえたようだな。おまえがザラズィか？」

「そうだ。くたばれ！」

駐屯地司令は、他の捕虜を収容施設に連れていくようにと命じ、まもなく警備隊長とザラズィの三人だけになった。

「おまえはまったく大胆不敵な男だな、ザラズィ――おろかだが、大胆だ」駐屯地司令がいった。「国に忠誠たらんとするトルクメニスタン軍兵士多数を殺し、数十人を強制徴募し、軍の装備を破壊し、数億マナトに相当する装備を盗んだ。このような暴力的行動にどんな意味がある？　目的はなんだ？」

「あわれなアフメドの頭に銃弾を撃ち込んだおまえのその頭をぶち抜いたあとでなにをやるかというのか？　この卑劣な小国を叩き潰すことだ」

「叩き潰す？　なぜだ？　われわれがおまえたちになにをした？」

「アメリカや不信心者やシオニストがわれわれの国を陵辱するあいだ、おまえたちの国とその腐敗した政府は、座視していただけだった」ザラズィはいった。「不信心者がわが民族を故国から追い出したのに、おまえたちはなにもしなかった。アフガニスタン人はおまえの国に避難所と援助を求めたのに、おまえたちは無為よりもさらに非道なことをやった――狂犬病にかかった動物みたいに檻に閉じ込めた。おまえたちはその報いに苦しみながらじわじわと死ななければならない。神はその仕事をやるのにわたしを選んだ」

「頭のいかれた友よ、気の毒だが、おまえたちの負けだ」駐屯地司令はいった。「おまえはアシハバードの軍司令部に連行され、訊問を受けたうえで処刑される。連れていけ」

「おれが連行されたらなにが起きるか、聞きたくないか、大佐？」

「おまえの部下がこの駐屯地を攻撃するというのか？　やってみろ」

「ちがう――おれが連行されたら、おまえの家族の身になにが起きるか、といいたいのだ」

駐屯地司令の顔から表情が消え、思わず生唾を呑むのがわかった。それはほんの一瞬で、また厳しい表情に戻ると、拳銃をあげてザラズィの右のこめかみに狙いをつけた。

「そんなことで時間が稼げると思ったら大間違いだ」と、うなるようにいった。「そういう態度では、このケルキで銃殺するしかないようだな」

「おれはもう命をアッラーに捧げている。天国に迎えられると確信している」ザラズィはいった。「おまえの息子四人、女房、妹ふたり、おしゃぶり女《ミーニエトカ》――カリアリというんだったな――と、天国で会うことにしよう。まもなくおまえも仲間入りするだろうよ」

「こんちくしょう！」駐屯地司令が叫び、ザラズィの髪をつかんで立たせた。「なにをした？」

「おまえの部下が砂漠でおれを捜している間に、おれの手のものがケルキ、ハタブ、キジルアルヴァトに潜入し、おまえの家族を拉致した。おまえの部下はおまえに不満を持っているようだな、大佐。ことに兵卒が。おれに忠誠を誓い、旅団にくわわってから、おまえの家族について、よろこんで事細かに教えてくれたよ」

駐屯地司令はザラズィを地べたに転がし、壁の電話のところに行ってダイヤルした。やがて恐怖のあまり目を剝いた。ふるえる手で、受話器をかけた。司令は顎をしゃくり、ザラズィが引き起こされた。

「こんなことをしてただで済むと思うなよ、犯罪者め」司令がいった。「警察と軍がおまえたちを見つけ出して皆殺しにする」

「そうなったら、そいつらの家族もいっしょに死ぬことになる」ザラズィはいった。

「いまもいったように、大佐、われわれには使命を果たし、目的を達成して死ぬ覚悟がある。痛みや死でわれわれを脅すことはできない。その果てに神のもとでの永遠の安らぎと幸せがあるとわかっているからだ。だが、おまえの子供たちは――まだ若く、死なせるのは不憫だろう。いちばん上は二二になったところ、末はまだ一〇代だ――人生はまだこれからだぞ。それに、おまえの愛人は娘といってもいいような齢で――」

駐屯地司令が、ぴくぴく痙攣している筋肉に精いっぱいの力をこめて、ザラズィの顔を殴った。ザラズィはにんまり笑った。打撃の強さから、このトルクメニスタン軍大佐がもう戦意を失っているのがわかった。

「このくそ野郎……」司令がぼそぼそといった。

「おなじ運命がほかの将校たちの家族をも待ち受けている」ザラズィはいった。「二〇人ほどの将校と先任の下士官たちの家族に狙いをつけた。おれのいうとおりにしないと、皆殺しにする」

「なにが望みだ？」

「簡単だ。部隊とともに武器を持たずにこの駐屯地を捨てろ。おまえたちがじゅうぶん遠ざかって、こっちにとって脅威ではないと判断した時点で、家族を解放するよう配下に命じる」

「そっちが約束を守るとどうしてわかる？」

「わからんさ。これはおれにとっての保険だ。従わない場合は確実に家族を虐殺する――それはわかっているだろうが」

「わたしの部下たちが、おまえらみたいなハゲタカどもにあっさりと駐屯地を明け渡して出ていくと、本気で思っているのか？　夢でも見ているんじゃないか？」

「おまえたちが男らしく行動するだろうと思っているだけだ」ザラズィはいい返した。「家族に手を出したおれを処刑し、最愛のものたちを弔う覚悟をするか、それともおれの言葉に従い、駐屯地から撤退し、家族を護るか――ふたつにひとつだ。決めるがいい。夜明けまで時間をやろう。それまでおれから連絡がなかったら、配下はおれが殺されたものと判断し、くだんの指示どおりに人質を殺して逃亡するだろう」

「貴様……異常な……ちくしょうめ。こんなことをやって、地獄で朽ち果てるがいい」

だが、司令は警備兵に顎をしゃくった。警備兵がザラズィを立たせて、手錠をはずした。

「おれの死後まで心配するにはおよばない、大佐。神がちゃんとお膳立てしてくださっているはずだ」ザラズィはいった。「さて、もうひとつ頼みがある」

「家族を救うために、われわれはここを出てゆく。それ以外に、なにが望みだ？」

ザラズィは、自分を囲んでいる警備兵たちを見やった。無言の命令を受けたかのように、ひとりの警備兵がザラズィにAK-74アサルト・ライフルを差し出した。

「なにをする気だ、伍長」警備隊長がとがめた。

「伍長はここに配置されているおまえの部下の大多数が考えているのとおなじことをやろうとしているだけだ――おまえたちといっしょに滅びるよりは、おれの旅団に参加したほうがいいというわけだよ」ザラズィはいった。「さて、最後の頼みだが、大佐、おれの同志を殺したのを赦す見返りの生贄になってもらおうか」

「なんだと?」駐屯地司令は恐怖のあまり目をかっと見ひらき、応援をもとめて周囲の兵士たちの顔を見た。応援は得られなかった――徴募兵たちはもとより、警備隊長にもそういう気配はなかった。自分たちの指揮官が殺されるのを、ひどくよろこんでいるように見える。「くそったれが。殺したければ殺せ。だが、家族に近づいたら、墓からよみがえって未来永劫までおまえにつきまとってやる」そういうと、駐屯地司令はライフルの銃口をつかみ、自分の喉もとに当てた。「さっさとやれ、悪党め」唇をわなわなとふるわせ、激しい憎悪を目に宿して、ザラズィを睨みつけながらうなった。

「はじめて勇気のあるところを示したな、大佐――あいにく手遅れだが」といって、ザラズィは引き金を引いた。そして、銃声の反響や鼻をつく火薬のにおいが残っているあいだに、ライフルを肩に吊った。首から上がほとんど残っていない死体が床に転がる嫌な音がした。警備隊長のほうを向くと、ザラズィはいった。「これでおまえが先任になったようだから、中隊長たちを呼び、兵士をゲートの外に集めて撤退する準備をしろ」

ウズベキスタンとトルクメニスタンの国境を画するアイリババ山の上に曙光が現われるころには、トルクメニスタン軍部隊はケルキ駐屯地のゲート前に集合していた。パイロットや将校も含めて五分の四以上が残る途《みち》を選んだので、ザラズィはおおいに満悦した。トルクメニスタン軍徴募兵は、選り抜きの職業軍人によるこれまでの扱いに、大きな不満を抱いていた。ロシアよりのトルクメニスタン現政権に与しない若手職業軍人も残る途を選んだ。

約束の時間にザラズィと邂逅したジャラルディン・ツラビーが、駐屯地本部前に集合した二〇〇〇人近いトルクメニスタン兵を前に、ラウドスピーカーを使って宣誓の音頭をとった。兵士たちは早くも中隊を組織してあらたな部隊長を選び、トルクメニスタン軍の徽章や旗を軍服からちぎり取っていた。駐屯地司令の暴行のせいでいまも血まみれのザラズィが、集合した兵士たちを導きながら祈禱を執り行なった。それが終わると、兵士たちに兵舎に戻るように命じ、中隊長と先任下士官だけを本部に集めた。

「アッラーはわれわれに恵みをかけてくださり、われわれの祈りに応えてくださった」ザラズィは切り出した。「イスラムの戦士たちの安息の地を築こうとするわれわれの聖戦は、いまここにはじまる。この地域をまとめて確保し、われわれの権威に反対するやからを撃退し、なおかつこの国に神の言葉をひろめるのは、われわれの義務である」

ツラビーは新参の兵士たちを入念に観察し、大多数の新手の士官が恍惚と聞きほれ、神の権化を崇めるようにザラズィを見つめているのに気づいて、大きな驚きに打たれた。こいつらはどうかしたのか？　と怪訝に思った。こんなふうに国をいとも簡単に裏切って外国人の軍隊にくわわったのは、この荒れ果てた土地での生活があまりにも悲惨だったからだろうか？

ザラズィは、壁に貼ったトルクメニスタン東部の大きな地図の前に立った。「われわれの最初の目標は、キジルアルヴァト水力発電所の占領確保だ。このダムは、トルクメニスタン東部ばかりではなくウズベキスタン南部にも電力を供給している。この施設を奪えば、アフガニスタンとパキスタンに通じているトルクメニスタンの石油・天然ガス・パイプラインを掌中に収めるとともに、同地域の灌漑・上水道施設も支配できる。石油施設はただちに破壊しなければならない」

「破壊する？」ツラビーは疑問を口にした。思ったよりも声が大きかった。集まっている兵士たちの前で指導者層の意見が一致していない気配を示すのは望ましくないとはいえ、戦略について事前の打ち合わせは何もなかった。「ワキル、パイプラインや油井は人質代わりに抑えておけばいい。トルクメニスタン政府や油田を建設した連中が、使用可能な状態にするために巨額の身代金を支払うはずだ」

ザラズィが、ブーツに小便をかけられでもしたように、ツラビーを睨みつけた。「では、仮に支払わなかったとしたら、大佐?」

「そのときには破壊する」ツラビーはいった。「しかし、貴重な石油の流れをとめないために支払うと思います。そうなれば、われわれの部族にさらに多くを送金できる。やってみるだけのことはあるでしょう」

ザラズィが、いまにも黙れと命じそうな目つきで、ツラビーを見た――殴りかかりそうなほど怒っていた――だが、怒りを抑えてうなずいた。「たいへんよろしい、大佐。その仕事は任せよう。トルクメニスタン石油相もしくは傀儡政権を操る西側勢力と接触し、石油の流れをとめたくないなら金を出せといってやれ」

「はい、将軍」ザラズィが指揮をとっているという印象を崩さないほうがいいと考えたツラビーは、大きな声で答えた。「卑怯なやつらにしこたま払わせます」

「われわれにとって最大の脅威は、ガウルダクの歩兵部隊駐屯地だ」ツラビーに厳しい警告のまなざしを据えてから、ザラズィは語を継いだ。「たしか一個旅団規模のはずだな?」

元トルクメニスタン軍将校ひとりが、さっと起立した。「将軍、その部隊は旅団の兵力を維持する承認は得ておりますが、一個旅団相当の装備や補給品をまかなうことができたためしがありません」と、直立不動の姿勢で告げた。「兵士たちは何週間も給料を支給されておらず、われわれのような将校の大部分は何カ月も給料を支給されていません。脱走兵も多く、地元住民に対する犯罪も頻発しています。食べるものがなく、地元住民から盗みを働いたり、燃料や装備を武器密輸業者に売る兵士がおおぜいいます。即時戦闘能力はきわめて低いといえましょう」

「われわれが解放し、保護すべき人民から盗みをはたらくのは、わが軍では断じて赦《ゆる》されない。わかったな?」ザラズィはいかめしく告げた。「しかし、神の忠実なしもべであると宣言しないものは、われわれの法や保護のもとで土地、財産、資産を所有する資格はないとここに明言する。水、パイプラインで送られる石油・天然ガス、水力発電所の供給する電気もそこに含まれる——なにもかもだ。われわれの庇護下にある場合、外部のものはわれわれと大義に忠誠を誓わないかぎり、資源に対する代価を払わねばならない」

その言葉が一同の満腔《まんくう》の注意を惹いたのをツラビーは見てとった。ザラズィを聖なる戦士と崇《あが》める兵士たちもたしかにおおぜいいるが、古くからの部下たちはいいかげんうんざりして、見返りをほしがっている。ザラズィはその連中に報酬を約束したのだ。これで完全に部下を掌握したといえる。

ザラズィは、パトロールや警備部隊にやるべきことを説明し、後刻報告するよう命じると、中隊長たちと先任下士官たちを退席させた。さきほど全員の前で発言したアマン・オラゾフ中尉という輸送・補給士官とツラビーだけが残った。オラゾフは背が高くがっしりしていて、長い髪はもじゃもじゃで、口髭と顎鬚をたくわえていた。ブーツも軍服も汚れている。虱がわいているのではないかと、ツラビーは不安をおぼえた。「司令官に仕えるのはたいへんな名誉であります」たどたどしいパシュトゥン語で、オラゾフはいった。「将軍の部下であることを誇りに思います」

「おまえは忠誠で勇敢なしもべだ……オラゾフ大尉」ザラズィが昇級を告げると、薄汚い主計官のオラゾフはザラズィの手にキスをしそうな顔をした。そこでザラズィが、不愉快そうに語を継いだ。「ガウルダク駐屯地に関しておまえがいったことが事実ならよいのだが」

「わたしは事実を申しあげました、将軍」オラゾフは答えた。「脅威ではないと思います。ガウルダクはケルキよりもさらに僻地です。あの駐屯地の連中は、ブラック・マーケットの武器密輸業者やウズベキスタン人やアフガニスタン人に物資を横流ししています。われわれの大義に共鳴するものも多いでしょう」

「いずれわかる」と、ザラズィはいった。

「心配なのは、ここを出ていくことを将軍がお許しになった中隊長や先任下士官たちのほうです」オラゾフはいった。「そのものたちが、将軍について嘘や突拍子もない噂をふりまくのではないかと心配です。あいつらをチャルジョウ（現在はトルクメニバート）に行かせないようにしたほうがよろしいでしょう」チャルジョウは、アムダリヤ川の約一八〇キロメートル上流にある町で、トルクメニスタン東部最大の陸軍駐屯地がある。オラゾフは狂信者らしく目をぎらつかせ、期待のあまり雀躍《こおど》りせんばかりだった。「わたしがやつらを皆殺しにします、将軍。攻撃の指揮をとらせてください。数ではこっちが上です。将軍はわれわれをあの圧制者どもから解放してくださった。将軍に忠実なトルクメニスタン兵を率いてそいつらを攻撃するのは、このうえないよろこびです」

ツラビーはオラゾフの言葉を毫《ごう》も信じていなかったが、ザラズィはその馬鹿げた追《つい》従《しょう》に釣り込まれてうなずいていた。ありがたいことに、ザラズィはこう答えた。「それはだめだ、大尉。おまえの熱意と積極性には感謝するが、そのものたちはわれわれの敵とはっきり決まったわけではない。そのものたちが隊伍を整えて戦いの場に戻ったときこそ、わが兵士たちを率いて戦うがいい」

ザラズィがツラビーにちらりと視線を投げた。承認を求めているのか？　あるいはトルクメン人に部隊を指揮させることに指揮権上の次級者《セカンド・イン・コマンド》であるツラビーが反対するのを懸念したのか？　ツラビーは無関心な顔を決め込んだ。

「降伏すれば危害はあたえないと、あのものたちに約束した——その約束は守る。さあ、行け。部下をまとめ、閲兵を受けられる状態になったら報告しろ」

オラゾフは思わず腰を折って一礼し、部屋を出ていった。

ふたりきりになると、ツラビーは指導者であり永年の上官でもあるザラズィの顔を、畏敬をこめて用心深く見守った。ザラズィは演壇に立ち、陽光が射す窓の外に視線を据えていた。「ガウルダク奪取の計画は結構だね」ツラビーはいった。「キジルアルヴァトの水力発電所奪取も名案だ。攻撃を受けた場合は、発電所を破壊すると脅せばいい。ガウルダク駐屯地の即戦力についてのオラゾフの意見が合っていることを祈ろう。水力発電所とガウルダクの両方を奪取するには兵力を分けることになるから、優位性をできるだけ保つ必要がある」

ザラズィは無言だった。まるで耳にはいっていないようだったので、ツラビーはむっとした。

「失礼ながら、将軍」ザラズィの僭称《せんしょう》を明らかにとがめる口調で、ツラビーは吐き捨てるようにいった。「目標はいったいなんですか？　なにを成し遂げようというのですか？」

「おまえこそ目標はなんだ、大佐？」ザラズィが、ツラビーのほうを見ずに問い返した。

「ワキル、われわれは上層部から、アフガニスタン北部のアルカイダを支援する資金を得るために売る武器装備や現金を調達するよう命じられている」ツラビーはいった。

「われわれの部族の指導者がそれを約束し、あんたはそうしたものを調達するようにと明確な指示を受けた。最初に車列を攻撃した目的はそれだ。部下が女房子供を残し、家を出て戦うことに同意したのは、そういう理由があったからだ――われわれの部族の指導者が、アルカイダのために資金を集めると約束したからだ。

あんたはだれも想像していなかったほどの成功を収めた。トルクメニスタン軍のヘリコプター空中機動部隊駐屯地を完全に乗っ取った。莫大な価値のある装備や兵士を手中にした。わからないのか、ワキル？　戦車や武器の一部でも故郷のジャルガンに持って帰れば、部族会議の一員になれるんだ。ヘリコプター一機を持ち帰ることができれば、族長にだってなれるかもしれない。みずから部族を率い、他の部族の族長と対等の立場で協議《シューラー》にのぞめる。

それなのにあんたはまたトルクメニスタン軍駐屯地や水力発電所を攻撃しようという話をしている。ガウルダクの駐屯地を撃破するのには賛成だ――われわれが故郷に向かうときに厄介な存在になりかねない――しかし、どうしてダムや発電所やパイプラインを攻撃するような手間をかけるんだ？　やつらから少々強請《ゆす》り取ることができるかもしれないが、いまごろトルクメニスタン軍はこちらに向けて進軍しているだろうし、トルクメニスタン領内であがきがとれなくなるおそれもある。包囲されたら、だれも助けてくれないぞ」

「われわれの使命は変わったのだ、大佐」ザラズィが、抑揚をつけていった。

「え？」

「われわれはトルクメニスタンを出ない」ザラズィはいった。「われわれはこの国と人民を解放するのだ。この国の人間から盗むのではなく」

「部族会議からの命令が――」

「おれは神からの命令を受けている」ザラズィは激した口調でさえぎった。「神にこの国を奪うようにと命じられたのだ。神はおれに目をかけてくださり、アメリカの攻撃機からおれを救い、おれが信仰をひろめようと荒野を進んで勝利をものにするあいだ、おれの手と舌を操ってくださったのだ。われわれの勝利は、神がわれわれと大義を気に入ってくださっている証拠だ」

「ワキル……将軍、われわれが勝利を収めたのは、この地域のトルクメニスタン軍が弱かったからにほかならない」ツラビーは説いた。「ここはなにもない砂漠ばかりの土地だ。ヘリコプター空中機動部隊といえば聞こえはいいが、一〇年ものんびりとなにもせずにいた部隊だ。ときどき密輸業者を打ち負かし、越境をこころみたり、壊走したりしているような北部同盟かタリバンの小部隊を叩き、川一本と油田数カ所をパトロールし、帰投したら昼寝する――そんな程度の部隊だよ。われわれはほんもののトルクメニスタン軍にはまだ遭遇していないんだ」

「大佐、おまえは心配なのか？」ザラズィはいった。「戦いを怖れているのか？」

「ワキル、断っておくが、おれは大佐じゃないし、あんたは将軍じゃない」頭のなかではよせと警告が鳴り響いていたが、ツラビーは臆病者呼ばわりされたことで怒りを爆発させ、語気鋭く告げた。「最初に階級をつけたのが冗談半分だったのを忘れたか？　われわれが出会う人間の階級がなんであろうと、それよりひとつかふたつ上の階級を名乗ることにしたんじゃないか。なんとも馬鹿げたことに、いまではわれわれが最先任の将校になってしまった！　いっそ胸にしこたま略綬をつけて、白い手袋をはめて、乗馬ズボンでもはいたらどうだ。

はっきりいおう、ワキル。われわれは軍人ではない」荒々しい口調で、ツラビーはなおもいった。「聖戦士だ。国のためではなく、部族や宗教指導者のために戦う。他国を侵略したり、軍事基地を占領したり、ダムや発電所を支配下に置くなど、もってのほかだ。あんたのさっきの質問に答えよう——たしかに心配だ！　ちゃんとした目的のない作戦をやるのは不安だ！　われわれが生命と将来を賭けて護り、支持すると誓ったことと逆行するような作戦を行なうのには不安をおぼえる！　おれは——」

「黙れ、大佐」ザラズィがぴしゃりといった。「おれの意図ははっきりしている。この地域を神の名のもとに占領し、アッラーの忠実な戦死者のための安息所を築く。かつてはアフガニスタンがそうだったが、アメリカとシオニストに奪われた。おれの命令に従うか、出てゆくか、どちらかに決めろ。おれのビジョンに異議を唱えたり、おれの指揮権を奪おうとするのは赦さない」

「では、おれはジャルガンに戻る、ワキル」ツラビーはいった。「妻子を残してこんな荒野を三〇〇キロも旅してきたのは、イスラム世界各地から集まってきて大言壮語を吐く砂漠の鼠どものお守りをするためではない。あんたの新しい友だちのオラゾフなど、その典型だな」

ツラビーは一瞬、わびるように目をそらした——敵地に深くはいり込んでいるときに指揮官を見捨てるのは、いくらその指揮官が狂気に囚われているとはいえ、褒められたことではないと思ったからだ。そしていい添えた。「けさ、あんたの斥候が煙を見たという場所を、これから調べにいく。チャルジョウかマルイを発したトルクメニスタン軍の偵察ヘリが不時着したのかもしれない。あるいは昨夜、対空ミサイル大隊が撃墜しようとしていた何者かかもしれない。夜明けには戻る。それから中隊規模の後衛を組んで、ジャルガンを目指す」返事を待たず、ツラビーは離れていった。

ザラズィはだいぶ長いあいだ演壇にじっと立ち、ツラビーの言葉を反芻《はんすう》していた。やがて我に返り、右手を向いた。「なんだ、大尉?」音もなく背後から近づいていた男に向かっていった。

アマン・オラゾフが、はっと息を呑んで立ちどまった。「あ……あの……失礼しました、将軍」しどろもどろにいった。「ぬ……盗み聞きするつもりはなかったのですが」

「いいえ」ザラズィはうながした。オラゾフが黙っていると、ザラズィは正面を向いた。

そのとき、オラゾフが携帯している拳銃のホルスターの蓋をあけていることに気づいた。しかも、だれかから盗んだにちがいない大尉の階級章をピンで留めている。「ツラビー大佐は不忠であり、われわれの使命の一翼を担うに値しない、そういいたいのだな？」ザラズィはきいた。

「あの男は卑怯者で、神の名を汚す存在です」オラゾフがいった。「将軍に異議を唱えるなどとんでもない。子供を叱るように将軍をどなりつけるなど、もってのほかです」

「われわれの戦勝があまりにも急激だったことと、危険を前にして、あいつは信仰が揺らいでいるのだ」

「あの男は卑怯者です、将軍」オラゾフが、憎々しげにいった。「罰しなければいけません」

「罰する？」ザラズィは、オラゾフの顔をしげしげと見てから、拳銃に視線を移し、それからもう一度顔をじっと見た。「まあ、ことによると……」

「やらせてください、将軍」オラゾフはいった。「将軍にあんな言葉を吐いた罰をあたえます」

ザラズィはにっこり笑い、うなずいた。「いいだろう、大尉――だが、いまはだめだ。ガウルダクを落とし、西進の足がかりを得るまでは、大佐とその部下たちは必要だ。そのあとで、大佐やそのほかの不信心者を始末する」

「かしこまりました」オラゾフがいった。「今後、大佐を注意深く見張ることにします。命令してくだされば、いつでも攻撃します」

「大佐のほうもおまえを注意深く見張るだろう、大尉」ザラズィは注意をあたえた。「大佐もその部下たちも腕の立つ殺し屋だ。おまえたちトルクメン人をまったく信用していない」

オラゾフが、自信に満ちた笑みを浮かべた。「ご心配にはおよびません。われわれトルクメン人は、大佐が怖れるほどの存在なのです。わたしは警戒怠りなくいつでも準備を整えています」ふたたび一礼し、出ていった。

ワキル・ムハンマド・ザラズィは、オラゾフが出てゆくのを眺めていたが、やがてトルクメニスタンとその周辺諸国を含めた大きな地図の前に戻った。ケルキはたやすく落とした。ガウルダクも同様だろう。チャルジョウはそう簡単には陥落しないはずだ。ロシア軍将校の顧問団を擁する本格的なトルクメニスタン軍とはじめて遭遇することになる。だが、チャルジョウさえ奪取すれば、あとはカラクム砂漠をトルクメニスタン東部最大の都市マルイに向けて一気に押し寄せることができる。兵力もトルクメニスタン軍とほぼ互角だ。仮にトルクメニスタン政府がマルイに立てこもったとしても――ザラズイも、トルクメニスタン・ロシア両軍の立てこもる要塞のような都市を落とす力が自軍にあるというような過信は抱いていなかった――トルクメニスタンの石油・天然ガス資源の半分近くを支配することになる。

さらに重要なのは、それにより中央アジアでもっとも肥沃な地域を支配することだ。アムダリヤ川流域の平野は大部分がトルクメニスタン領だし、それにくわえマルイとケルキのあいだのカラクム砂漠を通るカラクム運河もある。また、灌漑《かんがい》の進んでいるガウルダク平野ではさまざまな農作物が栽培され、とりわけ綿花の生産量が多い。六三度線の東に封じ込められたとしても、チャルジョウからトルクメニスタンの領土の東三分の一をたやすく支配できる。

興奮がザラズィの全身を電流のように駆け抜けた。おれにはやれる、と自分を叱咤した。神をどこまでも信じ、情熱的に旅団を容赦なく働かせれば、大統領と同列の力を持つトルクメニスタン東部の軍閥という名を確固たるものにできる。パシュトゥン人の拠点を確立し、全イスラム社会のタリバンとその同調者のための安住の地を築く。

それには部下たちをひとつにまとめなければならない――さもなければ死んでもらう――まずは友人だった同族のジャラルディン・ツラビーを血祭りにあげよう。

同刻
カリフォルニア州　ウェスト・サクラメント
〈トランスカル石油〉本社

「みなさん、世界一周の遊説を成功のうちに終えて、このかたがついに戻られました！　次期アメリカ大統領まちがいなしのケヴィン・マーティンデイル氏を、ウェスト・サクラメントに温かくお迎えしましょう！」テーブルを囲む男女が起立し、シークレット・サーヴィス警護官二名をしたがえて会議室にはいってきたマーティンデイル前大統領を拍手で出迎えた。役員の何人か――顔見知りの引退した政治家や軍人――と握手を交わしながらマーティンデイルが巨大なテーブルの上座へと大股に歩くあいだ、豪奢な広い部屋に拍手喝采が反響した。一同の背後の床から天井まである大きな窓の向こうには、晴天の午後の陽射しを浴びて輝いているサクラメントの冬景色がひろがっていた。タワー・ブリッジ、ディスカバリー・パーク、アメリカン川とサクラメント川の合流点といったものが、この特別の会議にうってつけの背景をなしている。

〈トランスカル石油〉取締役社長兼ＣＥＯ（最高経営担当役員）のウィリアム・Ｏ・ヒッチコックがマーティンデイルと熱烈な握手を交わすと、役員の拍手がいっそう激しくなった。ヒッチコックは拍手を三〇秒もそのままつづけさせてから、出席者たちに着席をうながした。「〈トランスカル〉役員諸君、われわれの事業の宿敵がOPEC（石油輸出国機構）であることはいうまでもないと思う。だが、王国を荒らしまわるドラゴンが一匹いれば、それを退治する騎士もまたいるものだ――アメリカのドラゴン退治人はこの人物、前アメリカ大統領にして次期アメリカ大統領、ケヴィン・マーティンデイルであります」ヒッチコックはまたしても拍手喝采を数十秒つづけさせ、ついにマーティンデイルが両手を挙げて降参の仕種をした。

「OPEC幹部が最下限まで原油を減産すると公言したとき、当時のマーティンデイル大統領はOPECの各国首脳と個別に会談し、その後の〈トランスカル〉の供給配分契約が確実に行なえるように特別の輸送と備蓄を取り付けてくださった」ヒッチコックはつづけた。「マーティンデイル前大統領のおかげで、原油価格の安定が守れるような確約を得ている。それによって、OPEC諸国がいかに強大な大国であろうと、生産の上限を超える気づかいはなくなっている。また、OPECのメンバーであろうとなかろうと市場と利潤が確保できる仕組みが維持されたことになる。マーティンデイル前大統領が味方であることを、われわれはよろこび、かつまた誇りに思う。また、落選後返り咲く二番目の大統領たらんとするマーティンデイル前大統領の熱意を支える立場にあることもたいへん光栄であります。みなさん、どうかもう一度、われらが友人ケヴィン・マーティンデイル氏の帰国を歓迎し、感謝しようではありませんか」

三度目の拍手が鳴りやみ、マーティンデイルが役員のひとりひとりに挨拶をしたあと、ヒッチコックはマーティンデイルを会議室とたいして変わらない広さの社長室に案内した。街のすばらしい眺めの見える窓を除く壁三面は希少な美しい美術品に埋め尽くされ、ニューハンプシャー産の御影石とイタリアの大理石で造られた大きな模造暖炉があった。調度は贅沢なスペインの革とカリフォルニアのレッドウッドでできている。マーティンデイルは、オレンジ・ジュースのタンブラーを手にして、大きなソファに腰をおろした。ヒッチコックはマーティンデイルに葉巻を勧め、自分は氷水を注いで、〈ダビドフ〉の葉巻を手にした。「アメリカにきみが戻ってきてほっとした」ふたりで葉巻に火をつけると、ヒッチコックはいった。「きみの旅行は、予想を超える大成功だった」

「ありがとう、ビル」マーティンデイルはいった。「楽しませてもらったよ。旅は好きだし、発展途上国の大物どもと対決するのも楽しい。彼らはOPECという名を聞けば世界中が恐れおののくと思っている。そういう連中が他国の代表の前で小さくなっているのを見るのは痛快だった」

「一週間もないのに一〇カ国か。へとへとだろうな」

「旅をするとわたしのバッテリーはおおいに充電されるというのを、あらためて思い出したよ」マーティンデイルはいった。事実だった。ふつうの人間の一年分のマイレージを一週間で貯めてしまったようにはとても見えない。「いつでもまた出かけられる——

党の全国と州での活動がおろそかになるおそれはあるが」

「州での活動については、心配いらない。公演や資金集めの行事の調整はいまやっているところだ」ヒッチコックはいった。「選挙区訪問をきみが検討する前から、組織をしっかりまとめ、馬力をかけてやらないといけないというのを、だれもが承知している。だから、選挙区遊説や献金額でいいところを見せようと、各候補者も党の委員会もなおのこと必死になっている。まあ、連中も一所懸命やってはいるが、ほんとうに組織がまとまるのは、夏の党大会のころだろう。だから、こっちはまだ何カ月か外交問題に専念していられるし、マスコミもついてくる。ソーンはまだレーダー画面のどこにも現われていないから、外交問題に関しては、きみのひとり舞台だ」

「ソーンのことはそう簡単には斥けられないと思う」ジュースを飲みながら、マーティンデイルはいった。「頭がよく、したたかで、エネルギッシュで――」

「たしかにそのとおりだ――しかし、あの男はいったいどこの惑星からやってきたのかね」ヒッチコックはいった。「この惑星では、無に等しい存在だよ。いまはソーンのことなど心配するな。ほかにだいじな仕事がある」デスクの縁に腰かけ、前大統領の顔を真剣に見つめた。ウィリアム・ヒッチコックは若く、かなりの美男で、巨万の富を握っている。ほとんどは遺産と、苦境を食い物にして栄える石油ビジネスから生じた金だ。政界では新参者だが、ビジネス上の難関を突破したときとおなじように、目の前の敵はすべて殺すという突撃精神で攻めまくっている——勝つためには、持てる武器のすべてを利用する。

マーティンデイル前大統領は、ヒッチコックの最新にして最強の武器だった。マーティンデイルは政界に返り咲こうと必死になっている。だが、ナイト・ストーカーズと呼ばれる隠密とはいいがたい傭兵集団の件で失敗したことで、政治献金があっという間に枯渇した。ワシントンDCで流れている噂によれば、マーティンデイルは、みずから資金を出して元特殊部隊員を中心とするナイト・ストーカーズという私兵部隊を編成し、世界各地で私的制裁や傭兵活動を行なわせているという。だが、陽気な盗賊団を率いる義賊ロビン・フッドと思われるどころか、アメリカで育まれたテロリスト集団と見なされてしまった。そこへウィリアム・ヒッチコックが登場する。アフリカを舞台とする石油カルテルにくわわっていたヒッチコックは、ナイト・ストーカーズを雇い、リビアのエジプト侵攻を探らせ、阻止することに成功した（『炎の翼』）。そのときに、マーティンデイルの力とカリスマ性とエネルギーを目の当たりにした。ふたりの目標は完璧にかみ合った。ヒッチコックは政治的影響力を欲していたし、マーティンデイルは大統領選挙にふたたび出馬するために資金が必要だった。

「なにが起きた？」マーティンデイルはきいた。

「トルクメニスタンでとてつもない嵐が起きる可能性がある」ヒッチコックが答えた。

「当ててみよう。きみらの進出が急すぎるとロシアが文句をいい、油田の一部をよこせと要求している。心配はいらない。バルカン半島でセニコフの計画をナイト・ストーカーズが叩き潰したのを見ているから、ロシアは手出しをしないはずだ」

「ロシアならいいんだがね！　賄賂の分はもう予算に組んである」ヒッチコックはいった。「タリバンが問題を起こしているんだ」

「まいったな。それはまずい」マーティンデイルは大声をあげた。「パイプラインを破壊すると脅迫しているのか？」

「アフガニスタン人の小規模な反乱軍が暴れまくって勇名を馳せている。トルクメニスタン陸軍駐屯地を撃破し、武器を鹵獲して、ハーメルンの笛吹きよりも早くどんどん追随者を集めている。トルクメニスタン政府が手をつかねているのが大きな問題なんだ。いや、それどころかその勢力をひそかに支援しているのではないかと思う」

「それに、ロシア人はタリバンがきみらの施設を吹っ飛ばすのを楽しみにしているだろうな」

「そうなんだよ。トルクメニスタン政府にこのタリバン部隊と戦うように説きつけなければならないが、そうなるとロシア軍が当然首を突っ込む。石油開発の長期契約は、きみの政権が当時のニヤゾフ大統領と締結したんだったな。アシハバードへ行って、タリバンのやつらを撃退するよう、トルクメニスタン政府を説得してくれないか」

「たいしたことはないだろう。ことによるとタリバンの指導者と接触するほうが、こっちの利益につながるかもしれないというのは、認識しておいてくれ——ちょっと賄賂をつかって、パイプラインを燃やすのを思いとどまってもらうというように」

「そういうことは避けたいと思っていたが……まあ、しかたがないだろう」ヒッチコックはいった。「このタリバン反乱軍はチャルジョウの正規軍駐屯地を奪おうとはしないだろうが、東部の油田数カ所を占領して身代金を要求するだろうと、トルクメニスタン側では考えている。しかしながら、反乱軍は西進をつづけ、兵力を増している。仮にチャルジョウが落ちたとすると、トルクメニスタンのわれわれの施設の半分近くがやつらに支配されることになる」

「心配ない」マーティンデイルは自信たっぷりにいった。「グリゼフ大統領と話をして、肚を探ろう。やつのことだから、ロシアに泣きついてタリバンを阻止してもらおうとするだろうが、援助でも金でも相手かまわず受けるはずだ。とはいえ、トルクメニスタンに頼るのはまちがいだと、わたしは思うね。タリバン奇襲隊は、部族に資金を持ち帰るために、長期間の野戦を行なうものなんだ。そっちにじゅうぶんな金を支払えば、煙のごとく消え失せて、どこかの洞窟に帰ってゆくだろう」

「では、トルクメニスタンに行ってもらえるんだな?」

マーティンデイルの顔にかすかな不安の色が浮かんだ。「あまり役に立たないとは思うが。トルクメニスタンは外国人が嫌いで、ことに西洋人にはいい顔をしない。それに、距離を置いてテーブルの下で交渉するのを好む。率直にいって、ぞっとしない土地なんだ。行くのは強力な警護チームを先に送り込んでからにしたい」

「ソーンがそんなものを用意してくれるはずがない」ヒッチコックが指摘した。「ナイト・ストーカーズは？」

マーティンデイルは考え込むようすでジュースをひと口飲んだ。「解隊した。ズワイイを最後に叩きのめすまでに、甚大な損耗をこうむった。生存者にソーンが軍籍の回復と罪の免除を提案し、全員がそれに応じた。だが、わたしが同行させたいのはまさにその連中だよ」懸念を悟られまいと、自信満々でヒッチコックにうなずいてみせた。「心配はいらない。あとは任せてくれ──トルクメニスタンにわたしが行くと脅すだけでも、グリゼフは協力するはずだ。必要とあればアシハバードへ行って、グリゼフに人生の実相を教えてやってもいい。タリバンのほうは、〝みかじめ料〟さえ用意すれば、パイプラインには手を出さないはずだ。当然ながら、金を出すよう強要されたという態にすれば、ソーンには大きな打撃になる。アメリカの海外の経済的権益を護るために部隊を派遣しない大統領がどう見られるかははっきりしている」

「介入しないと考えているんだな？」

「これまでの実例から見て、介入するとは思えない」マーティンデイルはいった。「しかし、スタッフには手だれの補佐官や軍幹部がいるから、介入するよう説得する可能性はある。なにしろ、どう出るか読めない男だ。しかし、ソーンはなにひとつやらないと思う。グリゼフに討伐軍を出させると同時にタリバン部隊にみかじめ料を払えば、パイプラインは安全だろう」

「すばらしい」ヒッチコックが、いかにもほっとした声を出した。「ありがとう。きみはじつに頼りになる、ケヴィン」

「選挙運動の軍資金をたっぷり頼むよ」マーティンデイルは念を押した。

「よろこんで……大統領」ヒッチコックはいった。「〈トランスカル〉のために戦ってくれるあいだは、金のことは心配するな」

「結構」マーティンデイルはジュースを飲み干して、立ちあがった。シークレット・サーヴィス警護官のチームが、移動を開始することをただちに伝達した。「さっそくはじめよう。作戦用口座に余分に三〇〇万を用意してくれ——それで足りるはずだ」

「わかった。今回の件の顧問料として、選挙運動用口座にも数百万入れておく」と、ヒッチコックはいった。マーティンデイルと熱のこもった握手を交わした。「いっしょに仕事ができて光栄ですよ、大統領」そこでこうつけくわえた。「わたしはいつでも選挙運動の陣頭に立つ覚悟でいるし、ホワイトハウスのスタッフの運営も任せてほしい」

「わかっているよ、ビル」マーティンデイルはいった。「しかし、ホワイトハウスの戦場のことは、まだよく知らないだろう」

「〈トランスカル〉の従業員はホワイトハウスのスタッフの一〇〇倍の人数だが、わたしは会社の隅々まで牛耳っている」ヒッチコックはいった。「わたしにはできる。ぜひ機会をあたえてもらいたい」

「きみの希望はよくわかっているが、ビル、まだ政界でスポットライトを浴びるのは早い」マーティンデイルは真剣に諭した。「ホワイトハウスの運営は、《フォーチュン》の上位五〇〇社に挙げられるような企業の経営とはまったくちがうんだ――官僚機構、金で動く政治家、政財界専門のマスコミのせいで、じきに殺人を犯すはめになるだろうよ。いまの援助は、きみの予想以上にわたしにとってはありがたいものなんだ。わたしがホワイトハウスに復帰した暁には、あらゆる物事にきみを関与させよう。でも、いまは陰にいたほうがきみは力を発揮できる」

「わかった――いまのところはそうしていよう、ケヴィン」ヒッチコックは見るからに不服そうだった。「だが、わたしはただの資金源ではないよ。いずれそれを実証する。けっして損はさせない」

「ありがとう、ウィリアム。きみはわたしの頭のなかではまちがいなく候補の最右翼なんだ。しかし、あいにくだが、いくら金があっても、党の支持がなければなにもできない。つまり、全米に通用する強力な綱領を党が組めるように、行動し、政策をはぐくむ必要がある。それに、党の助言を無視してスタッフや政治的任官を決めることはできない。だから、われわれの計画と予定表に専念しよう。外交問題、エネルギー政策、軍事でたえず弾みがつくようにするんだ。そうやってマスコミの注目を浴びていれば、党はいずれわれわれにこびへつらい、いつの間にかいいなりになっているだろうよ。きみを大統領首席補佐官に任命するようにと、向こうから懇願するにちがいない」

「うれしい話だ、ケヴィン。ぜひそうなってもらいたい」

ふたりはもう一度握手した。「トルクメニスタンのことは心配いらない、ビル。二日もすれば終わっているだろうし、いい結果が出るよ。ぜったいにうまくいく。ソーンが胡坐《あぐら》をかいて瞑想にふけり、なにがなにやらわからずぐずぐずしているあいだに、こっちはくすぶりはじめていた危機をまたしてもやつの目の前で解決するという寸法だ」

「ソーンや政権内部のだれかが、トルクメニスタンに関してなにか手を打っていた場合は?」ヒッチコックが疑問を投げた。「われわれが先陣を切って解決に乗り出したといい切れるのか?」

マーティンデイルは肩をすくめ、笑みで応じた。「本人にきいてみよう。前大統領として、大統領スタッフに問い合わせ、説明を受けることができるはずだ。それに、ソーンはひらかれた政府を標榜している。ソーンも政府関係者も、あらいざらい話してくれるだろう。その方法がだめな場合は、ホワイトハウスにスパイを送り込み、こっちのやりかたでなにもかも探り出す」

同日の早朝

ネヴァダ州　バトルマウンテン空軍予備役基地

「いわせてもらえば、レベッカ、こんな無茶な行為は聞いたことがない」第一一攻撃航空団運用群司令ジョン・ロング大佐が棘々しくいった。ロングは、レベッカ・ファーネス、パトリック・マクラナハン、ディーン・グレイ、地上員チームとともにバトルマウンテン空軍予備役基地の地下飛行列線に立ち、飛行任務に先立って地上員へのブリーフィングを行なおうとしていた。ロングとサミュエル・〝ブレイマー〟・ポーグ少佐が、レベッカの乗機とならんで駐機している予備任務機EB‐1C二番機の搭乗員をつとめることになっている。

「あなたの意見はみんなよくわかったわ、でかまら《ロング・ドング》」レベッカは静かにいった。「胸に畳んでおきなさい」

「上官がまちがった方針を立てたときに指摘するのがおれの仕事だ」ロングはいい返した。遠回しにたしなめられたのをきっぱりと拒否し、全員に聞こえるように大声でいった。「これはその典型だよ。試験もなされていなければ、確認もなされていない。惨事になるに決まってる」

「話は聞いた、大佐」マクラナハンが口を挟んだ。地上員が集まっているような場で自分の意見を声高に叫んだロングを叱責したいところだったが、提案のしかたがプロ意識にもとるからといって、議論の芽を摘むのは避けたいと思っていた。そこで、ロングをじろりと見てうなずき、こうつけくわえた。「ジョン、この決定に関しては二日間話し合った。人員の配置は精いっぱいやった」

「将軍、われわれとしては将軍の独断的な期日に合わせるしかないんです」ロングが執拗に論じた。「将軍が搭乗員の安全よりも国防総省の友人たちを感心させることや期日を厳守することばかりを気にしているんじゃないかと心配なんですがね。それに、悲惨な結末にならなければいいと思っているんですよ」

「きみの意見はとくとわかった」マクラナハンはいった。「このテストに関しては、わたしが全面的に責任を負う。失敗してもきみの出世にはなんの影響もない」

「自分の出世なのではなく、団のことが心配なんです」

「ではそれを最優先することだな」マクラナハンは手厳しくいい放った。「いいか、意見を求められないかぎり自分の意見は胸に畳んでおくように、強く忠告する。わかったか、大佐?」

「わかりました、将軍」ロングがいい返した。「感明度良好。はっきりと聞こえました」

レベッカとマクラナハンは、書式七八一の航空日誌の見直しと地上員ブリーフィングを終え、機体の外部点検をはじめた。前部爆弾倉のロータリー・ランチャーには、AIM-150アナコンダ長射程レーダー誘導空対空ミサイルとAIM-120中射程レーダー誘導空対空ミサイルをそれぞれ四基ずつ搭載している。後部爆弾倉のロータリー・ランチャーには、AGM-165ロングホーンTV・赤外線画像誘導空対地ミサイル八基を搭載している。中央爆弾倉には空中回収バスケットに収めたAGM-177ウルヴァリン空対地ミサイル二基が搭載されている。ウルヴァリンの爆弾倉には、一基あたり四基のAGM-211ミニ・マーヴェリック誘導ミサイルが収まっている。

「いいたくないけど、少将。ロングのいうとおりよ——正気の沙汰じゃないわ」地上員に声が聞こえないところまで行くと、レベッカはマクラナハンにいった。

「うまくいくよ」マクラナハンはいった。

「こういうテストをやるのが仕事の技術者やテスト・パイロットが、エドワーズ基地におおぜいいるのよ。その連中に任せればいいじゃないの」

「レベッカ、そんなふうに思っているのなら、参加しなければいいじゃないか」

「参加する理由はそちらとおなじよ——これはわたしたちの計画、わたしたちのプログラムだから、自分たちが陣頭に立ってやらず、他人を危険な目にあわせるなんて、とうていできない」と、レベッカは答えた。「それに、わたしの飛行機なのよ。あなたが墜落させたら、わたしの責任になるの。この部隊には腕のいいパイロットが何人かいるけど、わたしたちにくらべれば新人も同然だし、自分の命を奪いかねないB-1爆撃機に搭乗した経験はない。でも、エドワーズ基地やドリームランドには、一カ月分の給料を差し出してもいいからわたしたちのためにテスト飛行をやりたいと思っている搭乗員がいっぱいいるのよ。向こうにテスト機を持っていって、テスト飛行をやってもらえばいいじゃない」

「そうしない理由は知っているはずだ——きちんと承認されて予算がついたプロジェクトでないと、エドワーズだろうがどこの基地だろうが、一ガロンのジェット燃料も一工数《マン・アワー》も割いてはくれないだろう」

「わたしはべつというわけね。わたしもわたしの予算も、無駄づかいしても差し支えないというわけね？」

「このプロジェクトから手を引く機会は、何度となくあたえたはずだ、レベッカ」マクラナハンはいった。言葉を切り、真剣な面持ちでレベッカの顔を見た。「きみもジョン・ロングも、わたしを攻撃して悪者の烙印を押すのを楽しんでいるふしがある。規則を破ってもまったく罰せられない悪いやつというわけだ。いいだろう——その批判は甘んじて受けよう。しかし、第八航空軍司令官マグネス中将か空軍予備役司令官クレイグ少将に電話を一本入れれば、これをやめさせることができるのに、きみたちはそれをやっていない。この基地のあらゆる幹部士官の前で、わたしを非難するばかりだ。ロングは抗命寸前のことまで平然とやる。《リーノ・ガゼット》に広告を載せる以外のことは、なんでもやってきた。

ところが、きみもロングも上層部に電話をかけはしない。理由はわかっているつもりだ。ふたりとも成功を願っているからだ。新任の航空団司令は、みんなふたつのことを望む。部下が大失敗をしないことと、数多くの司令のなかで抜きんでるために名をあげることだ。平時であればなおさら、輝いてみせる必要がある。ロングは准将の星がほしくてたまらないし、きみのほうは初の女性戦闘パイロットという永年の看板から脱却したい」

「それは事実とちがうわ、少将」レベッカはいった――だが、声に勢いがなく、説得力がなかった。内心ではマクラナハンの言葉が正しいのを承知しているのだ。

「一日こんな議論をつづけてもいいが、埒があかないぞ」マクラナハンはなおもいった。「われわれにはこれを成功させる技倆と知識がある。だが、きみが機長だから、最終的な権限を握っている。反対なら中止を命じてくれ」腰に両手をあてて、マクラナハンは待った。レベッカが降着装置の非常用ブローダウン・ボンベ圧力計に懐中電灯の光を向けて、飛行前点検をつづけると、マクラナハンはうなずいた。「わかった。それじゃやろう」

外部点検を終えると、高い前脚のうしろの傾斜が急な搭乗梯子を昇って、コクピットにはいった。射出座席の飛行前点検を終えてハーネスで体を固定すると、マクラナハンは手早く〝巣作り〟をして、出動を待った。

ほどなくレベッカが乗り込んできた。ハーネスを締めると、チェックリストを出し、右脚に留めて、〈APU（補助動力装置）始動前〉のページをひらいて、点検をはじめた――すぐにやめた。チェックリストの照合はうっちゃり、腹立たしげに腕組みをして――すこしは恐怖も混じっていただろう――座席にもたれた。

「戦争をやりに行くのに、こんなおかしなやりかたってあるかしら」とつぶやいた。

「戦争をやりに行くのに、こんなおかしなやりかたがあるかよ」ディーン・〝ゼーン〟・グレイはつぶやいた。VC（バーチャル・コクピット）トレイラーの金属製デスクに向かい、なにも映っていないコンピュータの平面液晶モニター二台を見据えていた。トレイラーのなかはひどく狭かった。金属製のデスクの前に座席ふたつがあり、その左右にさらに座席がひとつずつあって、コンピュータのキイボード、トラックボール、大きな平面液晶モニターがならんでいる。ダレン・メイスの側には、スーパーコクピット・ディスプレイがあった。これは縦横が三〇センチと六〇センチのフルカラーのプラズマ・ディスプレイで、エンジン・データ、レーザー・レーダー画像、衛星画像など、大量のデータを、ウィンドウズやマックのようなウィンドウ形式でそこに表示できる。トレイラーの他の部分は、電子機器のラック、エアコン、電源、配線に占領されている。ほんものの飛行機の機内よりもさらに窮屈で息苦しかった。それでグレイはいささか――いやかなりの――不安をおぼえた。

「ふーん、すごいじゃないか」グレイはいった。「よし、出撃の準備はできたぞ。だけど、どこにあるんだよ？　操縦装置は？　計器は？」

「ここだ」ダレン・メイスがいった。自転車用ヘルメットに似た軽量の薄いヘルメットを、グレイに渡した。ヘッドセットが内蔵され、半透明のバイザーが前半分を囲んでいる。薄い手袋もいっしょに差し出された。ふたりとも座席についた。ヘルメットをかぶると、電子機器の冷却ファンとエアコンのコンプレッサーの音が聞こえなくなった。

「こいつはすごい！」グレイはおなじことをもう一度いった。システムの電源を入れるやいなや、超現代的なB－1爆撃機のコクピットの三次元電子映像が見えた。在来型の計器はひとつもない――なにもかもが音声制御で、大型のフルカラー多機能ディスプレイを通じて見守られる。手をのばして多機能ディスプレイに〝触れ〟、操縦桿を動かすことができた。「うわ、信じられない！」

「なんでも見たいものに画像を切り換えられる――航空路図誌、衛星画像、技術指令書、センサーの情報――なんでもだ」メイスが説明した。「情報を呼び出し、飛行機と〝話をする〟のは簡単だ――コマンドをいう前に〝ヴァンパイア〟と呼びかけるだけだから、とっさの場合にもすんなりいえる。短縮コマンド一覧もあるが、たいがいの場合は単純な命令をいうだけですむ。あまり抑揚をつけず、おなじ声色でいうようにしてくれ。すぐにコツはおぼえられる」

「いいですね」座席に落ち着くと、グレイは大きな声でいった。「よくできたテレビ・ゲームみたいだけど、音はもっとやかましい。機内に乗っているみたいなやかましさだ」

「マクラナハン少将は、もっと快適な指揮統制施設をこのバトルマウンテンに作ろうと考えている」メイスはいった。「しかし、その前にこれがうまく機能することを実証しないといけない」システムにコマンドを入力する方法——音声コマンド、三次元映像のボタンに触れる、バーチャル画像の指で画面に触れる、視線を向けるテクニックでバーチャル画像の計器盤のボタンやスイッチを操作する、といったいくつもの方法——について、メイスは説明した。

「こいつを飛ばすには、手も脚もほとんどいりませんね」と、グレイは評した。

「墜落で両脚の機能を失った男が、ドリームランドでこれを設計したんだ」メイスは答えた。「ゼン・ストッカードという男で、おれの相棒だった。以前、ドリームランドではなにもかもがバーチャル・リアリティや先進的なニューロン転移テクノロジーを基礎に設計されていたときがあった。身体障害者が装置を動かすには、それが最善の方法だったからだ。パイロットでなくても飛ばすことができる——コンピュータが操縦をほとんど肩代わりしてくれ、空中給油までやる。グローバル・ホークの操縦はたいがい機付長や技術下士官がやっているんだ。さあ、点呼を終えてどさまわりに出かけようじゃないか」

「用意はいいですよ、ボス」グレイは興奮した声でいった。「VAC（バーチャル機長）準備よし」とインターコムで告げた。

「VMC（バーチャル任務指揮官）準備よし」ダレンが報告した。

「モルモットたちが位置についたようね」レベッカが応答した。「ええと、AC（機長）準備よし」

「MC（任務指揮官）準備よし」マクラナハンが告げた。「そんなことをいうと、モルモットたちに恨まれるぞ」

「VE（バーチャル航空機関士）準備完了」マクラナハンの横の座席についたジョン・マスターズが報告した。三〇代なかばだが少年のような見かけのジョン・マスターズ博士は、ふつうの少年がハイスクールを卒業するような年頃にはもう数百の特許をとっており、このバーチャル・コクピットも含めた最新鋭の通信・兵器・衛星技術の開発に携わる小さなハイテク企業スカイ・マスターズ社の主任設計技師兼CEOの座にあった。マクラナハンはマスターズとは長いつきあいで、空軍を無理やり辞めさせられたときに、スカイ・マスターズ社の副社長に就任した。

「よし、みんな、行くぞ」メイスはいった。「VAC、操縦を任せる」

「くそ、行くぞ」グレイはつぶやいた。ふるえを帯びているがしっかりとした声で命じた。「ヴァンパイア、主電源オン」たちまちEB－1Cヴァンパイアのコクピットで照明がついた。グレイは無線機のスイッチを入れ、APU始動の許可を得てから、「ヴァンパイア、APU始動前チェックリスト」と命じた。

コクピットにいたレベッカの目にも留まらないほど、反応はすばやかった。チェックリストの項目——一段階あり、ふつう一分かかる——は、警告灯類がたてつづけにまたたいただけで終わっていた。三秒とたたないうちにコンピュータが応答した。『ヴァンパイア、APU始動準備よし』

「わーお」としかレベッカはいえなかった。

「たまげた」グレイは大声でいった。「ヴァンパイア、ダブル・チーズバーガー一個、ピクルス抜きで」

『フライポテトはつけますか？』

「ええっ？」

「若いもんのやることは見え透いてるよ。そいつは音声識別プログラムにぼくが最初に入れた応答だ」ジョン・マスターズがいかにもうれしそうにいった。"若いもん"とひとつかふたつしかちがわないのだから、見透かしてしまうのも当然だった。

「早くやりなさいよ」レベッカがいった。「こいつ、不気味ね」

「了解」グレイが陽気に答えた。「ヴァンパイア、APU始動」

チェックリストはあっという間にすんなり終わり、ふつうならエンジン始動にかかるぐらいの時間で、ヴァンパイアはすべての準備を終えていた。もっとふつうに近い手順でやっているロングとポーグがチェックリストを終えるのを、四人は待たなければならなかった。やがてエレベーターに牽引されていったB-1爆撃機は、レベル2まであがってゆき、そこでエンジンを始動して、離陸前チェックリストを行なった。ほどなく二機とも地上に出た。

「タキシーはどうやるんですか、ボス？」グレイがたずねた。

「やらなくていい。コンピュータがやる」メイスが答えた。

「オーケー。ヴァンパイア、離陸にそなえてタキシーしろ」グレイが命じた。

「レーザー・レーダー作動、照射中。出力極小、短距離」マクラナハンは報告した。そのときヴァンパイアのスロットル・レバーがゆっくりと押し込まれ、機体が前進をはじめた。

かなりゆっくりだったが、ヴァンパイアはやがてハマーヘッドを出て、滑走の端まで行った。『ヴァンパイア、離陸位置。滑走路残距離三四七〇メートル』コンピュータが報告した。『部分推力離陸可能』

「LADAR(レーザー・レーダー)が滑走路の両末端の位置を確認し、自動的にセンターラインと機首方位を一致させ、最初の障害物までの距離を測定する——今回の場合は、オーバーラン・エリアの端までの距離だ」ジョン・マスターズが説明した。「レーザー・レーダーは近くの地物も測定し、大気を分析する。空気データコンピュータにその情報が入力されて、離陸状況のデータ計算がなされる」

「それじゃ、おれはなにをやるんですか?」グレイがきいた。

「離陸のタイプを選ぶ」マクラナハンが答えた。

「自分で離陸できないんですか?」

「コンピュータは十数種類の離陸をこなすことができる。最大の性能を発揮する離陸、最小限の距離での離陸、荒れた滑走路からの離陸、最大限の標高での離陸、部分推力離陸、騒音削減離陸——あらゆる種類のものを」マスターズはいった。「どれでも命令すればやる」

「おれだってできますよ、博士、おれだって」グレイはいった。「どうやって動かせばいいんですか?」

「アームレストに腕をかけろ」メイスは指示した。グレイが従った。「ヴァンパイア、コクピット調整」メイスは音声コマンドで命じた。たちまちコクピットの操縦装置が、メイスの手になじむように形を変えた。「バーチャル・コクピットでは、操縦装置が自分のほうに来てくれる――その逆ではない」

「いいですねえ！」グレイがよろこんで大声をあげた。ラダー・ペダルも同様だし、スイッチを入れたり、ボタンを押したりするときには、指をのばすだけでいい。制御盤が指先に近づいてきて、用が終わるとディスプレイが見やすい位置に移動し、風防の外や他の計器を〝見る〟ときには、邪魔にならない場所にどいてくれる。グレイはためしに〝鍋をかき混ぜ〟――操縦翼面の作動をたしかめるために、大きく円を描くように操縦桿を動かして――操縦翼面の表示が動くのを見守った。

「そんなに激しくやらないで」レベッカがいった。「操縦翼面がばたばたいってるじゃないの」

「操縦桿を動かすときに抵抗を感じないということを忘れるな」メイスが教えた。「自分のやっていることを知る手がかりは表示や計器なんだ――〝尻の感覚〟で操縦するわけには行かない。離陸滑走ではカメラを使えるが、雲にはいったら即座に計器に切り換えないといけない」メイスは、基地のロボット〝管制塔〟から離陸承認を得た。「離陸を承認された、VAC」

「さあ行くぞ、みんな」グレイはいった。〝スロットル〟に手をかけ、ゆっくりと押していった——それでも急すぎた。さらにゆっくりと押して、ゾーン1アフターバーナーに入れたところで、ブレーキを解放し、じわじわとゾーン5に押し込んでいった。なにも変わりは感じられなかった——そのとき、グレイが察する前に、コンピュータが告げた。『ヴァンパイア、機首上げ速度、用意、用意、機首上げ』グレイは用意ができていなかった。操縦桿を引いた——変化はない。もっと引いた……それでも変化はない——と、突然、機首が大きく持ちあがった。

「機首をもっと下げて、中尉」レベッカが注意した。「機首を起こしすぎよ」

「すみません」グレイは引く力をゆるめた。

「下げすぎ！」レベッカが叫んだ。「機首を起こして！」まだ地表から五〇フィートも離れていなかった。グレイは操縦桿を引き——またしてもＰＩＯ（パイロットの過失による激しい揺れ）を引き起こした。レベッカがたまりかねて叫んだ。「操縦を代わるわ！」

「ゼーンに直させろ、レベッカ」メイスが落ち着いていった。「操縦装置はそうっと動かすんだ、ゼーン」そっと指示した。「データリンクにほんのわずかな遅れが生じる——それを予測しておけ。操作し、しばし目を光らせているんだ。目に映るものは、じっさいの機の動きからほんのすこしだけ遅れている。計器を使いつつ、遅れをつねに意識しないといけない」

『ヴァンパイア、様態警告』コンピュータが告げた。

「ゼーン、おまえは自力で離陸したかったんだろう。機体をクリーンにする（機外に出ているものをなくすこと）のを忘れるな」と、メイスはいった。

「しまった。そうだ」グレイはつぶやいた。「ヴァンパイア、離陸後チェックリスト」

たちまち降着装置が収納され、不要の灯火が消え、航空交通管制向けのトランスポンダーが作動し、ミッション適応操縦系統が離陸様態から巡航上昇様態に切り換わった。

『離陸後点検完了』コンピュータが数秒後に報告した。

「まったくたいしたもんだ」グレイはためしに機首を左右に小さくふった。「遅れになれさえすれば、そう悪くない」

「よくいうわ」自分の乗っている爆撃機がでたらめな動きをするのを不安げに見守りながら、レベッカはいった。「若いひとたちは楽しいんでしょうね——テレビ・ゲームみたいだと思っているんじゃないの、ゼーン？」

「ええ、そうです。横転させたらどんな感じかな？」

「そんなことをしたら軍法会議にかけるわよ——そのあとで殺す」

「遊びはおしまいだ。この飛行機の本来の飛びかたをさせろ」メイスがいった。「ヴァンパイア、フライト・プラン1起動、標準巡航上昇」

『ヴァンパイア、フライト・プラン1起動』コンピュータが応答した。

　グレイが操縦桿を握る手の力を抜くと、たちまちオートパイロットが操縦を交替し、スロットルをアフターバーナーから戻し、上昇率を減じて、最初の中間地点《ウェイポイント》を目指した。

「2、離陸、レーダーで探知している」ジョン・ロングが報告した。

　メイスは、驚嘆の念を隠そうともせずに推移を見守った。「まったく信じられない」その言葉どおり信じられないという口調でいった。「ネヴァダ州北部の僻地に置かれたトレイラーのなかに座っていて、重量一三六トンの超音速爆撃機を操縦することができるんだからな。とても現実とは思えないよ」

「ほんとうにすごいのはここからだ」ジョン・マスターズがいった。「テレビ・ゲームなんかとは比べ物にならない。ほんものの飛行機《マシーン》が飛んでいるとはとても思えない。ぼくらは――」そのとき、コンピュータの画面で明滅しているメッセージに気づいた。

「主データリンク・コンピュータに不具合が生じている」

「どうなった？」マクラナハンがきいた。

「主コンピュータの不具合だ。自動的に補助コンピュータに制御が移された」マスターズは答えた。「主コンピュータが自動的に再起動している。回復するまで二分かかる」

「これを着陸させたらどうなの？」レベッカがいった。「二番機《ウイングマン》にやらせましょう」

「データリンクと操縦用の独立して機能するコンピュータが予備も含めて四系統ある。くわえて、どのシステムが損傷しても基地へまっすぐ帰る飛行を強制的に制御する緊急システムも一系統ある」マスターズは説明した。「システムはやるべきことをちゃんとやった――順調なべつのコンピュータに仕事を引き継いで、再起動し、点検が終わればつぎの引き継ぎに備える」

「つぎの引き継ぎ？　またコンピュータが壊れるっていうの？」

「最悪の事態を予定しつつ、最善を願っているんですよ、准将」マスターズはいった。

「えー……主コンピュータが回復したから、順調なコンピュータがまた四系統になった。これでもとどおりだ」

「博士、それを聞いて安心したとは、とてもいえないわね」レベッカはいった。「みんな、忘れないで。これはわたしの航空団の飛行機なの。わたしが飛行を許可したのよ。だから、このテスト任務をやめるかどうかは、わたしが決める」

「了解しました」グレイがいった。「それじゃゆっくりして飛行を楽しみましょう」

トルクメニスタン東部　カラクム砂漠
同夜

遮蔽物のない砂漠を横断する能力があるのはわずかな数の装軌車だけなので、ジャラルディン・ツラビーはやむなく部隊を分割した。部隊は三個に分けられた。二個は一五キロメートルの距離を置いてキジル－タバドカン街道沿いで野営し、問題が起きたときにはたがいの野営地を目指す構えをとる。ツラビーが率いる三個目の部隊は、墜落現場に向けて徒歩で行軍する。ガウルダクでの戦闘が迫っているのと悪天候のために、夜明けまでヘリコプターの支援は見込めない——実質的に孤軍として作戦を行なうしかない。使用可能な暗視ゴーグルがいくつかあったし、天候も回復してきたので、ツラビーは気温が低く夜陰にまぎられるうちに出発して、コンパスと祈りだけを頼りに墜落現場に向かうことを決断した。

ケルキで鹵獲した旧ソ連製の古いMT-LB装軌兵員車一輛で二〇キロメートルを行くのに、ちょうど一時間かかった。ツラビーは、もっと旧式のGSh-575装軌車一輛までひっぱり出していた。もともとはZSU-23四連装自走高射機関砲だったのだが、機関砲はとうの昔に使用不能になり、発砲できないようにしてある。このGSh-575が、ML-TBの三〇〇メートル前方で斥候の役目を果たしていた。これがまた五キロメートルか一〇キロメートル走るたびにキャタピラがはずれるので、よけい進行が捗《はかど》らなかった。ジェット機の音が近くから聞こえ、車輛を捨てて身を隠すようにと部下たちに命じたことが、何度かあった。だが、やかましいエンジンの反響が消えても、それがどちらの方角を飛んでいるのか、突き止めることはできなかった。兵士たちは神経が参りかけていた。

夜明けまで三時間というころに、煙があがっていたと思われる場所に部隊は到着したが、墜落の形跡はなにもなかった。やむをえず、系統だった捜索を開始することにした。装軌車二輌を使って捜索のための升目を描き、捜索範囲が多少重なり合うようにあんばいしつつ、徒歩の兵士が定められた座標を各方向に移動した。

一時間たっても残骸には行き当たらなかった。「馬鹿げている」最新の報告を受けたあとで、ツラビーはつぶやいた。「ぜったいにここに落ちるのを見た。半生ずっと砂漠ばかり旅してきたんだ――空想ということはありえない」先任軍曹のアブドゥル・デンダラのほうを向いた。「なにかおれが見落としていることがあるか、アブドゥル？」

「煙を見たということは、地表に残骸があるはずですね。飛行機にせよミサイルや砲弾にせよ、砂に埋まったら、遠くから見えるような煙は出ないでしょう」と、デンダラはいった。「砂のなかも調べるようにと、みんなにいってあります。短時間ながら強い嵐がこのあたりをきのう通っています――残骸が埋もれている可能性もある」あたりを見まわした。むろん暗いので、たいして見えない。「著明な地物《ランドマーク》はなく、精確な位置もわからない――ひょっとして場所がちがうのではないですか」

ツラビーは声を殺して悪態をつき、地図を出すと、赤いレンズで光を弱めてある懐中電灯で照らした。「わかった。五キロメートル南に移動して、もう一度升目捜索をやろう。あと一時間捜したらやめて、大隊のあとの連中と合流しよう」

ツラビーが無線で呼ぶと、MT-LBがほどなく迎えにきた。コンパスを使って、ツラビーは南に向かわせ、そこでふたたび升目捜索を設定した。部隊の兵士たちがあらたな位置につくにはしばらくかかる。この地域の捜索を終えて夜明けまでにケルキに戻るには、自分も捜索にくわわらなければならないと、ツラビーは判断した。ＡＫ－47に銃剣を付け、赤いレンズの懐中電灯で照らしながら砂地をついて、残骸を捜した。

捜索が困難であることに、すぐに気づいた。重要な証拠物件のすぐそばを通っても見落とすおそれがあるし、地雷を踏んで脚を吹っ飛ばされないともかぎらない。この作業をきちんとやるには、五感を研ぎ澄ましていなければならない。ことによると、超感覚的知覚（ＥＳＰ）のたぐいを駆使する必要もあるかもしれない。エンジン音やディーゼル排気や乗員の叫び声で気が散ることがないように、ツラビーはＭＴ－ＬＢを遠くへ追い払った。

ようやくだいぶ静かになった。夜目も利きはじめ、懐中電灯の光がじかに当たっていない地表の物体も見えるようになった。まだ排気ガスのにおいがしていたので、ＭＴ－ＬＢをさらに遠ざけようと、携帯無線機を手にした。

口もとに無線機を近づけ、送話ボタンに指を乗せたところで、ツラビーは動きをとめた。たしかに排気ガスのにおいがしているが、ＭＴ－ＬＢは風下にいる。その排気ガスであるはずはない。べつのものだ。自分の鼻を無線標識の電波で方角を知るＡＤＦ（自動方向探知機）代わりにして、においの源の方角を突き止めようとした。

二、三分後にわかった。黒ずんだ金属の塊がにおいを発していた。航空機エンジンにちがいない。ちょうど寝袋ほどの大きさで重量が四、五〇キロとおぼしい巡航ミサイル用ターボジェット・エンジンだった。見つけた！　ツラビーは興奮して懐中電灯で照らした。ほかにも近くに残骸があった――胴体の大きな破片もある。ここだったのだ！

AK‐47を肩にかけて、携帯無線機を口に近づけ、送話ボタンを押した。「ダーハブ2、こちら1。小型航空機もしくは巡航ミサイルの残骸の一部を発見した。新しい升目の〇・五キロメートル南だ。合流し――」

その瞬間、かすかなシューッという音が聞こえた。ツラビーは片膝を突き、左手に持った携帯無線機を懐中電灯に持ち替え、腕を横へのばした。右手でトカレフTT‐33を抜く。音の源に向けた懐中電灯の光の方角に、トカレフの狙いをつける。なんの気配もしない。砂漠を走る足音も車輛の音も聞こえない。ツラビーは懐中電灯をすばやく消して、携帯無線機を持った。「ダーハブ、ダーハブ、警戒しろ！　何者かがいる！」

不意にまばゆい星の幕に視界をさえぎられ、上下の感覚を失った。倒れるまいと必死であらがったが、いつのまにか砂地に腹ばいになっていた。まだそのまましゃがんでいるような感覚が残っていたが、太陽に灼《や》かれて固くなった砂の地面が顔に当たっているので、倒れているのだとわかった。目はあいているし、呼吸も自然だったが、手脚を動かすことができない――声が聞こえた。機械めいているが、人間の声にちがいない。それも英語でしゃべっている!

「一名斃《たお》した。安全を確保」ハル・ブリッグズ大佐が報告した。「ステルスホークが発見された。もう報告されたかもしれない」電子バイザーの視野をすかさず変更し、上空を周回しているステルスホーク無人戦闘航空機一番機の赤外線センサーの画像を受けられるようにした。「お客さんだ。装甲兵員輸送車が接近している。ホーク1を制御させてくれ」

「了解した」バトルマウンテン空軍予備役基地のバーチャル指揮所トレイラーにいるダレン・メイスが答えた。制御盤のボタンを押しながら告げた。「ホーク1、制御をティン・マン1に転移しろ」

『ステルスホーク操縦系統をティン・マン1に転移。転移中止指示待ち』コンピュータが応答した。数秒後にまた報告した。『ステルスホーク操縦系統のティン・マン1への転移完了。命令を待つ』

「ホーク1、現況報告」ブリッグズが命じた。

即座に応答があった。『警告、移動中の未確認装甲車輛、方位〇六二度、距離一・三海里、針路二七三度、速力二二ノット、物標タンゴ1と名付ける。警告、静止している未確認装甲車輛、方位〇一四度、三・一海里、物標タンゴ2と名付ける。タンゴ2が南に向かい、加速している。速力一五ノット。警告、多数の歩兵物標がゆっくりと接近中、距離三海里、方位〇一六』

ブリッグズは、視線照準システムを使い、ステルスホークが捉えた装甲車輛のうちの近いほう——MT-LBに照準カーソルを合わせ、メニューの音声コマンドを指定して告げた。「ホーク1、ターゲットを攻撃しろ」

『タンゴ1を攻撃、攻撃中止指示待ち』と、ステルスホークが応答した。すぐに哨戒のための周回を脱し、ターゲットめがけて降下した。ステルスホークの攻撃は非の打ちどころがなかった。ターゲットの輪郭にロック・オンすると、ミニ・マーヴェリック・ミサイル一発を放った。車体のもっとも熱い部分——エンジン区画の真上の薄い外板を、ミサイルが突き破った。エンジンが爆発し、まばゆい火の玉に包まれる。車体全体が炎に呑み込まれる前に脱出できたのは、わずか三人だった。

「一輛破壊した！」ハル・ブリッグズが叫んだ。「いいぞ！　あんたらのこしらえたガラクタが好きになりはじめたよ、博士」

「恐悦至極でございます」バトルマウンテンにいるマスターズが答えた。

「ホーク1、現況報告」

『タンゴ1を活動不能にした。タンゴ2は西に方向転換、方位三五〇、二・八海里。未確認の歩兵物標多数がいまなお南に向けて進んでいる。方位〇一〇』

「二輛目の装甲兵員輸送車は、距離を置いてわれわれのようすを探ってから攻撃するつもりらしい」と、ブリッグズは推測した。「ホーク1、高度一万五〇〇〇フィートの一〇海里上空掩護哨戒位置につけ」

『ホーク1、一〇海里上空掩護哨戒位置に。命令取り消し待ち』ステルスホークが、ブリッグズの位置が敵に知られないように、数百メートルごとに周回の中心をずらす〝ぶれる円〟飛行パターンを開始した。

メイスが嬉々としてうなずいた。「ステルスホークはターゲットをすべて発見し、地上からの音声コマンドに従って、みごとに攻撃を成功させている!」よろこびの声をあげた。「じつにすばらしい!」

「よし、曹長。最後のターゲットは任せるぞ」ブリッグズが命じた。

「合点、大佐」クリス・ウォール曹長が、電子照準器を使って電磁レールガンで二輛目の装甲車に照準を合わせ、発砲した。ソーセージほどの大きさのタングステン鋼の発射体が、秒速三〇〇〇メートルという信じられないような高速で発射された。この発射体は、爆発する弾頭を備えていない——必要ないのだ。すさまじい速度で飛ぶ発射体はGSh-575の装甲をいとも簡単に破り、石鹼の泡を割るみたいにあっさりとタリバン戦士の体を抜けて、エンジン・ブロックと駆動輪を貫き、砂に三〇メートルの深さまで潜って、ようやくとまった。破砕したエンジンは、膨らませすぎた風船みたいに破裂した。

「ターゲットを無力化した」ウォールが、こともなげに報告した。

『ターゲット2を無力化』ステルスホークがその直後に報告した。

「楽勝だぜ」ウォールがぽつりといった。歩を進め、地面に倒れているタリバン戦士のほうを示した。「目が醒めてるみたいだ。一部始終を見てるかもしれない。連れてったほうがいいんじゃないですか」

「スタンバイ。3、こちら1。これまでに回収したものは？」

「重量九〇〇キロ程度です、1」第一エア・バトル・フォース地上作戦科に配属されているブリッグズの先任将校マーク・バスティアン空軍中尉が応答した。身長一九三センチというのは、ティン・マン電子装甲を身につけた人間としてはもっとも長身だった。

「あと一三〇キロほどを選り出さないといけません」

「了解。2、ダッシャーには捕虜を乗せるスペースがない。訊問し、できるだけ情報を引き出してから、装甲車の残骸の近くにとどめ、引き揚げにそなえよう」

砂漠に横たわっていたジャラルディン・ツラビーは、一輛目の装甲車が破壊されるのを目にして、二輛目が破壊される音を聞いていた。やっと腕や脚を動かせるようになったが、体がものすごく重かった——どの筋肉も、まったく力がはいらない。

昆虫の複眼めいたバイザー付きのフルフェイスのヘルメットをかぶった黒ずくめの異様な人間がふたり、大股でツラビーの前にやってきた。ひとりが未来風の馬鹿でかいライフルを持って見張りに立ち、もうひとりが墜落した航空機の破片を調べている。巡航ミサイルのエンジンとおぼしいものをその人間が小石でも拾うようになんなく持ちあげたのを見て、ツラビーはびっくりした。こいつらは何者だ？　アメリカ人にちがいない——こんな科学技術はアメリカにしかない。アメリカ人か火星人のどちらかだろう。

大きなライフルを持った人間が近づいてきた。「おまえの名は《イスムカ》？」と、アラビア語でたずねた。

「なにもしゃべらないぞ」ツラビーはいった。「おまえたちは何者だ？　どうしてわれわれを攻撃した？」そういったとたんに、こめかみを不意に強い電流が流れ、目が飛び出しそうな感覚を味わった。ツラビーは悲鳴をあげた。

「おまえの名は？」相手はくりかえした。

「ツラビー。ジャラルディン・ツラビー」

電撃がやんだ。「タリバンか？」

ツラビーは黙っていた——だが、ふたたび電気ショックをあたえられると、早口で返事せずにはいられなかった。「そうだ。くそ！　タリバンだ！」

「おまえの指揮官の名は？」

「将軍の名は?」

「将軍」

「ただの将軍だ」

こんどの電気ショックは前ほど激しくなかったが、さっきの電撃のひどさをツラビーは憶えていた。

ツラビーは沈黙を守ったが、やがて苦痛のあまり悲鳴が漏れそうになった。「名前は?」

「ワキル・ムハンマド・ザラズィだ」たちまち痛みが去った。気を失ったほうがましだとツラビーは思ったが、相手は意識不明にならないように電気ショックを加減するすべを心得ているようだった。

「おまえの階級は?」

「階級はない。おれは聖戦士だ」

「だが、指揮官は将軍なのだろう?」

「将軍を自称している。だが、われわれは聖戦士タリバンだ。神のしもべであり、自分の部族の忠誠な一員なのだ」

「この作戦が聖戦だというのか?」その異様な風体の人間の声は、電子的に合成されていたが、それでも驚いているのがわかった。「トルクメニスタン侵攻を聖戦と称するのか?」

「われわれがアフガニスタンの故郷の村や家を捨ててトルクメニスタンにはいったのは、おまえたちアメリカ人のロボット殺人機械から逃れるためだ！」ツラビーは怒りをこめて叫んだ。「忠実な兵士やシンパが見つかったので、そのままトルクメニスタンにいる。故国に戻るよりも西を目指すほうがたやすいからだ」

間があった。ヘルメットを通じて仲間と話をしているのだろうと、ツラビーは判断した。やがて質問が投げられた。「おまえたちの聖戦部隊の兵力は？」

「われわれはおまえたちにとって脅威ではない」

「兵力をきいている」

「数千人だ。はっきりとはわからない。毎日のように脱走兵がくわわっている。トルクメニスタン軍兵士は、給料を多く支払うほうにつく」

「ケルキ攻略後の目標は？」

「将軍の胸三寸で決まる。神が指示し、勝利へと導いている、そう将軍はいっている」

「じっとしていてもらえますか《ワーキフ・ハーナ・ミン・ファドリカ》」機械めいた抑揚のない電子的な声で、相手がツラビーに告げた。

「どこへも行けるはずがないだろう、ロボットさんよ？」ツラビーは答えた。「車輛は二輛ともおまえたちに破壊され、部下は殺された。本隊はここから一〇〇キロメートル以上離れたところにいる」

だが、恐ろしい人間は、早くもすたすたと遠ざかっていた。ツラビーは大破した装甲兵員輸送車の残骸の大きな金属片を拾いあげて投げつけた。相手はふりむきもしなかった——だが、青い稲妻が肩の上の電極から発せられ、金属片に命中した。飛んでいる最中の金属片が、熟れすぎたメロンみたいに破裂した。いったいこいつらは何者だ？

MV-32ペイヴ・ダッシャー・ティルトジェット機が、墜落現場から数海里離れた隠れ場所からやってきて、墜落したステルスホーク無人戦闘航空機の重要な部品とティン・マンを回収し、飛び去った。それと同時に、マクラナハンはEB-1Cのレーザー・レーダーで広域捜索を行なった。『未確認空中物標二個、七時の方角、距離三一海里、絶対高度一〇〇〇フィート、気速一三〇ノット』と、攻撃コンピュータが報告した。『未確認機《ボギー》1および2と名付ける』

「新しいお客さんを捉えているか、ダレン？」マクラナハンはきいた。

「ええ、こっちも見ています」メイスが答えた。「ヴァンパイア、未確認機《ボギー》のIFF（敵味方識別装置）確認」

『IFF確認できません』コンピュータが答えた。ヴァンパイアは符号呼び掛け器《コーデッド・インテロゲーター》から信号を発して、IFFを搭載している友軍機からの応答を引き出すことができる——応答がない場合は、敵性と判断される。『敵機《バンデイット》1および2と名付ける』

「バンディット1を攻撃しろ」メイスは命じた。しばし待ってから、もう一度強く命じた。「バンディット1を攻撃しろといったんだ、ヴァンパイア。くりかえす、バンディット1を攻撃しろ、ヴァンパイア」

グレイが、びっくりしてメイスの顔を見た。「その……大佐」

メイスが指を一本立てたが、グレイはなおもいった。

「魔法の呪文をいうのを忘れてますよ、ボス」

「わかっている――コンピュータが自分からやるかどうか、たしかめたかったんだ」

「さっさとやってくれない、あなたたち」レベッカが注意した。「装備のテストは、味方が危地を脱してからにしてよ」

「ちょっとためしただけだよ、レベッカ」メイスはいった。「ヴァンパイア、バンディット1を攻撃。つかまってろ、搭乗員」

『バンディット1と交戦』コンピュータが応答した。EB-1Cが即座に右急旋回を開始し、ゾーン5アフターバーナーまで推力をあげた。

「兵装安全解除」多機能ディスプレイの表示を見て、マクラナハンは報告した。離陸の時点から、まったく姿勢を変えていない――両手で射出座席の肘掛けをしっかりと握り、膝を合わせ、射出に備えている。「スコーピオン・ミサイル電源オン。導通点検中……全兵装の導通および接続点検」

『攻撃まで三〇秒』コンピュータが応答した。と、そのとき、『攻撃中止』と告げ、ヴァンパイアは左右水平に戻り、現在の高度を維持した。

「兵装が自動的に安全になった」マクラナハンは報告した。「ジョン……」

「第二コンピュータが壊れた」マスターズが、即座に答えた。「第三コンピュータは、兵装安全解除のままでは引き継がない。すぐに制御が引き継がれるはずだ」

「ヴァンパイア、バンディット1を追撃、フライトレベル一五〇（高度一万五〇〇〇フィート）、距離一〇海里に接近しろ」と、メイスが命じた。応答はなかった。「ヴァンパイア、フライトレベル一五〇、バンディット1の後方、距離一〇海里に接近しろ。おい、コマンドを受け付けないぞ」

「第三コンピュータが制御を引き継ぐまで待て」マスターズがいった。

「〝待て〟？　どういうことよ、〝待て〟って？」レベッカがきいた。

「コンピュータ引き継ぎ完了」マスターズがいった。「もう万事問題ないはずだ」

「ヴァンパイア、フライトレベル一五〇のバンディット1の後方一〇海里に接近しろ」メイスは命じた。EB‐1Cが即座に急降下を開始し、たちまち音速を超えた。「まもなくミサイル発射……準備……爆弾倉扉があくはずだ……」

「そうはならない」マクラナハンが注意した。「攻撃コマンドをもう一度いわないと」

「またしても不具合？」レベッカがうめいた。

「不具合じゃない」マスターズがいった。「コンピュータが機能不全を起こした場合のために、攻撃コマンドは保存されないようにプログラミングされている。まちがった攻撃コマンドを実行しないように、再度コマンドをいわないといけないんだ」

「ちょっと待ってよ」レベッカはいった。「それなら、いったん中止してから――」

だが、そのときにはもうメイスがコンピュータに命じていた。「ヴァンパイア、バンディット1を攻撃しろ」

「待ってっていったのよ！」レベッカは叫んだ。手をのばして操縦桿をつかみ、パドル・スイッチをぎゅっと握った。即座に操縦翼面の抵抗が感じられた。「操縦を交替した！」

「レベッカ、操縦をVCに戻せ」メイスがいった。

「准将と呼びなさいよ！」レベッカはいい返した。「だいいち、わたしの乗機のことでは、だれの命令も受けない。資格もろくに持たない地上の航法士なんかに指示される筋合いはないわ！

いいこと、あなたたちがコンピュータの画面に見とれてて気づいていないといけないからいうけど、わたしたちはマッハ一・二、俯角五度で降下しているの。約一〇秒後にはこの地域の緊急降下高度を通り抜け、それから一五秒後には煙を吐く地面の穴の底で死んでいるのよ。この飛行機はわたしたちを殺そうとしている。それなのに、あなたはコンピュータ論理について議論をしている」

「レベッカ、これは初のテストなんだ」マクラナハンがいった。「バグを洗い出せるように、システムに任せるんだ。そうやって――」

「〝バグを洗い出す〟？　そのためにいったい何人を危ない目にあわせるのよ」レベッカは反論した。「こんなのはわたしの仕事じゃないわ、少将！　そちらは何年ものあいだ例の湖に引きこもって、このろくすっぽテストしていない危険きわまりない飛行機に乗っていたかもしれないけど、わたしはちがうの！」いくら腹を立てていても、エリオット空軍基地と呼ばれているグルーム湖のHAWCで副司令官をつとめていたという前歴を口にしてはいけないことは承知していた。「わたしは部隊の航空機を実戦でもっとも有効に活用できるようにするために、厳しい訓練を行なっているのよ」

「つまり、テスト飛行を中止するというのか、准将？」メイスがたずねた。

返事の代わりに、レベッカはスロットル・レバーを推力八〇パーセントまで戻し、左計器盤のスイッチふたつ――兵装使用承認スイッチとデータリンク接続スイッチ――をオフの位置に入れた。「操縦を交替した。テストは終了。接近中のバンディットをやって、少将」

「了解、機長」マクラナハンは応答した。間髪を入れず先頭のヘリコプターにロック・オンした――だが、ヘリコプター二機はペイヴ・ダッシャーを追撃しているのではなく、無人機墜落現場の味方のもとへ向かっているのだと、すぐに判明した。「敵機二機は脅威ではない」と、マクラナハンは告げた。「兵装安全」即座に離脱フライト・プランを呼び出して、レベッカにオートパイロット針路コマンドを伝えた。アラビア海上空に出てかなりたつまで、レベッカは操縦を他に任せるのを拒みつづけた。

ペイヴ・ダッシャーが無事にアラビア海上空に出て、追跡の気配がないとわかるまで、ヴァンパイアから発進したステルスホークが付近を警戒した。そのころにはEB−1C二番機のポーグとロングがディエゴ・ガルシアで給油を終えて空中哨戒を再開し、ペイヴ・ダッシャーが前方基地として使用している救難船を掩護していた。ペイヴ・ダッシャーは無事に着艦し、給油して、そこからディエゴ・ガルシアに向かった。

いっぽうレベッカとマクラナハンは、ステルスホークと緊密な編隊を組むために通常よりも遅い速度で、ゆっくりとディエゴ・ガルシアを目指していた。これでもう丸二日近く飛びつづけているので、インド洋の孤絶した熱帯の島で休憩するのを心待ちにしていた。だが、その前にやらなければならない仕事がいくつかある。

「レベッカ、バーチャル・コクピットがステルスホークをドッキング位置につけることができるかどうか、やらせてみてくれ」マクラナハンは、インターコムで頼んだ。

「どうかしら。ミサイルを搭載しているのよ。着陸させたほうがいいんじゃないの」

「しかし、ディエゴ・ガルシアで兵装をおろす予定はない。搭乗員を休ませ、報告聴取《デブリーフィング》を行ない、給油し、また離陸するだけだ」と、マクラナハンは諭した。「テストするのにうってつけじゃないか」

「賛成できませんね」

レベッカはテストに頑として反対しているのではなく、疲れているだけではないか、とマクラナハンは思った。このシステムの能力を知りたいと考えているようにもとれる。

「ドッキング前の位置までだ。懸吊《けんちょう》装置に収めなくてもいい」マクラナハンは説いた。

「ためしにやってみよう」

「だめといっても受け入れないんでしょうね」レベッカが皮肉っぽくいった。それもマクラナハンには拒否ではないように思えた。「わかったわよ。やって。この飛行機を空から叩き落とさないようにしてよ」

「よし。こっちはテスト中は休憩しよう」マクラナハンはコマンド周波数で命じた。

「接近させてくれ、ダレン」

「了解」バーチャル・コクピットのメイスが応答した。「ホーク1、ヴァンパイア1と集合。左フィンガーチップ編隊」

『ホーク1、ヴァンパイアと集合開始。集合中止指示待ち』ほどなくステルスホークが急上昇でEB－1Cヴァンパイアに近づいていった。

「わたしにはなすすべがないわね」レベッカがいった。

かった。

「うまくいくよ」マクラナハンは請け合った。声に宿る疑念を抑え込まなければならなかったが、もう一度いった。「うまくいく」

予想以上にうまくいった。ステルスホークがヴァンパイアとほぼおなじ高度まで加速して上昇し、速やかに近づいて、レベッカの側の窓の六〇メートル左下の位置につけた。高度差はわずか五〇フィートだった。「ステルスホークを肉眼で捉えている」レベッカが報告した。フィンガーチップ編隊の変形をぴったりと組んで夜明けの空を飛ぶステルスホークは、まったく完璧に見えた。「異状は見られない」

「後部爆弾倉扉解放、ドッキング・ウェブ展開」メイスが命じた。遠隔操作で爆弾倉扉をあけると、つぎにこう指示した。「ホーク1、ヴァンパイア1とのドッキング前位置に移動しろ」

『ホーク1、ヴァンパイア1とのドッキング前位置に移動する。移動中止指示待ち』と、ステルスホーク無人機が応答した。遠隔操作カメラの画像を一同が見守っていると、やがてステルスホークがするすると後退し、EB－1Cの胴体下を横切っていった。

「ああ、おなかの下をくぐってるのがわかるみたい」レベッカが息を呑んだ。

「落ち着け、レベッカ」といったものの、マクラナハン自身もふだんの声が出せなかった。

ステルスホークはなおもヴァンパイアの胴体の下を移動し、後部爆弾倉の開口部でぴたりととまった。そして、苦しいくらいのろのろと上昇をはじめた。ヴァンパイアの後流のなかで針路を微調整しているステルスホークの機体の揺れや気流の乱れが見えた。だが、ヴァンパイアもステルスホークもミッション適応〝頭のいい〟外板をじゅうぶんに利用し、飛行制御コンピュータを駆使して、たがいの機体から発生する後流や乱気流を和らげた。後流のなかににゅっと突き出された、二枚貝の殻一枚に似た形のドッキング・ウェブと呼ばれる複合材の大きな枠に、ステルスホークがじわじわと近づいていった。一〇〇〇年もたったかと思えたが、ステルスホークがようやく報告した。『ホーク1、ドッキング前位置で安定』

「やったぞ、ベイビー!」ジョン・マスターズが叫んだ。「さすがおれの子だ!」

「順調みたいね」レベッカがいった。「それじゃ、見える位置に戻してくれる」

「了解、ホーク1、左フィンガーチップ位置に移動しろ」メイスが命じた。

『ホーク1、左フィンガーチップ位置に移動。移動中止指示待ち』ステルスホークが指示に従い、まもなくレベッカの側の定位置に戻った。

「これでいいわ、マスターズ博士」レベッカは、久しぶりにちゃんと息をすることができたという顔をしていた。「それじゃ、ディエゴ・ガルシアに着陸させましょう」

「レベッカ、ドッキングを試してみたほうがいい」メイスがいった。

「フライト・プランにはないわ」

「母機と無人機の動きは、予想以上にうまくいっている」メイスは応じた。「やってみよう」

「計画どおりにやるのよ、みんな」レベッカは反論した。「ミサイルや爆弾を積んでいないときに、いつでもドッキングできるじゃないの。無人機のせいで機体が損傷したうえに爆装を投棄できなくなった場合、ディエゴ・ガルシアに着陸を許可してもらえなくなる――ヴァンパイアを着水させるはめになるわ」

「レベッカ、やってみよう」マクラナハンはいった。「装置は出ているし、ドッキング前の集合は順調で安定していた。うまくいく」

レベッカは一瞬考えた。レベッカの迷いを見てとったマクラナハンは、進めてもいいと判断した。

「ドッキングを許可する、ダレン」マクラナハンはいった。

「了解しました!」メイスが嬉々として応答した。「ホーク1、ヴァンパイア1とドッキング。中央爆弾倉」

『ホーク1、ヴァンパイア1の中央爆弾倉にドッキング』と、ステルスホークが応答した。レベッカが目を丸くして見ていると、無人機は視界から消えて、ちっぽけなロボット飛行機が自分の体のまわりを飛んでいるような奇妙な感覚がよみがえった。

ヴァンパイアの機体下の後部爆弾倉あたりにふたたび潜り込んだステルスホークが、

数秒かけてドッキング前位置を安定させると、ゆっくりと上昇を開始した。レベッカとマクラナハンは、ミッション適応システムでも完全に消滅させることのできない細かな震動が機体を伝わってくるのを感じ取っていた。「来たぞ」マクラナハンはつぶやいた。「さあ来い……」

ステルスホークがほんのすこしずつ上昇して、貝の形をしたドッキング・ウェブの内部に収まった。強力な電磁石が作動して、固定具に機首を引き込み、機体をしっかりと固定した。つぎに、やわらかな複合材の筒形の枠がドッキング・ウェブの下側から出てきて、ステルスホークの機体は完全に包み込まれた。ウェブの起こす乱気流によって、ステルスホークの機体がウェブの内部でじたばた動いたが、ミッション適応システムでも対応できないくらいに乱気流がひどくなる前に、ウェブは機体をしっかりと捕まえていた。ターボジェット・エンジンが停止して、ステルスホークは後部爆弾倉に引き込まれ、扉が閉まった。

「捕まえたぞ！」ジョン・マスターズが叫んだ。「うまくいった！　格納した！」

「ほんとうに信じられない」ステルスホークが爆弾倉に無事に収まるのをモニターで見ていたレベッカがつぶやいた。「回収した」手をのばし、マクラナハンと力強い握手を交わした。「少将、これが日常茶飯事になるときも来るんでしょうね」と、コクピットの向こうからいった。「でも、正直いって、こんなに神経をすり減らすことはやったことがないわ」

「すごい。やるのに同意してくれてありがとう」マクラナハンはいった。「テスト飛行を終えてもいいか？」

「これを終わらせて帰投するのに賛成してくれるなんて思えないんだけど」と、レベッカはいった。

「ツキはつづかないものだ、レベッカ」マクラナハンはいった。「きみが機長だし、好きなようにやればいいが、テストはここまでにしておこう」

レベッカはうなずき、もう一度深い吐息をつくと、こういった。「わかった。みんな、つぎの進化を試してみましょう――わたしの興奮が醒める前にね」

「了解、ボス」グレイがうれしそうに応じた。「VACが操縦を交替し、空中給油合流点に向かう」

グレイは、EB-1Cヴァンパイア爆撃機を、ディエゴ・ガルシアの東の指定軍事作戦区域に向けて南進させた。DC-10旅客機を改造したスカイ・マスターズ社の発射管制母機が、給油ブームを出して待っていた。

「さて、派手なテストをやるぞ、みんな」といって、メイスはコンピュータに命じた。

「ヴァンパイア、給油機との連結前位置につけ」

『ヴァンパイア、連結前位置に移動。移動中止指示待ち』EB-1Cはすぐに給油機の五〇〇フィート下まで上昇して加速し、三〇〇メートル後方につけてから、こんどはゆっくりと上昇しながら減速し、給油機との高度差一〇フィート、ブームノズルまで三メートルの位置に到達した。『連結前安定』コンピュータが報告した。

「どうやってこんなことを？」グレイがきいた。

「レーザー・レーダーで、ブームも含めた給油機の機体全体を照射する」マクラナハンは説明した。「給油機までの精確な距離、給油機の速度と高度を測定する」

「給油ブームにレーザーを当てるのは危険じゃないか？」

「テレビのリモコンを目に向ける程度の危険だ」メイスが口を挟んだ。「レーザーの力は距離と反比例して弱まるから、危険はない。チェックリストをやってくれ、ゼーン」

「了解。ヴァンパイア、連結前チェックリスト」

受油スリップウェイ・ドアがあき、頭上の計器盤の計器がいくつか点灯した。『連結前チェックリスト完了』コンピュータが報告した。

「ヴァンパイア、連結位置に移動」グレイが命じた。

『ヴァンパイア、連結位置に移動する。移動中止指示待ち』EB-1Cヴァンパイアが、ゆっくりと上昇を開始し、ごくわずかずつ加速した。DC-10の標識灯——給油可能な範囲内にいることをパイロットに知らせるために、給油機の胴体下に二列に配された灯火——が点灯するのを、レベッカとマクラナハンは見守った。青ランプの点灯が列の下端に向けて進み、受油機にもっと上昇し、前進するよう指示した。ヴァンパイアが接近するにつれて、前後関係を示す青ランプの点灯個所が中央へと進み、上昇するよう示していたもうひとつの点灯個所も中央へとあがっていった。レベッカは操縦桿に右手を乗せ、小指を無意識に〝パドル・スイッチ〟にかけていた。操縦桿の前側のそのレバーを握ると、即座にバーチャル操縦が完全に切り離される。

「まもなく連結位置」メイスが告げた。

レベッカには、ブームノズルが自分の額に向けられた大砲の筒先のように見えた。

「正気の沙汰じゃないわ」レベッカはささやいた。「いかれてる……」

「落ち着け、レベッカ」マクラナハンがインターコムでいった。「心配ない……」

ブームは、EB‐1Cのレードームにぶつかりそうなほど近くを揺れ動いていた。あと数十センチで激突するというきわどい瞬間に、ブーム操作員がさっと引いた。「危なかった」レベッカはいった。

「なおも接近中」メイスがいった。「もうちょっとだ……」

給油機が動いたのか、それともヴァンパイアが動いたのか、マクラナハンにはわからなかったが、給油機が不意に遠ざかった。ヴァンパイアが急加速し、速度をあげた給油機とともに不意に上昇した。急な動きに不意を衝かれたブーム操作員は、やむなくブームをぐいと動かして遠ざけた。ノズルの先端の傷がマクラナハンとレベッカに見えるくらいきわどかった。

マクラナハンが安堵の息を漏らしたとき、レベッカが叫んだ。「ブームが当たった！」

「ヴァンパイア、緊急離脱！」メイスがすかさず命じた。とたんにヴァンパイアが減速し、一秒のあいだに給油機の五〇〇フィート下、三〇〇メートル後方にさがった。それと同時に、レベッカはパドル・スイッチを握り、手動制御を取り戻して、データリンク・スイッチを切った。

マクラナハンはレベッカのほうを向いていった。「ブームが当たったというのはたしかか？」

「たしかよ」興奮した声で、レベッカが答えた。

「ブームは損傷していないようだ」DC－10の尾部ポッド内のブーム操作員が報告した。「受油装置にも損害は見られない。システムをリセットする。スタンバイ……システムをリセットした、ヴァンパイア。もう一度連結位置につくのを承認する」

身を乗り出して風防ごしにじっくり観察するために、マクラナハンはハーネスをゆるめた。「損害は見当たらない。もう一度やってみよう」

「それよりもいい考えがある——やめましょう」レベッカが、顔だけを横に向けて、腹立たしげにいった。「ブームが当たった。着陸して点検しないかぎり、空中給油はやらない」

「レベッカ……」メイスがいいかけた。

「准将といいなさい、メイス大佐！」レベッカがどなりつけた。一同が唖然として沈黙していると、やがてレベッカが語を継いだ。「英語がわからないか、それとも都合よく規則を忘れたひとたちにいうけど、ブームが当たったときには、適切な代替着陸地が用意できるか、あるいは非常事態でないかぎり、給油は中止になるのよ。きょうはこれでおしまい。給油後チェックリストをやって」マクラナハンはやむなく従った。やがて、目に見える損害はないと再度告げてから、ブーム操作員はヴァンパイアの離脱を承認した。

翌朝
ミシガン州　ディアボーン

アメリカ合衆国大統領トマス・ソーンは、大型のＳＵＶの後部の床の下を手探りし、陸軍で使う兵舎用トランクに似た大きな灰色の箱を出した。何人ものカメラマンが躍起になって写真を撮るなかで、ソーンは箱を地面に置き、ロバート・ゴフ国防長官の差し出したもうひとつの箱を受け取って、最初の箱がはいっていたところに収め、床の蓋を閉めた。つぎにＳＵＶのリアゲートを閉めたソーン大統領は、ゲートをひとつバシンと叩いた。ほどなくＳＵＶのエンジンがかかった。大統領はＳＵＶの排気管のそばにひざまずき、排気管に触れて、傍目にもはらはらするぐらい顔を近づけた。その間ずっと、にこにこ笑っていた。カメラマンたちは、むさぼるようにそれを撮影した。

ソーンは作業用手袋を脱ぎながら演壇へと歩いていった。「スカイ・マスターズ社の燃料電池は、こんなふうに簡単に交換できる」と、ソーンはいった。「この車はこれから、幹線道路の法定速度で一一〇〇キロメートル走行できる――ガソリン・エンジン車の約二倍の距離だ。また、排気は完璧に無公害《クリーン》で、燃焼の副産物である水蒸気しか出ない。今後購入する政府の車はすべて、燃料電池のような非石化燃料を使用するものにしたいと思う。議会がわたしの代替燃料車購入計画案を承認すればの話だが」自動車テスト・コースに向かっているSUVのほうを向いた。「諸君、あれが未来の車だ」

そのとき、まるでそれが合図でもあったかのように、SUVの動きがぎくしゃくして、咳き込むような音をたて、数十メートルを惰性で進んだところで停止した。予備の燃料電池を持った整備員や技術者の一団がそこへ走っていった。ほどなく、ふたたび燃料電池を交換したSUVが動きはじめたが、またしてもぎこちない走りかたになった。とうとう整備員や技術者が面目なさそうに、押してテスト・コースからどかした。

「まあ、これまでのわたしの法案をあれが象徴しているようだな。最初は力強く進み、将来を期待させるが、やがて息切れして、さらなる推進力が必要になる」ソーンは果敢に認めた。「だが、わたしは、些細な挫折でこの法案がお蔵入りになるのは、なんとしても食い止める決意でいる。アメリカのために代替エネルギー源を見つけることは、わたしばかりではなく国民にとっても急務なのだ。それを最後まで推し進める覚悟がわたしにはある」ソーンは、演壇の周囲にならんだレポーターのうちのひとりを指差し、質問を受けることを示した。

「大統領、非石化燃料のエネルギー源すべての開発を奨励する今回の法案には、環境を著しく汚染する可能性のある原子力や石炭も含まれているのでしょうか？」

「含まれている」と、ソーンは答えた。「その二種類のエネルギー生産から生じる有害廃棄物などの副産物を抑制する科学技術が、アメリカにはあると確信している。また、代替燃料を使用するエネルギー生産の売り上げに対する控除の増額と減税によって、連邦政府はそうした技術の開発を奨励してもらいたいと思う」

「大統領、仮に法案が可決されたとしても、こうした科学技術による経済的利益が目に見えてわかるようになるまで、何年も、いや何十年もかかります」べつのレポーターがいった。「アメリカの石油を基本としたエネルギーの需要をその時点まで確保するために、どのようなことをなさるお考えですか？」

「これまでずっとやってきたように、国内の石油生産を高めるよううながし、太陽熱、風力、地熱、水力発電、潮汐エネルギーといった再生可能資源のさらなる開発を求めてゆく」と、ソーンは答えた。「こうした政策を推進するために、わたしの政権はこれまで二〇あまりの法案を後押ししてきた」質問のほんとうの意図を、ソーンは見抜いていた。

案の定、レポーターはこうつづけた。「大統領が国内の石油生産の増加や代替・再生可能資源の使用をうながしておられるのは、海外政策が破綻しており、将来的に石化燃料を外国から確保するのがむずかしくなっているからではありませんか。ご意見をうかがいたく存じます」

「そういう分析にはまったく承服できない」ソーンは答えた。「石化製品の適切な供給に関するわたしの外交政策の基本は、しごく単純だ。われわれと公正な取り引きをする国であれば、どこでも公正に取り引きをする。どこの国であろうと、われわれの石油輸入量を楯に取って付け入ろうとするのは許さない」

「大統領、ケヴィン・マーティンデイル前大統領は、今週ベネズエラのカラカスでひらかれたOPEC会議で、サウジアラビア、ロシア、イラン、中央アジア諸国全般など、加盟国の石油関係閣僚の大半と面会しています」べつのレポーターが発言した。「マーティンデイル前大統領は、石油生産の増加を支持する勢力を固めつつ、供給源を確保しようとしているように思われます。それとは逆に、大統領の通商代表部はワシントンを離れていないし、カーチェヴァル国務長官は何日も姿を見せておりません。釈明していただけますか？」

「釈明するようなことはなにもないと思う。アメリカ政府高官はひとりもOPEC会議には招かれていないし、カーチェヴァル長官は他の長期計画のために多忙をきわめている。通商代表部の人間を派遣しても、ロックバンドのグルーピーよろしくカラカスのホテルや会議場をうろうろするだけだから、なんの意味もない。各国の石油関係の閣僚がわたしと話をしたいのであれば、連絡する方法はいくらでもある」

「マーティンデイル前大統領のカラカス訪問を、ロックバンドのグルーピーと表現なさるのですか」と、信じられない声でべつのレポーターがいった。

「前大統領についていうなら、一個人であり、どこへ行ってだれに会おうと自由だ」質問には直接答えずに、ソーンは語を継いだ。「諸君もマーティンデイル前大統領がアメリカ政府の代表であると見なしているわけではないだろう」

「大統領、海外の基地から米軍を撤退させ、相互安全保障条約のほとんどを撤回したことにより、アメリカの評判と自信は史上最低のレベルにあります」と、べつのレポーターがいった。「近ごろ〈トランスカル石油〉が記者会見で、アフガニスタンのタリバン戦士の一隊が隣国トルクメニスタンに侵攻しており、〈トランスカル〉が同国のために建設した石油採掘・輸送施設を乗っ取るおそれがあると述べています」ソーンはうなずいた。「〈トランスカル〉幹部は、トルクメニスタン政府には反乱を鎮圧する力がなく、またアメリカ政府は介入を拒んでいるため、石油輸送をつづけるためにタリバンに〝みかじめ料〟を払うしかないと述べています。大統領はどう対応なさるのですか?」

「トルクメニスタンの状況に関しては、綿密な報告を受けている」ソーンは答えた。「当地の状況はきわめて不明瞭だ。このタリバン戦士は、トルクメニスタン東部をほとんどなんの抵抗もなくやすやすと進軍し、住民の高い支持を受けている。どうしてそのようなことになったのか、というのがわたしの頭に浮かんでいる疑問だ。その答がわかるまでは、パイプライン警備のためにアメリカ軍を派遣しても無意味だと思う」

「しかし、〈トランスカル石油〉はアメリカ企業であり、一日に何百万ドルもの損失を――」

「アメリカの国家と国民を護るためでないかぎり、相手がいかなる国にであろうと戦闘部隊を派遣するつもりはない」ソーンは決然といい放った。「合衆国憲法を制定した建国の父たちが軍隊を創設したとき、意識にあったのはたったひとつ――合衆国を護るということだけだ。現在の情報だけでは、そのタリバン反乱軍が本土および海外のアメリカ国民に対する脅威であるとは確信できない」

ふたたび大声で質問が投げられたが、何人もが同時に叫んだので、ソーンは聞き分けることができなかった。ロバート・ゴフ国防長官が落ち着かないそぶりをしているのが目に留まった。記者会見は歯止めが利かなくなっているし、写真撮影の好機も去った。先へ進める潮時だった。「最後になったが、諸君、このスカイ・マスターズ社の燃料電池プロジェクトのような画期的事業は、エネルギーに関するアメリカの自活を高め、危険の大きい海外の泥沼のような紛争に巻き込まれないために重要であることを強調したい。創造的思考と科学と国民および政府の支援がうまく嚙み合えば、アメリカはさらに強く、そしてエネルギー面で自活するようになる。代替燃料車購入計画案も含め、環境を破壊せずに継続できて信頼性も高いエネルギー源の開発を推進するわたしの政策を、ぜひとも支援していただきたい。どうもありがとう。神のお恵みを」大声で投げつけられる質問はいっさい黙殺した。いまや質問というよりは、脅しや抗議の声のようになっている。

ソーンはしばらく残って、何人かと握手を交わした。生中継している地方局は、大統領が逃げ出す場面ではなく、握手している場面で記者会見の中継を締めくくることになる。それが狙いだった。それが済むと、待機していた車へと警護官が案内し、ソーンは空港に向かった。全員が乗り込んだあと、しばらく沈黙が流れた。ようやくゴフが口をひらいた。「燃料電池車の大失敗は申しわけありませんでした。きょうだけでも五、六回、交換してみたのですが、毎回うまくいっていたんです」

「よくあることだよ、ロバート」ソーンは笑顔でいった。「気に病むことはない」

さきほどの顚末を報じているテレビに視線を向けた。SUVの排気管に顔をくっつけているソーンの顔の録画映像を、衛星テレビ局が流していた。コメンテーターは、〝大統領のエネルギー政策は熱気に満ち、オゾン層高くぶちあげられている〟という生硬な表現を使っていた。

「燃料電池方式の排出物が安全だというのを示すのに、排気管に顔を近づけないですむ方法を考えておけばよかった」ソーンは苦笑した。

「大統領が伝えたかったことは、マスコミ全般にあらためて説明しておきますよ」ゴフはいった。「どのみち、このコメンテーターはまるでわかっていないというのが見え見えです」

「それで、マーティンデイルはベネズエラ行きで点数を稼いでいるのか?」

「大統領、マーティンデイルは〈トランスカル石油〉の経費を百万単位で任されているんですよ。〈トランスカル〉のロビイストだと見られるのは必定でしょう」ゴフは嫌悪もあらわにいった。「その金をカラカスばかりではなく、中東やバルカン半島や中央アジアでばら撒き、〈トランスカル〉に採掘権を握らせようとしている。そういった国の連中は、マーティンデイルがいまなおナイト・ストーカーズを擁していて、石油関係の閣僚に面会させないと攻撃するのではないかと怖れているんです」

「まだ関係を絶っていないとしても意外ではないだろう」と、ソーンはいった。ケヴィン・マーティンデイルがハイテク傭兵の一団を率いていたという事実は、近年最大の明るみになっていないスキャンダルのひとつだった。それでマーティンデイルには悪漢めいた伝説がつきまとい、再選には有利に働く可能性がある。

「たしかに恫喝《どうかつ》は効き目があるようですね。見返りにそうした国は大統領選挙の資金を提供している」ソーンが口をひらきかけたが、ゴフは機先を制していった。「証明はできませんが、それが実情でしょう。マーティンデイルは自分を受け入れる国を増やし、諸外国の支援を得ているように見せかけるつもりなのです。諸外国の支援が増えれば、アメリカ企業はマーティンデイルを次期大統領として応援したほうがよいと考える。ドルが強くなり、アメリカの海外における影響力が強まるからです。そういう傾向を利用して、マーティンデイルは国内での支援と献金を増やそうとしているわけです」

「筋の通ったやりかたではないか」

ゴフが不思議そうにソーンの顔を見た。「大統領、候補者が企業や各国政府に金をばら撒いてうまい話をするのは簡単です。毎日の政務で最前線に立っているわけではありませんからね」諄々《じゅんじゅん》と諭した。「マーティンデイルのこの目論見は裏目に出るでしょう。なぜなら、マーティンデイルという人間の正体を、みんな知っているからです。マーティンデイルは平和や友好や調和といったことを口にしておきながら、突然、大砲をぶっ放す——海兵隊やステルス爆撃機を派遣し、邪魔者を吹っ飛ばし、追い散らす。陰でなにをやるかわからない悪党です。だれでもそれを知っている」

ソーンは、呆然とテレビを見ていた。「トルクメニスタンでそういうやりかたが効を奏するだろうか？」と、ようやく疑問を口にした。

「なにがですか？　例のタリバン部隊に海兵隊を差し向けるということですか？」

「わたしが考えていたのは爆撃機のほうだ」コンピュータのキイを押して、モニターをテレビから軍のブリーフィングのページに切り換えた。「トルクメニスタンにおけるマクラナハンの回収任務の現況報告だ。完璧な成功、巡航ミサイルの重要部品をすべて回収、全員引き揚げ、死傷者ゼロ」

「マクラナハンは優秀ですよ——それは文句のつけようがない」ゴフがいった。つぎの言葉を待つふうだったが、ソーンがなにもいわないので、こうたずねた。「なにを考えているんですか、トマス？」

ソーンはだいぶ長いあいだ沈黙していた。やがてこういった。「なにも」

「中央アジアに介入するかどうかという件で、迷っているのですか？」

「ちがう」ソーンが言下に否定した——否定するのがやけに早いように思えた。友人であり、相談相手であり、国防長官でもあるゴフの問いかけるようなまなざしに気づいたソーンは、なおもいった。「マーティンデイルはまちがっている、ロバート。トルクメニスタンで起きていることの解決策は、軍事的手段ではありえない」

「賛成です——現時点では」ゴフはいった。「ただ、厄介な問題が残っています。政治的に見て、マーティンデイルは攻勢に出ている。ベネズエラで各国の石油関係の閣僚と会談して、ニュースになり、指導者としての印象を植え付けようとしている。近々クウェート・シティへ行って、湾岸諸国安全保障会議に出席するという噂もあります――湾岸戦争以来、アメリカ人が出席するのははじめてです。そんなところでまさか中央アジアの話はしないでしょうから、こっちにとっては絶好の機会かもしれません」

ソーンはゴフの顔を見て、こういった。「トルクメニスタンで外交交渉をしようというのか?」ゴフがうなずいた。「それにはかなり地位の高い人間を派遣しないといけない」

「カーチェヴァルに行ってもらうところです。でも、いまはその役目にはふさわしくないでしょうね」ソーンが目を閉じた――ふたりとも答は承知していた。「モーリーン・ハーシェルがよいでしょう。トルクメニスタンはイスラム国ですが、旧ソ連時代からの官僚に支配されています。今日の世界では女性の高官とも交渉をしなければならないというのを、承知しているはずです。ハーシェルは頭も切れるし、しぶとい。それに、肝心なときに秘密を守るという気概もある」

「時間が逼迫している。タリバン反乱軍が首都を陥れたら、トルクメニスタン政府はあっという間に崩壊する」

「では、さっそくハーシェルに指令を下しましょう」ゴフはいった。「国務省のスタッフに命じて、副長官のトルクメニスタン訪問と政府高官レベルの会談の根回しをはじめさせます」ソーンがうなずいて承認したことを示すと、ゴフはつけくわえた。「連絡将校を同行させたほうがよいかもしれません。トルクメニスタン軍は規模が小さく、ロシア人将校が実質的に運営しています」

ソーンはゴフの顔を見て、頬をゆるめた。「マクラナハンだな?」

「名案でしょう? マクラナハンはアメリカ国内では名前を知られていて、尊敬されていますが、海外ではさほど有名ではない。比較的無名であることを利用できます。さして注意を惹かずに、あちこちを視察し、さまざまな人間と話をすることができる。大統領が政治的局面を意に介さないのは知っていますが、マクラナハンは人気があるんですよ――レーガンの国家安全保障問題担当大統領補佐官をつとめていたときのコリン・パウエルなみに」

「マクラナハンに国家安全保障問題担当大統領補佐官になるように求めるという議論を蒸し返すのはやめよう」ソーンは不満げにいった。「わたしがどこでドジを踏んだかということは、きみからさんざん聞かされたところじゃないか」しばし考えて、首をふった。「軍の古い格言がある。〝へまなやつほど出世する〟というんだ。マクラナハンはこのあいだとんでもないしくじりをやったばかりだ。そんなうまい仕事にありつくのはまちがっていると思う」

ゴフは肩をすくめた。反論のしようがない。「候補者のリストを書いて、国務省に送り、そのあとで大統領の承認をちょうだいします」

「きみのリストをもとに、随行員はハーシェル副長官にみずから選ばせる」

ゴフはうなずいた。それがソーンの流儀だった——優秀な人間を選び、権限をその人間に委任する。そのほうが手っ取り早く、大統領本人のストレスも小さい。政策実行のひとつひとつの段階に関わっているという意識をスタッフが持つことにもなる。「その作業のあいだに、マクラナハンと話をして、現地の状況について意見を聞いたらどうでしょう」

「マクラナハンを選んだわけは？」

「なにしろ明敏ですからね。それに、現地に派兵することになった場合、槍の先端となる部隊を指揮するのはマクラナハンです」ゴフはいった。「だいいち、こっちへ来るところです。われわれは環境サミットのためにこれからレイク・タホーへ行きます。支援要員をこれからバトルマウンテンにふりむける時間はじゅうぶんにあります。ヴェンティ将軍に頼んで、マクラナハンの部隊の運用評価を送ってもらいましょう。ハーシェル副長官と、あちらで合流すればよいでしょう。マクラナハンの部隊をご覧になって、じかに話を聞くというのはいかがですか」

「ずいぶんマクラナハンを高く買っているんだな、ロバート」ソーンはきいた。「なぜだ？」

ゴフは肩をすくめた。「大統領を尊敬しているのとおなじ理由ですよ」きまり悪そうに笑いながら答えた。「ふたりとも自信という強い力がそなわっている。自分の考えは正しいと確信し、そのために戦うことを怖れない」視線がすこし揺れたが、なおもいった。「それに、大統領とマクラナハンが出会うときには、制止できない動力が動かない物体とぶつかるような感じでしょうね。自分の縄張りにいるパトリック・マクラナハン対アメリカ軍の最高司令官である大統領。どっちが勝つか、予測はついています——それでもふたりの対決を見物するのはおもしろいでしょうね」

（下巻へつづく）

ザ・ミステリ・コレクション

ロシア軍侵攻《ぐんしんこう》〈上〉

［著　者］デイル・ブラウン

［訳　者］伏見《ふしみ》 威蕃《いわん》

［発行所］株式会社 二見書房
東京都千代田区神田神保町1-5-10
電話　03（3219）2311［営業］
03（3219）2315［編集］
振替　00170-4-2639

［印　刷］株式会社 堀内印刷所
［製　本］株式会社 明泉堂

ISBN4-576-05147-4
http://www.futami.co.jp/

最終戦争（上・下）
エリック・L・ハリー
棚橋志行／青木榮一［訳］

ついに米露による戦慄の核戦争が勃発！ ロシアの最後の切り札は、カラ海の海底深く息を潜めるミサイル搭載潜水艦のみ。世界滅亡への秒読み開始！

全面戦争（上・下）
エリック・L・ハリー
棚橋志行［訳］

すべてはシベリアの天然ガス・パイプライン破壊から始まった。ロシア政府は崩壊し、米国の治安も極度に悪化。領土拡大を狙う中国は遂に国境を越えた！

サイバー戦争（上・下）
エリック・L・ハリー
棚橋志行［訳］

南太平洋の小島を拠点とするハイテク企業。招かれた心理学者が目の当たりにしたものは、コンピュータが意識を持つ未来世界。やがて島は戦場と化し…

米本土決戦（上・下）
エリック・L・ハリー
山本光伸［訳］

軍事超大国と化した中国は全アジアを制圧し、遂に南から米本土侵攻作戦を開始！ 建国以来初めて他国の侵略を受けた米軍は、必死の反撃を試みるが…

炎の鷲《イーグル》（上・下）
ティモシー・リッツィ
戸田裕之［訳］

イランから核兵器入手を画策する北朝鮮参謀総長に反発する陸将ハンは、合衆国と韓国に協力を求める。軍事作戦〈イーグルファイア〉の幕は上がった！

日本封鎖
マイケル・ディマーキュリオ
田中昌太郎［訳］

21世紀初頭、日本は強大な軍事力を持ち、近隣の小国を威嚇した。アメリカは制裁として日本の周囲を封鎖する決定を下し、海軍を日本近海に派遣するが…

二見文庫 ザ・ミステリ・コレクション

米中戦争

ハンフリー・ホークスリー他
山本光伸［訳］

突然、中国軍が西沙諸島を占領しベトナムを攻撃！一党独裁国家の狙いは領土拡張と南シナ海の海底油田。果たして日米は…安保条約は発動されるのか!?

竜の咆哮

ハンフリー・ホークスリー
山本光伸［訳］

中国、米国、日本、韓国を巻き込む恐るべき陰謀が中国北部の辺境の地ヘシュイを舞台に展開されていた。世界は新たな冷戦の危機に…！

中国の野望

ハンフリー・ホークスリー
山本光伸［訳］

2007年、インド特殊前線部隊のチベット潜入に激怒した中国首脳はパキスタン軍を援護しながら大機動部隊を展開し、遂に印パ戦争勃発。世界は核の恐怖に!!

北朝鮮 最終決戦（上・下）

ハンフリー・ホークスリー
棚橋志行［訳］

横田基地に北朝鮮のミサイルが来襲！軍部強硬派が政権を握った北朝鮮の狙いとは？アメリカは報復に出るのか？壮大なスケールで迫る政治サスペンス！

鷲の巣を撃て

マリ・デイヴィス
真野明裕［訳］

ヒトラー暗殺の使命を帯びた英特殊工作部のラスティ中尉は、独軍将校になりすまし、鷲の巣と呼ばれる山荘近くで機会をうかがうが… 超一級の冒険スリラー！

英国占領（上・下）

マリ・デイヴィス
真野明裕［訳］

第二次世界大戦で英国がナチ・ドイツに占領されたら？ゲシュタポの恐怖、ユダヤ人迫害、対独レジスタンスの蠢動。ドイツ占領下の英国を生々しく描く反歴史小説！

最新鋭原潜シーウルフ奪還（上・下）
パトリック・ロビンソン
上野元美［訳］

中国海軍がミサイル搭載の潜水艦を新たに配備した！ アメリカ政府は巨費を投じたステルス潜水艦〈シーウルフ〉を危険海域に派遣するが、敵の罠に落ち…

原潜シャークの叛乱
パトリック・ロビンソン
山本光伸［訳］

ホルムズ海峡封鎖とマラッカ海峡での巨大タンカー爆破！ 中国の暴挙を阻止すべく出動した特殊部隊SEALを原潜シャークは救出にむかうが……

原潜を救助せよ
ジェイムズ・フランシス
村上和久［訳］

厳寒のノルウェー沖で極秘任務中のアメリカ原潜が沈没。待ち受けるのは救助の手か悲劇か？ 極限状態のなか、決死のサバイバル作戦が開始される！

交戦空域
ジョン・ニコル
村上和久［訳］

フォークランド諸島の基地に派遣された米空軍パイロットと航法士。行方を絶った英国原潜を捜索するが、それはアルゼンチン軍攻撃の前触れにすぎず…

逃走航路
ジョン・リード
夏来健次［訳］

米中両政権を揺るがす秘密情報を握る女性工作員、そして彼女を中国から救出せよと指令を受けた男。中国軍とCIAの容赦なき追跡をかわし脱出は成功するか？

紀元零年の遺物（上・下）
ジェフ・ロング
山本光伸［訳］

紀元零年の遺物から発生した疫病により人類は絶滅の危機に瀕する。遺物の調査をしたネーサン・リーは愛娘に会うため必死の思いで米国に向かう。人類の運命は!?

雪の狼（上・下）

グレン・ミード
戸田裕之［訳］

四十数年の歳月を経て今なお機密扱いされる合衆国の極秘作戦〈スノウ・ウルフ〉とは？ 世界の命運を懸け、孤高の暗殺者と薄幸の美女が不可能に挑む！

ブランデンブルクの誓約（上・下）

グレン・ミード
戸田裕之［訳］

南米とヨーロッパを結ぶ非情な死の連鎖。遠い過去が招く恐るべき密謀とは？ 英国の俊英が史実をもとに入魂の筆で織り上げた壮大な冒険サスペンス！

熱砂の絆（上・下）

グレン・ミード
戸田裕之［訳］

大戦が引き裂いた青年たちの友情、愛…。非情な運命に翻弄され、決死の逃亡と追跡を繰り広げる三人を待つものは？ 興奮と感動の冒険アクション巨編！

亡国のゲーム（上・下）

グレン・ミード
戸田裕之［訳］

致死性ガスが米国の首都に！ 要求は中東からの米軍の撤退と世界各国に囚われている仲間の釈放！ 50万人の死か、犯行の阻止か？ 刻々と迫るデッドライン

機密基地

ボブ・メイヤー
鎌田三平［訳］

閉ざされた極寒の氷原で迫り来る謎の特殊部隊！ ベトナム戦争時に何者かによって南極に建設された、秘密軍事基地の争奪をめぐる緊迫の軍事アクション！

報復の最終兵器

ボブ・メイヤー
酒井裕美［訳］

厳重に警備されていたはずのオメガミサイル発射センターが何者かに乗っ取られた！ 決して起きてはならない現実に、米国は史上最大の危機に瀕する。